跟着名家读经典

中国现当代小说名作欣赏

陈思和 等著

北京大学出版社

图书在版编目(CIP)数据

中国现当代小说名作欣赏/陈思和等著.—北京:北京大学出版社,2017.9
(跟着名家读经典)
ISBN 978-7-301-28465-0

Ⅰ.①中… Ⅱ.①陈… Ⅲ.①小说—文学欣赏—中国—现代 ②小说—文学欣赏—中国—当代 Ⅳ.①I207.42

中国版本图书馆CIP数据核字(2017)第131643号

书　　　名	中国现当代小说名作欣赏 ZHONGGUO XIAN-DANG DAI XIAOSHUO MINGZUO XINSHANG
著作责任者	陈思和　等著
丛书策划	王林冲　周雁翎
丛书主持	邹艳霞
责任编辑	唐知涵
标准书号	ISBN 978-7-301-28465-0
出版发行	北京大学出版社
地　　　址	北京市海淀区成府路205号　100871
网　　　址	http://www.pup.cn　新浪微博:@北京大学出版社
微信公众号	科学与艺术之声(微信号:sartspku)
电子信箱	zyl@pup.pku.edu.cn
电　　　话	邮购部62752015　发行部62750672　编辑部62767857
印　刷　者	北京中科印刷有限公司
经　销　者	新华书店
	787毫米×1092毫米　32开本　13.375印张　220千字 2017年9月第1版　2017年9月第1次印刷
定　　　价	48.00元

未经许可,不得以任何方式复制或抄袭本书之部分或全部内容。
版权所有,侵权必究
举报电话:010-62752024　电子信箱:fd@pup.pku.edu.cn
图书如有印装质量问题,请与出版部联系,电话:010-62756370

序

中华民族历来重视阅读经典。从春秋时期孔子增删"六经",到秦吕不韦组织编纂《吕氏春秋》,从南梁萧统组织编选《昭明文选》到清人吴楚材、吴调侯编选《古文观止》……这些经得住时间考验的伟大作品,大浪淘沙,洗尽铅华,传承着中华民族最弥足珍贵的思想感情,被一代代人记诵。这些作品刻在了我们民族的"心版"上,丰富和滋养了我们的民族精神。

意大利知名作家卡尔维诺说:"经典是那些你经常听人家说'我正在重读',而不是'我正在读'的书。"经典之所以成为经典,必是以其经得住咀嚼的内涵,有益于读者的。著名美学家朱光潜先生谈到读书时,说:"读书并不在多,最重要的是选得精,读得彻底。与其读十部无关轻重的书,不如用读十部书的精力去读一部真正值得读的书;与其十部书都只能泛览一遍,不如取一部书读十遍。"中外两位先哲谈到的都是经典的精读,谈的都是如何让阅读"心版"上的印痕更深。

而经典的精读实在不是一件容易的事。经典也意味着过往,过往就与正在读书之人有时空之隔膜。

那么,什么样的方法能让我们更容易、更有效地阅读经典?从黛玉教香菱作诗的故事中,我们可以体会出,跟着名家读经典、读名作可谓是一条读书捷径。

名家是大读书人,他们的阅读体验值得借鉴。在浩如烟海的书籍中踽踽独行,摸索读书之路,难免进入狭窄的胡同,名家的读书导引就是我们不见面的名师的教诲。阅读经典时遇到的许多难点,也许就是阻碍读书人的一层窗户纸,一经名家点破,便会有豁然开朗之感。

20世纪80年代,大型文学鉴赏杂志《名作欣赏》的创刊,正是暗合了当时人们澎湃的阅读经典的热情。一批闻名遐迩的名作家、名学者、名艺术家们推荐名作、赏析名作,古今中外的名作经典，经萧军、施蛰存、李健吾、程千帆、王瑶等名家的点化，高格调的名作和高质量的析文相得益彰、水乳交融，极大地浇灌了如饥似渴的刚刚走出文化禁锢的读书人的心田。《名作欣赏》也由此成为中国名刊。几十年来，我们一直坚持这一办刊传统，力邀全国名家，精析经典名作，为中国人的文学阅读尽了一份力，发了一份热。

《名作欣赏》创刊三十周年庆典大会上，新老办刊人和新老读者都觉得将《名作欣赏》三十余年的文章精编出版，是一件有益于读者的大事。编选工作十分浩繁，我们也知难而上，未敢懈怠。经取精提纯、镕裁加工、分类结集、有序合成，2012年"《名作欣赏》精华读本"丛书由北京大学出版社出版。出版五年来，重印数次，为读者所珍爱，这是我们喜出望外的。细细想来，也正是经典的魅力、名作的魅力。

民族的自信源自文化的自信，时下，中央电视台的两档节目《中国诗词大会》《朗读者》出人意料地受到人们的欢迎。这实际是民族文化自觉和经典的浴火重生，也是中华民族经典的光辉照映。沐浴着天时、地利、人和的春风，北京大学出版社对"《名作欣赏》精华读本"进行修订改版，并增加了插图，丛书名改为"跟着名家读经典"，更好地契合了这套书的本意,更具有文化品位。这既是对国家阅读战略的呼应,也是对亿万读者阅读经典的有效补充,必然会被更多的读书人发现和珍视。

让我们一起来加入"全民阅读"的阵营,拥抱文化复兴的春天。

赵学文

《名作欣赏》杂志社总编辑

目录

王富仁	创造者的苦闷的象征 析《补天》	1
孙绍振	祥林嫂死亡的原因是穷困吗 读鲁迅的《祝福》	19
何希凡	历史的宿命与现实性追求 解读鲁迅小说《孤独者》对自我灵魂审问的超越	33
王桂妹	想象子君的痛苦 追问涓生忏悔的限度 《伤逝》的叙事空白	45
何希凡 刘 静	正统与异类的颉颃 失衡与平衡的消长 从《药》的断点信息窥探鲁迅小说的叙事功能	63

韩石山	人力车夫的挽歌	75
	《薄奠》赏析	
[日]山口守　胡志昂译	让哭的发笑、饿的饱足、活的温暖	87
	巴金的《寒夜》及其他	
张大明	不容混淆、不可更换的"这一个"	103
	读《华威先生》札记	
商金林	用生活的场景来显现	111
	《多收了三五斗》赏析	
王嘉良	细针密线　天衣无缝	123
	谈《林家铺子》的结构艺术	
陈学超	结束铅华归少作　屏却丝竹入中年	135
	清新馥郁的《迟桂花》	
李　满	两头俱截断　一剑倚天寒	147
	老舍《断魂枪》赏析	
宋桂友	寻找"丈夫"	157
	沈从文《丈夫》赏析	
钱虹	非诗却如诗　非画胜似画	169
	《荷花淀》课文导读	
梁归智	不同时代青年挣扎和奋斗的又一次写照	177
	《青春之歌》的版本学及其他	

谢 泳	张爱玲小说中的"月亮"	199
	读张爱玲小说札记	
张瑞君	含蕴深厚　勇于探索	217
	论《白鹿原》的艺术创新价值	
孙希娟	揭开神秘的面纱	237
	白先勇小说《永远的尹雪艳》赏析	
马知遥	用"轻"表达"重"	249
	余华的"现实"和《活着》的现实性	
魏家骏	圣洁的爱和古典的美	265
	读刘庆邦的小说《鞋》	
邢小群	平凡中的不凡	277
	《倾城之恋》的一种解读	
止 庵	堂·吉诃德、房东太太与禅	295
	读废名小说《莫须有先生传》	
陈思和	自己的书架	317
	严歌苓的《第九个寡妇》	
晓 华　汪 政		
	乱花渐欲迷人眼	327
	《彩虹》与毕飞宇的短篇小说	
古远清	微型小说的道德主题与悬念设置	339
	以郑若瑟的《情债》为例	

魏家骏	用散文化的笔法　描绘生活的本色 读汪曾祺的《大淖记事》	351
傅书华	横看成岭侧成峰 重读《月夜清歌》	371
孟繁华	男女、生死和情义 2004年葛水平的中篇小说《喊山》及其他	379
王红旗	呼唤爱情的绝响 徐坤"爱情祭坛三部曲"中的女性形象解读	393

创造者的苦闷的象征

析《补天》

王富仁

作者介绍

王富仁，1941年生，山东高唐县人。1967年毕业于山东大学外文系，1977年考取西北大学中文系现代文学专业硕士研究生，1982年考取北京师范大学中文系现代文学专业博士研究生，1984年获文学博士学位。毕业后留校任教。1989年晋升教授，1992年被聘为博士生导师。有著作《鲁迅前期小说与俄罗斯文学》《文化与文艺》《历史的沉思》《中国文化的守夜人：鲁迅》等。

推荐词

鲁迅是中国现代的女娲，他也要创造一个新的宇宙，新的世界，新的中国；他要重新铸造中华民族的灵魂，他要炼"自由平等、民主科学、个性解放、进化发展、现代文明"的"五色石"以补颓坏已久的"苍天"。

有创造的欲望，才会想到创造者，想到女娲——"人"的第一个母亲，中华民族的第一个缔造者。

在《补天》之前,鲁迅还从未写过这么奇幻、绚丽、伟美、壮观的小说,还从未处理过这么辉煌、庄严、恢弘、开阔的题材。仅从外部表现着眼,它似乎更像鲁迅早期的译述小说《斯巴达之魂》,而不像收入《呐喊》集中的那些阴郁、苦闷的小说。

但这只是表面现象。

如果说《斯巴达之魂》是青年鲁迅的昂扬激情的产物,那么,《补天》则是成年鲁迅最深沉的苦闷的象征。

从《补天》里读不出苦闷来,便等于没有读懂《补天》。

为什么鲁迅能想到女娲?因为鲁迅也是一个创造者。

鲁迅是中国现代的女娲,他也要创造一个新的宇宙,新的世界,新的中国;他要重新铸造中华民族的灵魂,他要炼"自由平等、民主科学、个性解放、进化发展、现代文明"的"五色石"以补颓坏已久的"苍天"。

有创造的欲望，才会想到创造者，想到女娲——"人"的第一个母亲，中华民族的第一个缔造者。

但是，女娲是在宇宙洪荒中创造人的，是在大自然中进行创造的。她自身便是自然力的体现。对于她，人的创造是她的自由意志的自由表现，因为她是在完全自由的状态中进行创造的。

而鲁迅，则根本不同于女娲。他不是在大自然中造人，而必须在社会中再"造"人，他不再是自然力的象征，而是社会力的表现。创造，是他的自由意志的产物，但他的自由意志要得到自由的表现，必须面对一个庞大的"人"的社会。

他的创造欲望受到了压抑。

压抑的结果是苦闷。

因此，鲁迅不是在创造力得到充分发挥时想到女娲的，而是在自由意志受到压抑、感到苦闷时想到女娲的。

也就是说，《补天》是苦闷的象征，一个创造者的苦闷的象征。

鲁迅说："《不周山》（即《补天》）……不过取了弗罗特说，来解释创造——人和文学的缘起。"（《故事新编·序言》）

弗罗特，通译弗洛伊德，是奥地利的精神病学家，也是精神分析学派的创始人。他认为文艺等精神现象都是人们因受压抑而潜藏在下意识里的某种生命力、特别是性欲的潜力所产生的。鲁迅说取了弗罗特说来解释创造的缘起，就是说从性意识、性本能的角度表现人和文学的起源。

对此，人们多有指责，认为鲁迅是有片面性的。

我有不尽相同的看法。

女娲是在大自然中造人的，是在人的存在之前造人的。明确说来，她只是自然力的体现。那么，在这时候，她的创造欲望应到哪里去寻找呢？

社会性是在人产生之后在人与人的联系中产生的，显而易见，女娲的创造欲望不可能属于社会性的范畴。

女娲造人不但不能找到社会性的根源，而且也不能是女娲的有目的性的创造。目的论是宗教神学的核心。上帝依照自己的目的造人是西欧宗教神学的重要信条。人，只要是在特定目的的支配下被创造出来的，它就必须接受创造者规范，依照它的目的性塑造自己，因而人便只能是上帝、天主等创造者的奴仆。在鲁迅笔下，女娲只是自然力的一种象征，而自然的创造是不可能有预定的目的的。

那么,女娲的创造欲望又是从何产生的呢?只能产生自她的自然的本能欲望中。

她的本能欲望无非有两大类——满足衣食之需的物质欲望和性欲。

人之成为人之前,满足物质欲望的行为不是创造性的活动,它只采撷自然产品以果腹御寒,而一当物质欲望的满足成为一种创造性的活动,那么,它就是创造主体的有目的性的创造行为了。它必须使创造物成为合目的性的产物,才能满足自己的本能欲望。创造者只有使创造品合乎食物的条件,才能满足自己的食欲要求,只有使创造品具备衣物的性能,才能达到御寒的目的。我们知道,鲁迅不能赋予女娲以这种明确的目的性,而且作为自然力的象征,女娲也不能具备这种创造性能。

女娲的创造欲望只能来源于性欲本能的骚动。

性本能的创造机制形成于人之前,并且它的创造不必是合目的性的创造。它可以自求满足,在它的自求满足中自然地带来新的生命的创造。

人是由动物进化来的,动物是在性本能带来的创造性生殖机制作用下历代进化的。人的始发性根源只能在性本能的创造力中来寻找。——这便是鲁迅的思路。事实上，这是与宗教神学的目的论划清界限的唯一一条途径。又有什么片面性可言呢？

在人产生之后，人与人的社会联系使人不再仅仅是动物性的人，而且还是社会性的人。在这时，如果再把人的一切全都归于动物性的自然本能，就只能具有特定侧面的真理性，而不能不带有片面性。正是在这个角度上，鲁迅也曾批评过弗洛伊德的学说，但这与《补天》的写作根本是两码事，不能混为一谈。

女娲的创造不是带有特定实利性目的的创造，而是在闲暇中游戏性的自由创造活动；它的创造品不能满足自身的物质欲望，而只能满足自己的精神需要。这都使她的创造活动类似于艺术创作。也就是说，人，对于女娲，不是任何使用物品，而类似于艺术作品。

正是在上述意义上，鲁迅说《补天》意在用弗洛伊德的学说解释人和文学的缘起。

在《补天》中，主旋律是女娲的创造活动。

她的创造活动发源于她的性欲本能的骚动，以及由此造成的性苦闷。

在鲁迅笔下，性欲本能再也不是罪恶的、丑陋的、污秽的、可耻的、残破的、靡乱的、颓坏的、腐臭的东西了，在中国全部的历史上，它第一次成为崇高的、庄严的、辉煌的、灿烂的、唯美的、瑰丽的、强健的、奇瞥的东西了。

不论如何高地评价这种转变，也不为过分。

创造了人类的东西，能不是庄严辉煌的物事吗？

人类借以存在、繁衍、发展、完善的首要条件，为什么反被人类轻蔑、诬骂、歧视、践踏呢？这不是咄咄怪事吗？

在鲁迅笔下，它第一次被尊为人类的上帝，一个不以人为奴仆的上帝。

性本能的骚动把女娲从梦中惊醒，压抑中的性意识使她感到一种莫名的懊恼。她的性欲望渴求着满足，所以她感到有些不足，但性欲本能的苏醒也带给了她充裕的生命力，这过剩的生命力渴求着发挥，需要在创造性的活动中得到宣泄，所以她又"觉得什么太多了"。

她的充裕的生命力在和风的煽动下在宇宙间扩散开来，死的宇宙方始变成了活的宇宙。

宇宙有了生命，才有了美。

你看，这是一个何等美的宇宙呵！

粉红的天空中,曲曲折折的漂着许多条石绿色的浮云,星便在那后面忽明忽灭的目夹眼。天边的血红的云彩里有一个光芒四射的太阳,如流动的金球包在荒古的熔岩中;那一边,却是一个生铁一般的冷而且白的月亮。……

地上都嫩绿了,便是不很换叶的松柏也显得格外的嫩绿。桃红和青白色的斗大的杂花,在眼前还分明,到远处可就成为斑斓的烟霭了。

生命的活力更充溢于女娲的全身,使她的肉体成为美的标本,成为神秘的、美艳的、瑰丽的人的形象。

伊想着,猛然间站立起来了,擎上那非常圆满而精力洋溢的臂膊,向天打一个欠伸,天空便突然失了色,化为神异的肉红,暂时再也辨不出伊所在的处所。

伊在这肉红色的天地间走到海边,全身的曲线都消融在淡玫瑰色的光海里,直到身中央才浓成一段纯白。波涛都惊异,起伏得很有秩序了,然而,浪花溅在伊身上。这纯白的影子在海水里动摇,仿佛全体都正在四面八方的迸散。

性的苏醒带来生命力，生命赋予大自然，赋予肉体以色彩、声音和活力，赋予了它们以美的形象。在生命的作用下，肉的和灵的、人的和自然的、艺术想象的与物质实体的，都融成了一个和谐的整体。

但是，女娲的生命力远不能在这自然扩散中得到充分的挥发，她仍然感到无聊，性本能的骚动使她不得安宁，她的自我要向四面八方迸散。正是在这自我扩张、自我表现的冲动中，她已经不自觉地进入了自己更紧张的艺术创造——人的创造的境界了。在这紧张的创造活动中，她的性苦闷得到了部分的宣泄，她感到了一种创造的喜悦，她以"未曾有的勇往和愉快"从事着不自觉的创造事业。

"阿阿，可爱的宝贝。"伊看定他们，伸出带着泥土的手指去拨他肥白的脸。

"Uve, Ahaha!"他们笑了。这是伊第一回在天地间看见的笑，于是自己也第一回笑得合不上嘴唇来。

在创造中，她的性苦闷得到了宣泄，她的生命力得到了消耗，她感得了疲倦，躺在地上，她又昏昏睡去了。

天崩地坼的声音再次把她惊醒，她用尚未消耗殆尽的生命力，再一次进入了创造的境界，完成了补天的大业。在此之后，我们伟大的母亲，中华民族的始祖，人类的第一个伟大的创造者，永远停止了自己的呼吸。

鲁迅，为这个自然本能的化身，谱写着一曲壮美的颂歌。女娲就在这奇幻、恢弘的旋律中进行着空前伟大的创造。

对于女娲，创造就是一切。她在创造中只感到性苦闷得以宣泄的愉快。因为她对自己的创造物是不怀有任何目的的。

但鲁迅的苦闷却始于女娲的创造完成之时，他在女娲的全部创造活动中都感得了深沉的苦闷。

因为他已经能够看到，女娲的创造物却成了女娲的敌人。

女娲的创造物被女娲这个自然本能、性本能的化身创造出来之后，却奇怪地以自己的生母为耻辱、为不洁了。他们举起了禁欲主义的大旗，要宣判女娲的"罪行"了。

在这里，我们难道感觉不到鲁迅对这些封建卫道者们的高度蔑视、愤懑谴责吗？难道感觉不到他那无边的、广漠的苦闷心情吗？

他有多么深沉的苦闷，也就会有对封建卫道者们多么高度的轻蔑，多么尖刻的讽嘲。因为只有轻蔑和讽嘲才足以宣泄他内心受压抑的苦闷。

伊顺下眼去看,照例是先前所做的小东西,然而更异样了。累累坠坠的用什么布似的东西挂了一身,腰间又格外挂上十几条布,头上也罩些不知什么,顶上是一块乌黑的小小的长方板,手里拿着一片物件,刺伊脚趾的便是这东西。

那顶着长方板的却偏站在女娲的两腿之间向上看,见伊一顺眼,便仓皇地将那小片递上来了,伊接过来看时,是一条很光滑的青竹片,上面还有两行黑色的细点,比棉树叶上的黑斑小得多。伊倒也很佩服这手段能细巧。

"这是什么?"伊还不免于好奇,又忍不住要问了。

顶长方板的便指着竹片,背诵如流的说道:"裸裎淫佚,失德蔑礼败度,禽兽行。国有常刑,惟禁!"

女娲对那小方板瞪了一眼,倒暗笑自己问得太悖了,伊本已知道和这类东西扳谈,照例是说不通的,于是不再开口,随手将竹片搁在那头顶上面的方板上,回手便从火树林里抽出一株烧着的大树来,要向芦柴堆上去点火。

我认为,这是一段绝妙的描写!

鲁迅把封建禁欲主义,把那些假道学者,推到"人之母"面前来接受审判了。在这里,它们的全部的荒谬性全都暴露出来了,它们的渺小一下子得到了入木三分的刻画。鲁迅对他们的最深刻的蔑视、最大的愤慨,都在这奇妙的对比中得到了充分的体现。我还认为鲁迅行笔至此,心情是最轻松的,因为他被封建传统压抑下的苦闷心情,在这里已经得到了象征,得到了宣泄。

在这里,我的观点与鲁迅的说法可能有些抵触。

鲁迅在谈到《补天》的创作过程时说:"不记得怎么一来,中途停了笔,去看日报了,不幸正看见了谁——现在忘记了名字——的对于汪静之君的《蕙的风》的批评,他说要含泪哀求,请青年不要再写这样的文字。这可怜的阴险使我感到滑稽,当再写小说时,就无论如何,止不住有一个古衣冠的小丈夫,在女娲的两腿之间出现了,这就是从认真陷入了油滑的开端。油滑是创作的大敌,我对于自己很不满。"(《故事新编·序言》)类似的话也出现在另一篇文章中:"例如我做的《不周山》,原意是在描写性的发动和创造,以至衰亡的,而中途去看报章,见了一位道学的批评家攻击情诗的文章,心里很不以为然,于是小说里就有一个小人物跑到女娲的两腿之间来,不但不必有,且将结构的宏大毁坏了。"(《南腔北调集·我怎么做起小说来》)

有些同志据此断定这段描写是不必有的,是失之于"油滑"的。我认为,仅就鲁迅本人的态度,至少可以说,他也是怀有矛盾心情的。例如,他曾在致黎烈文的一封信中说:"《故事新编》真是'塞责'的东西,除《铸剑》外,都不免油滑,然而有些文人学士,却又不免头痛,此真所谓'有一利必有一弊',而又'有一弊必有一利'也。"(《鲁迅全集》第13卷第299页)鲁迅一再说《故事新编》的小说"有些油滑",但又始终未改或不能改其"油滑",并且大有愈演愈烈之势。我认为,说鲁迅纯系自谦固有些牵强,说鲁迅断定是败笔也不能自圆其说。应该说鲁迅对此是持有矛盾心情的。

他的矛盾在于意欲保持原来构想的宏大结构和小说的前后风格的一致性,而又觉刺卫道者一笔心情畅快。如若如此,我便认为不能同意鲁迅自己的判断。

应该看到,鲁迅从根柢上便并非由于崇仰女娲的创造力而赞美她的创造伟业的,而主要是由于愤慨于封建传统思想之荒谬,才转觉需要创作《补天》的。在这种意识底蕴的推动下,鲁迅便不能将笔触仅仅停留在女娲创作活动的描写上,也就是说,他不可能将宏大的结构和庄严的主题贯彻到底。女娲的庄严创造的主题必将导向封建卫道者的可笑叛离的主题相连接,辉煌壮丽的笔调必然向轻佻滑稽的笔调进行过渡,同时这也是鲁迅对中国古代传统的基本情感态度。不如此,反而会给《补天》带来单薄感。胡梦华对汪静之所作情诗的攻击,恰好拨亮了鲁迅创造女娲形象的原发性动机。鲁迅之所以能在这个细节描写中感到畅快,也恰恰证明鲁迅在这里有不吐不快的苦闷。而就小说自身来说,此前的道士的愚妄、颛顼和共工的争权夺利,虽也与女娲的创造精神形成了对照,但其对照若脱离开这个细节,便不具有直接的对比意义,因为正是在这个细节里,卫道者的禁欲主义与女娲性本能的辉煌伟力才构成了直接的尖锐对立。它自然地成了整篇小说的最亮的光点,有它的存在,前面的关于道士的描写和颛顼共工的表现才有可能获得根本性的说明。总之,我不认为它是"油滑"的败笔,而认为是精妙的描写。

真正的败笔在接下去的一个自然段:

> 忽而听到呜呜咽咽的声音了，可也是闻所未闻的玩艺，伊姑且向下再一瞟，却见方板底下的小眼睛里含着两粒比芥子还小的眼泪。因为这和伊先前听惯的"nga nga"的哭声大不同了，所以竟不知道这也是一种哭。

这一节直接附会了胡梦华"含泪哀求"的话，但胡梦华的"含泪哀求"只是一种对汪静之的威压手段，意在向广大读者表示自己卫道的忠诚和批评的公正，转用于小说中的卫道者身上，则成了他们真诚的痛苦和无可奈何的可怜相。这赋予了他们一种值得可怜的意味，不是加强反而削弱了讽刺力量，反而显得女娲有些强横。所以我认为它是真正的败笔。

那些卫道者有可能表现出虚假的热诚，但真正的痛苦是没有的。

如上所述，只有叙述了禁欲主义者对女娲的亵渎之后，我们才有可能分析道士与颛顼、共工等"小东西"们的存在根据以及与女娲的对照意义。

在这时，我们必须在一个更根本的意义上说明创造的本质了。

人类的创造性的源泉何在呢？是不是鲁迅对女娲的描写

只是艺术化的需要而不能上升为真实的哲理性认识呢?

我认为,鲁迅的描写不是随意的,对此,他有更根本的考虑。

人类的创造性常常是以理智的形式表现出来的,但它的最根本的原因却是人的各种本能欲望。没有任何欲望的人,是不会进行创造性活动的。它是人类不断发展、不断前进、不断创造的永不枯竭的源泉。

封建的禁欲主义道德,遏抑了人的本能欲望,同时也意味着遏抑了人们的创造生命。

那些道教之徒与女娲的对照意义何在呢?他们也是在自然欲望的否定中失去了任何创造能力的人。他们不再进行任何创造性活动,企图在奴性乞求中博得女娲的欢心,得到女娲的同情,受到上苍的保护,赐给他们所希望得到的一切。他们的迷信,他们的求仙修道,他们的寻访仙山和不死之药,都是萎缩了创造力的表现。

那些被颛顼、共工代表着的封建政客、军阀和野心家的人们,同样也是不再具有创造能力的人。他们攻城略地,争权夺利,残酷杀戮,抢占地盘,瓜分着、掠夺着女娲创造的世界。

儒教、道教和这些封建的政治野心家们,组成了中国的封建传统。他们被女娲创造出来,却返转来亵渎了女娲;她们是自然本能的产物,却诬自然本能为下流。

女娲死了,但他们跋扈着。

鲁迅感到苦闷。

《补天》就是这苦闷的象征。

祥林嫂死亡的原因是穷困吗

读鲁迅的《祝福》

孙绍振

作者介绍

孙绍振,1936年生,1960年毕业于北京大学中文系,先后在北京大学中文系、华侨大学中文系、福建师范大学中文系任教授、博士生导师,福建省作家协会副主席,福建省写作学会会长,中国文艺理论学会副会长。有专著《文学创作论》《论变异》《美的结构》《当代文学的艺术探险》《审美价值结构和情感逻辑》《怎样写小说》《孙绍振如是说》《你会幽默吗?》《挑剔文坛》等。

推荐词

《祝福》的深刻之处就在不但写出了封建礼教的残酷野蛮,而且写出了它的荒谬悖理。

任何一种情节都始于人物的越出常轨。但越出常轨只是为情节提供了良好的、有充分发展余地的开端。情节的基本过程是亚里士多德所说的"结"和"解",所谓"结",就是悬念、危机,所谓"解"就是事情的发展、转化。二者之间的关系是一种因果关系,由于有了危机,就有了解决危机的转化。所以,设计情节就是设计危机和转化,也就是把危机当成原因,把转化当成结果,这其间有一个独特的因果关系。

任何情节都是一种因果转化的过程。

比如,有了祥林嫂的被逼改嫁、儿子死亡和受到歧视,就有了祥林嫂的死亡。有了高太尉、高衙内层层加码的迫害,就有了林冲忍无可忍逼上梁山的结果。从理论上说来,构成情节实在非常容易。但实际上,要构成好的情节实在非常困难,以至于今在中国古典小说和西方戏剧中,独立创造的情节实在非常之少,而从前人因袭来反复改编的情节却非常之多。

这是因为纯用通常的因果性去构成情节常常容易变成概念化的、枯燥无味的情节。试举一例,在《今古奇观》中有一篇小说,说的是一个富户人家,每天吃饭洗碗冲走了许多米粒。这家的主人见了心疼,便叫家人把米粒沉淀下来,晒干了储存起来。后来这家人遭了变故,变穷了,幸而有那些储存起来的干米粒,才不致饿死。

这里虽然有充分的因果关系,但是一点趣味也没有,它不过告诉读者应该节约粮食的道理。小说家在处理题材时,都可能遇到类似的考验;一个文学评论家也同样受到严峻的考验。

一个素材放在面前,就其结果来说,是很动人的,可是把寻找出来的充足理由加上去以后,情节完整了,可是趣味却完全消失了。

有这样一个故事,在抗日战争时期,在白洋淀地带,一个老渔民在水下布置了钓钩,引诱日本鬼子来游泳,一个人用竹篙打死了好几个鬼子。

要用这个素材构思情节,首先得寻找原因。

老渔民为什么要这样做呢?

自然是出于对敌人的仇恨。

为什么对敌人这么仇恨?

自然是因为敌人的残暴,例如日本军杀死了他的亲人之类。如果这样去构思情节,因果性倒是有了,但肯定不会有什么艺术感染力。原因是,这是一种普遍性因果,不管对于什么善良的中国老百姓,都是一样适用的,没有什么属于这个人物的特殊性。其次,这种因果是一种理性的因果,没有表现任何属于这个人物的特殊情感,而艺术不同于科学之处,恰恰在于它主要是表现人的审美情感的,而不是表现人的理性的。

因而要构成动人的情节,其关键不在于寻求因果性,而在于寻求艺术的因果。

纯粹依赖理性的因果可能造成公式化、概念化。

要成为艺术品,则必须寻求不同于理性因果律的情感因果。

我们且来看孙犁在《芦花荡》中是如何寻求情感因果的。

在孙犁笔下,这个老渔民之所以要主动去打鬼子,其原因并非完全、直接出于爱国主义的民族意识。其直接原因是他的情感遭到了损害。本来，在白洋淀上，他负责护送干部出入，有绝对的自信和自尊，而恰恰就在他自信万无一失的时候，他所护送的两个远方来的小姑娘中的一个，在敌人的扫射中受了伤。如果从纯理性因果来考虑，多次运送人员，偶尔有人受伤，在所难免，至多在总结工作时作个检查，提出改进的具体方法就成了。如果孙犁也这样考虑问题，就不可能写出小说来了。孙犁之所以不同凡响，就是由于他在普通的理性的因果以外，发现了属于这个老人独有的情感因果。

促使这个老人冲动的原因是，他不能忍受他对工作的自信和自尊在来自远方的、信任他的小女孩面前受到损害。他决计用行动在小女孩面前恢复自尊。因而就引出了：他诱使日本鬼子进入布满钓钩的水域，用竹篙打死鬼子，并且让那两个小女孩隐蔽在荷叶下，看着他把鬼子一个个打死。

这种因果性是独特的、不可重复的，也是很生动的。

这种因果性，并不是十分理性的，多少有一点个人冒险。老人并没有要求有关部门掩护，也没有准备在万一不利的条件下撤退，更没有为小女孩的安全作出万无一失的安排。从纯粹理性的逻辑来推敲，老人此举也许并不明智，不一定是很符合组织性、纪律性的严格要求。然而，这并不妨碍这篇小说在当时同类题材的作品中出类拔萃。相反，如果完全按照军事行动应该有的那种周密的理性来设计老人的行为，则这篇小说可能成为概念化的东西。

在理性上不充分的东西，在情感上可能是很动人的。

从理论上说，这就是审美价值超越实用价值。

许多小说家终生不能摆脱概念化、公式化的顽症，其原因之一，就在于他们把实用理性逻辑和审美情感逻辑混淆了，或者说，他们只看到理性逻辑和情感逻辑的统一性，而没有看到二者的互相矛盾性。这是因为他们未能在根本上分清审美的情感价值与科学的理性价值之间的区别。

光就因果关系而言，科学的理性逻辑要求充足的带普遍性的理由，而情感逻辑要求的则是特殊的、不可重复的、个性化的理由。对于科学来说，任何充足理由都是应该可以重复验证的，而对于艺术来说，每一个人物都有属于他自己的不可重复的理由，尽管这些理由是可笑的、不通的。科学的理由可能是不艺术的，艺术的理由又可能是不科学的，这是审美价值的一个很重要的特点。要进入审美创造的领域，就得彻底弄清这个道理。这不仅是小说的规律,而且是一切艺术所必须遵循的规律。

共工与颛顼争帝,怒触不周山,致使天不满西北,地陷东南,这是《山海经》对中国地形西北高、东南低、江河东流的因果性解释,这是不科学的,但是无疑是很艺术的。说谎的孩子鼻子会变长,一旦诚实了,鼻子就缩短了,这种因果关系也是不科学的,却是《木偶奇遇记》的一大创造。这是神话和童话的因果逻辑,它不合科学,然而却被中外古今广大读者所接受,其原因是它与人的情感逻辑相通,那就是把人的强烈的主观意愿放在最突出的地位。其实这种现象是一切文学作品的规律,不仅对于神话童话有效。小说家在设计情节因果时必须严格地遵循情感因果规律,而不能只根据理性的科学因果规律。

正因为这样,祥林嫂之死,如果纯用理性的因果性来分析,是不得要领的。

给她打击最大的是,虽然她捐了门槛,而在过年祝福之时竟然仍不让她去端"福礼"(一条祭神的鱼)。如果纯从理性逻辑来考虑,不让端就不端,落得清闲。但祥林嫂却为此痛苦得丧失了记忆力,丧失了劳动力,被鲁四老爷家解雇，其结果是穷困到终于死了。

在《祝福》中，"我"曾经向来冲茶的短工问起祥林嫂死去的原因。那个短工很淡然地回答："怎么死的？——还不是穷死的？"

按这个人的看法，《祝福》的情节因果是穷困导致死亡。然而，如果真是这样的话，《祝福》和当时以及以后许多表现妇女婚姻题材的作品，就没有什么两样了。

事实上，整个《祝福》的情节告诉读者的恰恰不是这样。

从表面上看，她是流落为乞丐而后死去的，好像可以说是穷死的。

但是，这只是表面上的原因，更为深刻的是：她为什么会流落为乞丐呢？

因为她丧失了劳动力，连记忆力也不行了，才被鲁家解雇的。

她本来不是很健康的吗，不是顶一个男人使唤的吗？

她受的精神刺激太强了，她情感上太痛苦，甚至崩溃了。她痛苦的原因是：生而不能作为一个平等的奴仆，死而不能成为一个完整的鬼（两个丈夫在阎王那里争夺她）。

这不是迷信吗？不是不科学、非理性的吗？

然而，祥林嫂不但不因为它迷信、不科学、非理性而不相信它，相反她却因它而痛苦，因它而摧残了自己的心灵和身体。

可见，更深刻的因果是，祥林嫂由于对损害她、摧残她的迷信观念缺乏认识而导致死亡。

可以说祥林嫂除了受礼教的迫害以外，还死于愚昧，死于缺乏反抗的自觉性。

这就是鲁迅所说的："哀其不幸，怒其不争。"一方面是受迫害，被摧残，另一方面，又是自我摧残。

这是一种什么样的不幸呢？这种迷信为什么这么厉害呢？

它是不是仅仅是一种对鬼神的迷信呢？

也不全是。

因为阎王要分尸给两个丈夫的说法，其前提是：女人，包括寡妇，不能第二次嫁人。谁再嫁，谁就得忍受残酷的刑罚。然而祥林嫂并非要求再嫁者，她倒是拒绝再婚，而且反抗了，她逃出来了。在她被抢去嫁给贺老六时，她反抗得很"出格"，头都碰破了。按道理，阎王真要追究责任，本该考虑到这一点，因为责任首先不在祥林嫂这一边，而应该在抢亲的策动者——她婆婆那一边。

然而，阎王并不怎样重视逻辑问题。

这就暴露了封建礼教的罪恶和荒谬。

妻子属于丈夫，丈夫死了，妻子不能再嫁，她只能作为"未亡人"而等待死亡的到来。任何女人一旦嫁了什么男人，就永恒地属于这个男人，这是一种得到普遍承认的"公理"。这种"公理"就是礼教中所谓的"夫权"，这种夫权是很严酷的，祥林嫂连自己的名字都没有。她嫁给祥林，就叫祥林嫂。然而，后来她又与贺老六成亲了，该叫什么呢？在贺老六死后，她回到鲁镇，大家本该研究一下，叫她祥林嫂好还是老六嫂好，然而鲁迅用单独一行写了一句：

大家仍然叫她祥林嫂。

连犹豫、商量、讨论一下都没有，就自动化地作出共同的反应。这说明"女子从一而终"在普通老百姓心目中如此根深蒂固。

然而这只是问题的一面。

问题的另一面是，她的婆婆违反她的意志要卖掉她，这不是有悖于神圣的夫权吗？然而又不。原因是还有一个"族权"原则：儿子是父母的财产，属于儿子的未亡人，自然也就属于母亲，因而婆婆有权出卖媳妇。

《祝福》的深刻之处就在不但写出了封建礼教的残酷野蛮，而且写出了它的荒谬悖理。

更深刻的因果性显示了：祥林嫂之死，其最悲惨处不在于她物质上的贫困和精神上的痛楚，而在于造成物质贫困和精神痛楚的原因竟是自相矛盾的、不通的封建礼教。不但它的夫权主义和族权主义相矛盾，而且它的神权主义又与夫权主义和族权主义互相冲突（阎王不惩罚强迫妇女改嫁者）。这种荒诞和野蛮的可怕还在于：广大群众的思想的麻木，在牺牲的弱女子的悲剧面前，居然没有一个人，包括和她同命运的柳妈以及一般群众（如冲茶的短工）表示同情，更没有任何一个人对如此荒谬的封建礼教表示愤怒，有的只是冷漠，甚至是冷嘲。更为令人毛骨悚然的是，这种麻醉性甚至对于受害者也是一样，连祥林嫂自己也不觉得有什么不合理。虽然在行为上她曾经是一个反抗者，而在思想上却是一个麻木者。

这种迷信和麻木，虽然不是病，但是和病一样是可以杀人的。祥林嫂一个没有任何病症的人，就是这样被杀死的。

正因为这样，鲁迅才放弃了学医，把改造中国人的灵魂放在第一位。因为如果思想上迷信不改变，多健康的身体也会走向死亡。前几年有一个年轻的研究生，写文章说，鲁迅弃医从文，不是因为要疗救国民性，而是因为成绩不好。现在我们已经查出来，鲁迅的学医的成绩当然不算太好，藤野先生教的那门解剖学，不及格，五十九点三分。但总的说，也不算太差。在一百六十多人的班上，排在第八十多名，至少在八十多名日本学生前面，属于中等。但是，正是因为他感到有一种比细菌更为可怕的东西，就是传统的思想，是可以杀人的。

祥林嫂无辜地被杀了。

这是一场悲剧，其特点是没有凶手的。

《药》里面的华小栓死亡，也是没有凶手的。

这正是鲁迅作为一个伟大的启蒙主义者的思想特点。从这里我们可以看到，设计情节因果不仅仅关系到情感的生动，而且关系到思想的深刻。

要达到情感的生动，就要避免纯用理性因果，因为理性因果就是概念化的因果。要达到思想的深刻就要避免表面的单层次的因果，以构成多层次的因果，让读者一层一层地像剥笋壳一样不断地体会到作品的深厚内涵。

当然，不管多么深刻的思想都是不应该用人物或作者的嘴巴讲出来的，蕴藏在情节和人物命运之中的思想比说出来的要更丰富。其原因是：用语言表达出来的往往是理性的，亦即概念化的因果，而人物情感的因果则是用通常语言作线性的表达是很困难的，它渗透在人物的语言、行为之间，是很复杂、很微妙、很丰富、很饱满的，但是一旦用线性逻辑的语言讲出来就很可能变得贫乏了。

要有真正的艺术鉴赏力就不仅得分清这两种不同的逻辑，而且要善于在人物的语言和行动中看到这两种逻辑所体现的两种不同的价值观念。特别要注意的是要尊重人物的情感因果，不要以为它不合理性而轻视它，更不能因为它不合自己心意去改变它。在《家》里面，当鸣凤得知自己面临着要成为冯乐山的小妾的危机时，她走到了觉慧的房间，看到觉慧忙着写文章竟没有把话讲出来，后来觉民又进来了，鸣凤便退了出来，决心投湖自杀以殉情了。

这不是很不合理性吗？

但如果巴金把它写得很符合理性：鸣凤在外面等了一会儿，待觉民走了以后，又跑到觉慧那里把一切都告诉了他。这样的话，鸣凤的生命虽然得救了，然而鸣凤作为一个艺术形象的生命却可能就此结束了。

历史的宿命与现实性追求

解读鲁迅小说《孤独者》对自我灵魂审问的超越

何希凡

作者介绍

何希凡,1958年生,四川省南部县人,毕业于四川师范学院。西华师范大学文学院教授、硕士生导师。主要研究方向为中国现当代小说文化与心理研究,承担"中国现代文学"和"中国现当代文学心理研究""鲁迅研究""中国现当代小说研究""中国现当代文学批评史"等课程教学。

推荐词

事实上,鲁迅大多数小说都是自我个体灵魂审问和民族集体灵魂审问的统一,启蒙呐喊的小说中有自我灵魂的清晰投影,表达自我心灵历程的小说中也自有对民族灵魂审问的鲜明印记。

王晓明先生曾将鲁迅小说大致划分为两类：一类是像《药》和《阿Q正传》那样刻画形形色色的病态灵魂，从而汇聚成"改造国民性"的启蒙呐喊的小说；另一类则是如同《孤独者》《伤逝》等清晰地展现鲁迅通过自我描述和自我解剖来把握自己的艰难的内心历程的小说。这虽然是在较粗略意义上的划分，却体现了20世纪晚期中国鲁迅研究的深化，即从对鲁迅审视中华民族精神宿疾的超越性观照走进了对鲁迅自我灵魂的还原性窥探。靖辉先生的《于无望中挣扎的灵魂——读鲁迅小说〈孤独者〉》一文（见《名作欣赏》2001年第4期）正是循着王晓明先生对鲁迅小说第二种把握的思路，对鲁迅在《孤独者》这篇小说中自我灵魂的袒露，特别是与主人公魏连殳的精神契合做了具体的分析，读后颇受启发。但我认为，我们对鲁迅小说的类型划分毕竟只是就其表现的阶段性和侧重点所作的一种带有鲜明自我色彩的主体性把握,而事实上,鲁迅大多数小说都是自我个体灵魂审问和民族集体灵魂审问的统一,启蒙呐喊的小说中有自我灵魂的清晰投影,表达自我心灵历程的小说中也自有对民族灵魂审问的鲜明印记。我们看到,以王晓明先生为代表的关注鲁迅自我灵魂的研究者也并未忽视鲁迅超越自我个体生命的一面,这是因为,鲁迅实际上已超越了纯文学家的角色而作为一个伟大的独立的思想家卓立于近现代中国思想文化史上。虽然人们曾一度把思想家按照西方的模式理解为一种完整的思想学说理论体系的营造者,并以此怀疑甚至否认鲁迅的思想家地位,但随着鲁迅研究的深化,人们真切地把握到鲁迅的独特思维方式、独特思想命题以及独特表达方式,从而对鲁迅作为思想家的独特的意义蕴含做出了全新的阐释,即他"实际推动了一个民族并由这个民族及至全人类的思想精神发展,丰富了人们对自我和对宇宙人生的认识"。正因为如此,我认为鲁迅的作品一般都不可能仅仅是自我生命的承载和对具体的现实问题的浅层追问,他的自我灵魂介入创作愈多,其自我生命体验的超越性蕴含就愈益深广。从表面上看,鲁迅无意于突进到抽象的超越性思想范畴,但正如钱理群、王乾坤两位先生所指出的:"鲁迅是一位将现实关怀与超现实的形而上关怀统一起来的思想家。""作为一个独立的思想家,鲁迅以自己独特的方式对于所有思想家都不能回避的世界本质问题,做出了自己独特的回答。"作为一篇最具鲁迅精神自况性质的小说,《孤独者》所呈现的作者的自我灵魂已被研究者作了深入的窥探,而我则想在此基础上对小说的超越性蕴含作一些新的探索。

最让我直接感受到《孤独者》对自我的超越性蕴含的是主人公魏连殳的生命结局:一个在欧风美雨东渐和中华民族强烈的现代化需求中首先觉醒起来的中国知识分子,一个敢于蔑视封建传统的礼法人情、高擎着现代思想的火把,执着地要把广大社会群众引出沉闷窒息的"庸众"生存圈的精神战士,他竟然前功尽弃地做了杜师长的顾问,独立的精神战士成了屈从的功利奴仆。"我已经躬行了我先前所憎恶,所反对的一切,拒斥我先前所崇仰,所主张的一切了。我已经真的失败——然而我胜利了。"这是何等让人困惑的生命怪圈和生存悖论啊!然而这又哪里只是魏连殳和作者鲁迅这两个生命个体所遭逢的生存困境呢?只要联系小说从"送殓"始到"送殓"终的叙事结构模式,我们就会深切地感到,鲁迅在对魏连殳从精神觉醒到生存末路作形而下的精细描绘的同时，其实也是在对生死意蕴作形而上的哲学叩问，而这种叩问则超越了小说所设定的叙事界域，并能穿透时空的隧道，进入对人类命运诸多问题普遍沉思的广阔空间。但是，小说的作者和主人公到底又是知识分子，而且是中国现代的知识分子，这种角色定位使得小说的哲学叩问有了相对确定性的预设，也使得我们对小说的超越性蕴含的理解不至于出现泛化的倾向。

我认为，鲁迅和魏连殳所面临的无法超越的困惑也是中国近现代觉醒的知识分子的共同困惑，即现代性的精神追求难以与历史的宿命抗衡。小说《孤独者》让我们把魏连殳的生命遭际与中国传统知识分子直接沟通的，就在于他终于作了杜师长的顾问。主人厚待知识者，知识者效命主人，这几乎是整个中国封建社会统治者与知识分子的情感范式，"士为知己者死"也几乎是中国封建社会知识分子的共同精神体认。当儒家文化走向中国思想舞台的霸主地位之后，中国社会就逐步形成了一个立体而有序的等级结构，等级在整个社会关系中无所不在，并被强调到不容置疑的地步。这样，尊卑问题就成了全部人际关系的聚焦点，因此，知识者总是把能否实现自我人生价值同社会地位的尊卑联系起来，读书求进几乎是他们由卑达尊的唯一途径,而由卑达尊则是他们读书求进的终极人生指向。但在他们实现自己的人生追求过程中,社会并没有预先为他们准备好广阔的自由活动空间,他们的生命潜能的开掘往往取决于已成为尊者的那部分人个体的识见与志趣,所以,贤君明主总是成为封建社会处在人生十字路口上的知识者的焦灼期待,而当知识者一旦实现了相对的由卑达尊的角色转变后,其全部人生价值的发挥都被纳入效君报主的狭窄轨道之中,他们即使有超卓的智慧和才华也不得不被锁定在由"礼"编织而成的上下等级关系的言行空间。这样,知识者在社会地位上升的同时,往往不可避免地伴随着自我独立意识的严重失落,这其实正是魏连殳后来所真切体验到的:"我已经真的失败——然而我胜利了。"但中国封建社会的知识分子是不可能有魏连殳这样的命运体察和精神自觉的,因为在封建时代的知识者所能有的人生选择中,施才报恩之路几乎是他们在有限范围内部分实现自我价值的唯一选择,当知识者普遍认同这样的人生选择的时候,历史的定位和自我的精神体认便注定了他们的生存宿命。虽然中国封建社会的知识分子曾把"怀才不遇"的悲歌唱了一代又一代,而一旦"怀才而遇"呢?则又把对主人的感激和颂扬写在知恩必报的行动上。初唐的陈子昂在自己悲剧性的生命际遇中发出了"念天地之悠悠,独怆然而涕下"的浩叹,被认为是一曲洪钟巨响,深刻地震动着被埋没、遭压抑的知识分子的灵魂,但在我看来,陈子昂孤独寂寞、大放悲声的意识底蕴仍然是不遇贤君明主的个人失意和剧痛,其情感指向仍然是对贤君明主望眼欲穿的焦灼渴盼。他们既然不可能对施才报恩的精神体认作出实质性的超越,也就永远没有希望走出历史赋予他们的宿命性的人生定格。不仅如此,当这种精神体认在历史的相似性复现中得到强化,就会成为一个民族深刻的集体记忆,并渐变为一种稳定的民族文化心理结构。

鲁迅笔下的魏连殳是在背弃了传统知识分子人生道路的情境中进入自己的人生追求的,因此,传统知识分子孜孜以求的一己功名富贵不能给他带来精神上的愉悦。而他实际上已具备了当时一般传统知识分子难以企及的进入现代性精神追求的诸多先决条件和必备素质:他已跨出了封闭的国门,是全村唯一"出外游学"接受了西方文化熏染的学生,他有着独立的个性追求,不顾礼法人情,见人不寒暄,不打招呼,"对人爱理不理的""常常说家庭应该破坏",但同时他又有着超越常人的博大的人道主义情怀,不仅"一领薪水却一定寄给他的祖母,一日也不拖延",而且,"常常喜欢管别人的闲事",他对当时的失意青年和天真的孩子满怀着同情和热心,"一见他们,却不再像平时那么冷冷的了,看得比自己的性命还宝贵"。"三良发了红斑痧,竟急得他脸上的黑气愈见其黑了。"按理讲,当历史翻开了20世纪的崭新篇章的时候,在外来文化思潮的冲击下,在中华民族对独立意识的热切渴求和呼唤中,中国知识分子已具有了在现代性觉醒中解构传统知识分子精神模式的可能,但不幸的是,魏连殳这一切可贵的精神素质和极富现代意义的价值追求无论在何时何地都被周围的人目为"异类"。习惯了传统生存方式和思维方式的社会群众用固有的人生原则筑起了一道厚重坚固的精神障壁,在无情地拒斥了魏连殳这样的现代知识分子的精神情感介入的同时,也把魏连殳逼向了孤独难堪的生存末路!魏连殳的失业不是因个人才干和社会机遇的缺失,而是源于社会对觉醒的知识分子的现代性精神追求所作的价值评判。因为在20世纪初叶的中国,魏连殳的精神自觉还仅仅是少数人的生命状貌,而绝大多数社会成员都坚守着"庸众"的位置,他们宁愿将自己的满腔同情献给那些在人生的十字路口上苦等着幸遇明主以图建功立业良机的传统知识分子，也不可能对自己把魏连殳们逼向生存末路的无情言行有一丝一毫的良心发现，这样，魏连殳就在无奈而又令人战栗的生命挣扎中从救人走向了自救，当上了杜师长的顾问，走进了传统知识分子的历史宿命和现代知识分子的生命怪圈。但魏连殳绝不像传统知识分子那样意识不到自己的精神失落和生存宿命，他深知他最终踏进了自己绝不愿意踏进的生命怪圈。正是由于这样的精神内省，他的失落中才裹挟着复仇的烈火。他虽然痛感自己落入了茫茫的精神荒原，但并没有走向精神的死灭，在鲁迅笔下，他"像一匹受伤的狼，当深夜在旷野中嗥叫，惨伤里夹杂着愤怒和悲哀"。"受伤的狼"的意象正蕴含着魏连殳们的生命遭际和精神抗争，他们在反抗中绝望，而又仍然在绝望中反抗，以向传统社会意识的外在妥协来实现内在的精神反抗和复仇，也用自虐自戕来宣泄精神上的郁闷和仇恨。魏连殳们的可悲在于他们又被历史的惯性拉回到传统知识分子的宿命中；他们的难能可贵则在于虽则伤痕累累，但仍然要厉声嗥叫，即使生命走向毁灭，精神上却永远是一匹抗争宿命，足以让传统秩序和社会"庸众"战栗的狼。

我绝不否认《孤独者》是鲁迅在渴望表现内心苦闷的强大冲动中完成的，我也不得不承认这篇小说是把作者自己作为主要的描写对象，并通过小说与现实生活的间离效应来巧妙地画出自己的脸和心。也许鲁迅当时并未刻意要表达什么自我心灵历程之外的东西，但因为他的灵魂是"现代中国最痛苦的灵魂"（王晓明语），才使得他"感得全人间世，而同时又领会天国之极乐和地狱之大苦恼的精神"，这样，鲁迅在《孤独者》中所呈现的自我灵魂就至少具有了涵盖中国近现代觉醒知识分子精神命运的艺术张力，鲁迅那刻骨铭心的痛苦的个体生命体验也穿透了小说表达的有形空间，成为在历史宿命中进行现代性追求的中国知识分子的共同生命体验，并昭示着后来的知识分子抗争历史宿命的神圣而悲壮的道路。在20世纪以来的中国现代化进程中，知识分子曾不止一次地迎来走出历史宿命的契机，但当一个民族认同历史宿命的精神体认成为一种稳定甚至超稳定的文化心理结构时，那种在封建文化语境中产生的历史宿命的巨大穿透力所形成的浓重阴影，就不可避免地要笼罩着现代知识分子的精神追求。我认为，时至今日，还没有谁像鲁迅这样把中国知识分子的宿命感揭示得如此令人触目惊心，还没有谁对中国近现代知识分子抗争历史宿命的精神历程做出过如此深刻的窥探和富有历史穿透性的把握。王国维在《人间词话》中认为李后主词"俨然有释迦、基督担荷人类罪恶之意",我们也完全有理由确认,鲁迅的《孤独者》绝非王国维所批评的"自道身世之戚"的作品,它所呈现的自我灵魂担荷了中国近现代知识分子共同的历史重负和现代困惑。

想象子君的痛苦
追问涓生忏悔的限度

《伤逝》的叙事空白

王桂妹

作者介绍

王桂妹,吉林大学文学院副教授,文学博士。

推荐词

涓生不惜用所谓"鬼魂""地狱的毒焰""孽风的怒吼"等诅咒所换取的全部忏悔,最终都集中于一点:"寻觅子君,当面说出我的悔恨和悲哀,祈求她的饶恕。"而不是要重新挽回与子君的爱情,更不是重新回复原先的生活,那无异于又陷入了旧有的精神绞杀和伦理困境。

"伤逝"作为一个动宾词语,在《现代汉语词典》中唯一的一条释义是:"悲伤地怀念去世的人。"这应该算是"伤逝"一词在汉语中的正典含义。但是作为一个文学文本的题目,它还隐含着一个主语,那就是"伤逝"的承受者——涓生,实际《伤逝》的全部文本正是由涓生独自的"悔恨与悲哀"以及与之相关的"回忆""思索"乃至"辩白"建构起来的。正如涓生那逐渐模糊了的记忆一般,子君的面影乃至子君的故事在涓生的回忆中始终显得影影绰绰,充满了断点与空白。尽管这是一场由涓生和子君两个人共同演绎的"情感事件",但是相对于"逝者"子君的永远缄默,作为"生者"的涓生却获得了理所当然的讲述故事并建构故事的能力;更为重要的是,作为一个五四时期觉醒的知识分子,涓生也比子君拥有更有力、更有效的话语权力。说到底,《伤逝》是涓生为了自己"向着新的生路跨出去的第一步"所进行的精神疗伤，是涓生为了"前行"而"遗忘"，为了"遗忘"而写下的"记忆"，这些"记忆"是经过有意无意过滤后的产物。因此，在《伤逝》这样一个片面叙事中，读者只能相信涓生的"诉说"，并以"亲见"的姿态感受一个觉醒者所展示出来的全部痛苦，最终理解、原谅涓生的行为，把前行的勇气赋予这位忏悔者。正是在这样一连串顺理成章的情感导向中，"子君"的痛苦实际被湮没了，她的苍白的面影沉落于故事的内面。

一、涓生谛视下的子君

我们在《伤逝》中见到的子君是涓生眼中的子君，更确切地说，子君的全部生活是由依稀存活于涓生脑海中的"记忆"拼合起来的。实际在这一场不满一年的婚姻爱情事件中，始终存在着两个涓生，一个是和子君共同投入日常生活中的丈夫涓生，另一个是对自己的生活和与自己生活着的子君不断地打量着、审视着的思想者和旁观者涓生。而子君只有一个，是一个全身心地投入爱情与生活的女性。子君从欣喜到颓唐，由凄惨到忧惧，由怨色到恐怖，由坚强到怯弱，涓生不仅亲眼见证了这一切，而且更以此为镜像窥见了自我。

初恋中的子君在涓生眼中"带着笑窝的苍白的圆脸，苍白的瘦的臂膊，布的条纹的衫子，玄色的裙。她又带了窗外的半枯的槐树的新叶来……"在会馆里听着涓生的语声，"微笑点头，两眼里弥漫着稚气的好奇的光泽"。这是一个青春而单纯、娴静又羞涩、情窦初开的少女，她给涓生带来了春意。同时她也是一个被启蒙的对象，是涓生情感与思想的镜像，在子君的眼中，涓生照见了自己的伟大的力。

觉醒的子君勇敢地说出了："我是我自己的，他们谁也没有干涉我的权利！"子君的觉醒震动了涓生的灵魂，令涓生感到狂喜的是自己的启蒙思想终于在子君身上得到了印证，发挥了效力，令他体会到了启蒙者的快感。

爱情降临时刻的子君面对涓生的爱情表白，"脸色变成青白，后来又渐渐转作绯红，——没有见过，也没有再见的绯红；孩子似的眼里射出悲喜，但是夹着惊疑的光，虽然力避我的视线，张皇地似乎要破窗飞去"。这是被爱情之箭射中后的子君，同时也是涓生情感投注的对象。

获得爱情之后的子君获得了超乎寻常的力量，决然断绝了和叔父的关系："在路上时时遇到探索，讥笑，猥亵和轻蔑的眼光，一不小心，便使我的全身有些瑟缩……她却是大无畏的，对于这些全不关心，只是镇静地缓缓前行，坦然如入无人之境。"子君超于涓生的镇静与从容令涓生惭愧于自身的胆怯，并钦佩于子君的勇敢。

进入家庭生活的子君"逐日活泼起来"，并买了油鸡和阿随，沉浸在日常生活的快乐之中，但是在涓生眼中却大为减色了："子君竟胖了起来，脸色也红活了；可惜的是忙。管了家务便连谈天的工夫也没有，何况读书和散步。"沉浸于家庭中的"妻子子君"在涓生眼中再也没有了"恋人子君"的可爱与神秘，不到三个星期，涓生便渐渐清醒地读遍了子君的身体和灵魂，"揭去了许多先前以为了解而现在看来却是隔膜，即所谓真的隔膜了"。思想的隔膜使子君成为涓生怜悯的对象，而子君青春容颜的消退同样使涓生心生厌倦："终日汗流满面，短发都粘在额上；两只手又只是这样的粗糙起来。"

得知涓生失业后"那么一个无畏的子君也变了色"，涓生在拟写广告的间隙由瞥见子君"在昏暗的灯光下，又很见得凄然"。子君的怯弱不仅仅让涓生很失望，而且日渐成为涓生工作的一个妨碍："子君又没有先前那么幽静，善于体贴了，屋子里总是散乱着碗碟，弥漫着煤烟，使人不能安心做事。"此时的子君在涓生眼中已经变得庸俗乃至麻木了，甚至涓生"在坐中给看一点怒色，她总是不改变，仍然毫无感触似的大嚼起来"。

失去了油鸡与阿随，对于涓生来说不但享用了十多日的鲜肥，而且清净了很多，但对于子君却失去了生活中的一线快乐，"很颓唐，似乎常觉得凄苦无聊，至于不大愿意开口"。"到夜间，在她凄惨的神色中，加上冰冷的分子了。"至此，涓生已经产生了离弃的念头："其实，我一个人，是容易生活的……现在忍受着生活压迫和苦痛，大半倒是为她。"这个"失掉了勇气，只为了阿随悲愤，为着做饭出神"的子君在涓生心中的价值完全跌落了。

陷入失爱的忧惧中的子君想竭力挽回失去的爱情："眼里忽而又发出久已不见的稚气的光来，笑着和我谈到还在会馆时候的情形，时时又很带些恐怖的神色。……虽然竭力掩饰，总还是时时露出犹疑的神色来，但对我却温和得多了。"子君的犹疑和强颜欢笑的温暖的神情反而更增加了涓生的苦痛。

听到涓生讲出"真实"后的子君："脸色陡然变成灰黄，死了似的；瞬间便又苏生，眼里也发了稚气的闪闪的光泽。这眼光射向四处，正如孩子在饥渴中寻求着慈爱的母亲，但只在空中寻求，恐怖地回避着我的眼。"面对失去了凭依而恐怖着的子君，涓生却逃到了图书馆。

　　子君由一个对新思想充满了好奇，也对涓生充满了初恋的少女，到思想觉醒成为一个大无畏的爱人，直到变成一个活泼、忙碌的家庭主妇，最终为生活的凄苦与失爱的忧惧所击败，在无爱的人间走向了死灭。在这场恋爱与婚姻的悲剧中，涓生既是这一悲剧中的角色同时又是这一悲剧的解说者和旁观者，相比较子君的大胆与全身心的投入，涓生始终是以一个探索者、思考者与审视者的身份出现的，他不但在时时刻刻地审视着自己，审视着这段婚姻生活，审视着周围的世界，同时也在审视着同自己生活在一起的子君。涓生亲见子君从一个臂膊瘦弱、面色苍白的可爱少女变成两手粗糙、脸色红活的妇人；由一个温情而有思想的少女变成一个为了油鸡和阿随与小官太太较劲的家庭妇女；从一个坚决的无畏的觉醒者退化为一个失掉了全部勇气的弱者，涓生对子君的感情也由爱恋逐渐变为不满、失望乃至厌倦，并在人生的十字路口最终选择了子君而舍弃了子君。

二、记忆的反差与断点

面对同一个爱情事件,子君与涓生的记忆却形成了巨大的反差。尤其是涓生向子君表达爱情的那一刻,在彼此心中产生了截然两样的印记。对于涓生而言,那是一个慌乱而令人羞愧的场面:"记得那时以前的十几天,曾经很仔细地研究过表示的态度,排列过措辞的先后,以及倘或遭了拒绝以后的情形。可是临时似乎都无用,在慌张中,身不由己地竟用了电影上见过的方法了。……含泪握着她的手,一条腿跪了下去……"涓生的记忆中只剩下了这一点微末的残留,而且就是这一点遗留,也是后来一想到就令涓生感到愧恧的,因此,从"那一刻"一开始就成为涓生有意无意要抹掉的记忆:"已经记不清那时怎样地将我的纯真热烈的爱表示给她。岂但现在,那时的事后便已模糊,夜间回想,早只剩了一些断片了;同居以后一两月,便连这些断片也化作无可追踪的梦影。"最令涓生难为情而努力要模糊的"记忆"却在子君的记忆中生动而鲜明,并成为铭刻在生命中的永久印痕:"她却是什么都记得:我的言辞,竟至于读熟了的一般,能够滔滔背诵;我的举动,就如有一张我所看不见的影片挂在眼下,叙述得如生,很细微,自然连那使我不愿再想的浅薄的电影的一闪。"那对于涓生而言可笑的甚至是可鄙的求爱方式在子君并不可笑,而且是人生最幸福的体验。因此,在夜阑人静的时刻与涓生相对温习成为子君的甜蜜生活,而在涓生却变成难堪的"质问"与"考验":"我常是被质问,被考验,并且被命复述当时的言语,然而常须由她补足,由她纠正,像一个丁等的学生。"这样一种记忆与心理的反差,已经构成了子君与涓生情感之间的隔膜,涓生有意无意地拒绝和子君共同追想那些细节,致使原先两人相对的温习变成后来子君一个人的独自默想与回味:"只要看见她两眼注视空中,出神似的凝想着,于是神色越加柔和,笑窝也深下去,便知道她又在自修旧课了……"涓生的记忆被"愧恧""可笑可鄙"的心理充斥着,而子君的心却被那一刻热烈的幸福所攫取,两个人生活在各自不同的生活感受中。进入家庭生活的子君是生活在过去的爱情记忆中,而这"凝固了的幸福"恰恰是涓生要摒弃的"旧物",涓生所期待的爱是"必须时时更新,生长,创造"。这样的心理反差,也使得子君希冀以往事的温习唤回涓生心中的爱,不但变成了徒劳,甚至加剧着涓生的苦恼与厌倦。涓生超于子君的冷漠使子君产生了疑惧,而她唯一能做的就是以过往的温情重新弥合这越来越深的裂痕,于是子君"又开始了往事的温习和新的考验"并逼着涓生"做出许多虚伪的温存的答案来",于是涓生的忍耐终于到达了极限,"虚伪的草稿便写在自己的心上。我的心渐被这些草稿填满了,常觉得难于呼吸。我在苦恼中常常想,说真实自然须有极大的勇气的;假如没有这勇气,而苟安于虚伪,那也便是不能开辟新的生路的人"。于是在一个极冷的早晨,涓生终于向子君讲出了真实:"我老实说吧:因为,因为我已经不爱你了!"子君长久以来的恐怖终于得到了印证,同时也击碎了子君对于生活的仅存的一点希望。

尽管两个人的记忆有着如此大的反差,但是子君始终活跃于涓生的记忆中,但自从说出了"真实"的涓生逃到了通俗图书馆之后,子君就一下子淡出了涓生的记忆,致使子君的一切都成为叙述空白。二人世界的真实生活中断之后,留在寓所中的子君也在涓生的记忆中被遗忘,占据了整个叙事空间的是涓生为开辟新的生活而进行的思索与行动:这期间涓生大部分的时间依旧是在通俗图书馆里度过,在那里看到《自由之友》登出了他的小品文,陡然感到"生活的路还很多"。后来开始去访问久已不相闻问的人;再后来是写信给

《自由之友》的总编辑,收到两张书券。涓生在思索着并探寻着"生活的路",但是通向新的生路的开端却不得不先面对子君的问题,涓生曾经两次想到她的死,然而每次都立刻自责,忏悔了。涓生所盼望的是子君能够"决然舍去",而自己从此便可以"轻如行云,漂浮空际"了。但是涓生很清醒地意识到,子君的再度觉醒只是一个虚妄,"她所磨炼的思想和豁达无畏的言论,到底也还是一个空虚,而对于这空虚却并未自觉"。实际在涓生谋求新生的途中,子君的存在已经构成障碍,而子君无论是死掉,还是觉醒,都可以使涓生从此毫无牵绊地前行了,但是这里并没有第二种可能,子君的出路实际只有前者——死掉,这是涓生不断地回避但是却能真切预料到的。

从涓生讲出了实情到子君终于被父亲领走,整整经历了冬天最难熬的时光,既是自然界最寒冷的季节,也是子君生命中最严酷的冬天,但是子君究竟在这小屋中如何度过这漫长的"冬季",没有人知道,因为涓生中断了对子君的关注和记忆,读者只能凭借自己的想象去体味子君生命被煎熬的痛苦:也许子君呆坐在没有炉火的冰冷的屋子里更加无望地温习那最幸福的旧课;也许期待着终于有一天涓生回来向自己忏悔,收回曾经说过的话,回复到往日的生活,给她一条勉强的生路。实际对于那依旧寓居着子君的"家",涓生早就厌弃到不愿回去,而是"更久地在外面徘徊;待到回家,大概已经昏黑。……照常没精打采地回来,一看见寓所的门,也照常更加丧气,使脚步放得更缓"。涓生似乎在等待一个结局,无论这结局如何,都使涓生预感到"这新生面便要到了"。当涓生在通俗图书馆思索着自己的人生之路时,子君一定也在努力寻找自己的所谓生存之路,但是种种的人生路中却没有涓生所预期、所期盼的子君"勇猛地觉悟了,毅然走出这冰冷的家,而且——毫无怨恨的神色"。子君重新回到了父亲的家。至于子君如何在绝望中让父亲知道了自己的一切,在这从严冬到初春的漫长日子里,中国一个重要的传统节日——春节,也成了涓生记忆中的一个缺失,对于思索着人生的意义、远离了琐碎而苦闷的日常生活的涓生而言,这或许是一个有意的缺失,或许是一个根本不值得记忆的日子,而对于依旧栖身于日常生活中的子君,因为她的被遮蔽,其感受就更加无从知晓了。至于子君之死,在涓生记忆中更成为一个没有踪迹可寻的断点。实际子君作为一个被爱人遗弃、被现有的道德唾弃的一个微不足道的生命而言,她的生与死都不再被人关注,人们只是注意到一个结果,给涓生带来这一消息的伯父同窗语行代表了除涓生以外的一般人的心态:

> "你那,什么呢,你的朋友罢,子君,你可知道,她死了。"
>
> ……
>
> "哈哈。自然是真的。我家的王升的家,就和她家是同村。"
>
> ……
>
> "谁知道呢。总之是死了就是了。"

三、追问涓生忏悔的限度

假如子君活着会怎样?这样的一个追问并非无聊之举,因为《伤逝》本身便是一个虚构的故事,因此,这样的假设便与文本有了同等的意义。假如子君之死是一个讹传,当子君重新站在涓生的会馆里的时候,上演的也许会是"周朴园与侍萍"的故事。虽然作为资本家的周朴园与作为现代思想启蒙知识分子的涓生是完全不同的两类人,但是作为进入家庭生活中的丈夫角色，一个普通的家庭成员，他们并非不具有可比性，尤其是他们在面临的人生抉择时对于与自己共同生活的女性所造成的伤害，以及由这一选择所带来的伦理困境和忏悔之情都有着极大的相似性。他们无不是为了自己的生活道路而牺牲了自己身边无辜的女性。只不过，涓生作为一个启蒙知识分子敢于面对自己给子君所带来的灾难，而周朴园却不敢面对真相，三十年来一直靠编织谎言来生活。同样是对于无辜女性的施害者，但是他们二人却获得了截然不同的人生评判：涓生对于子君的伤害因为他的"诚实"而被有效地抵消，并最终获得了人们的谅解甚至同情，而周朴园对侍萍的伤害则因为最终暴露出的"虚伪"而使自己的道德人格进一步恶化，几乎无法得到人们的原谅。但是这样的对比却是一个不公平的对比，从周朴园一方面讲，假如侍萍后来没有活着出现在他面前，周朴园的"虚伪"便不会被揭示，而他对侍萍的怀念也会停留在"真诚"的层面上，但是人们恰恰是用周朴园"后来"的虚伪来否定了他此前的"真诚"。反过来，因为子君没有像侍萍一样重新以"生者"的面貌再次站在涓生面前，也就无法断定涓生的忏悔是否彻底，是否也会由真诚转变为"虚伪"。同时，对于周朴园"封建家长"和"残酷资本家"的阶级定位也使"真诚""善良"这样的一些良性品质与周朴园无缘,而对于涓生,现代启蒙知识分子的身份确认和无爱的社会现实,则使人们不断地在以启蒙价值观中的现代品性——"诚实"为他的一切辩护,而使伦理道德"恶劣品质"远离了涓生。

检验涓生"忏悔"的真诚性只能根据这样一个假设:"子君活着会怎样?"当侍萍站在周朴园面前,再次使周朴园面临人生的危机时,一下子暴露了周朴园的全部虚伪与虚弱。那么,当子君也重新站在涓生的会馆里,重新介入涓生的生活,使涓生寻求新生的愿景再次经受威胁时,涓生会采取怎样的行动呢?他会重新接受子君吗?会因为前次的"教训"——因为说出了真实而杀死了子君——而将真实深深地藏在心的创伤中,用遗忘和说谎做生活的前导吗?实际是不会的,尽管对于逝者——子君,涓生奉献了自己最彻底的忏悔,但是对于死者,人们是不会吝惜自己的情感的。而且涓生的忏悔在指向自身的同时更指向一个无爱的人间,在一个无爱的人间,不仅是子君,连他自己也是个受害者,因此,涓生的自责与忏悔在这一层面上获得了很大程度的抵消。当人们把忧愤转向一个无爱的人间的时候,自然也会把同情奉献给涓生。因此,涓生的忏悔不仅有着自身以外更广阔的指涉,而且有着自己的底线。涓生不惜用所谓"鬼魂""地狱的毒焰""孽风的怒吼"等诅咒所换取的全部忏悔,最终都集中于一点:"寻觅子君,当面说出我的悔恨和悲哀,祈求她的饶恕。"而不是要重新挽回与子君的爱情,更不是重新回复原先的生活,那无异于又陷入了旧有的精神绞杀和伦理困境。而对于涓生而言,如果继续和子君生活,只能以谎言作为生活的底色,而抛弃作为启蒙价值观念的"诚实",那么涓生也就等于失去了自我:"苟安于虚伪,那也便是不能开辟新的生路的人。不独不是这个,连这个人也未尝有。"因此,如果忏悔由自身的"诚实"而带给子君灾难,那么这种忏悔实在是勉强的,这样的"忏悔"实际又是无"过"可"悔"的。

正统与异类的颉颃　失衡与平衡的消长

从《药》的断点信息窥探鲁迅小说的叙事功能

何希凡　刘　静

作者介绍

何希凡,西华师范大学文学院教授、硕士生导师。

刘静,西华师范大学文学院硕士研究生。

推荐词

我们感到特别有意思的是,《药》叙事模式在鲁迅的其他小说中也有充分的体现。如在《祝福》中,祥林嫂由于没有遵守女子应有的"妇道",她的不"祥"使她成为群体中的异类,于是正统中的人要么是鄙薄,要么是嘲笑,以各种方式打击祥林嫂,连文中的"我"也对祥林嫂的求助采取敷衍态度,"我"还是不自觉地与社会正统站在了一起,加入了对异类的绞杀行为。

鲁迅的小说名篇《药》作于1919年4月15日，曾长期入选大学、中学教材，学术界也对这篇小说给予了持久的关注，认为这是一篇反思辛亥革命与社会思想关系的作品。这篇小说中运用了大量的象征手法，以精巧的结构线索，讲述了一个民间迷信与一个革命者殉难的故事。《药》的篇幅很短，但它在叙事策略上有一个最能凸现鲁迅小说叙事艺术个性的特点还较少被人关注，即在小说的叙事进程中，叙事者在提供了一些信息的同时，另外的很多信息却被压制了，或者说被暂时压制了，从而形成一种典型的断点信息。然而，正是由于多种信息的被压制所形成的信息断点，造成了小说的事件呈现出一种多功能的叙事状态，给阅读者带来了更大的思考和想象空间。不仅如此，我们还由此注意到《药》的这种叙事状态也较为典型地彰显了鲁迅大多数小说的叙事策略。

《药》一开头就提供了一个简单的场景，华老栓与华大妈两人行为的一次互动，以及华老栓去买馒头的过程。通过这些信息，阅读者并不会很清楚叙述者所要叙述的事件始末，因为很多信息还没有露出端倪。由于缺少这些信息，我们会产生如下的疑问：为什么是鲜红的馒头？这个馒头到底有什么用？借用《新叙事学》[①]中对普洛普的功能模式的筛选，我们可以从这些有限的信息中作出如下的解读：A. 华小栓生病，B. 要给他治病，C. 华老栓要去买馒头，G. 华老栓与兵交易，H. 华老栓得到馒头。

然而，这些信息还远不能满足整个故事的叙事要求，只有当叙述者为阅读者打开几个窗口的时候，才能让阅读者窥探到冰山的一角。因此，在接下来的叙述过程中，我们又可以获得更多的信息，即：这个红馒头是人血馒头；人血馒头是治痨病的药；一个叫夏瑜的革命者殉难。通过这些新增的信息，我们可以分析出两个功能模式：从华小栓方面看，A. 华小

[①] 参阅《新叙事学》，戴维·赫尔曼主编，马海良译，北京大学出版社，2003年第2版。在本书中，编者把普罗普的功能分析选出以下几种：A（或a）.破坏性事件（或对某一情境的重新评价）。B.要求某人减轻 A。C.行动素决定努力减轻A。C'. C行动素开始减轻A（或a）的行动。 D. C行动素受到考验。 E. C行动回应考验。 F. C行动素获得授权。 G. C行动素为了H而到达特定时空位置。 H. C行动素减轻A（或a）的主要行动。I（Ineg）H的成功（或失败）。K.均衡。

栓生病，B. 他需要治病，C. 寻找治病的药，G. 康大叔提供了信息，H. 获得了药（人血馒头）。因此，事件H获得成功。而在夏瑜一方面，则是，A. 夏瑜要革命，B. 要制止他的行为，C. 夏三爷要告密，G. 告密成功，夏瑜被捕，H. 夏瑜被杀，其血成为别人的药。于是，制止夏瑜的行为素C也获得成功。由此我们可以看到，在华小栓方面，他的父母及身边的康大叔都是为他得到药的支援者。而夏瑜由于是药的来源，也间接地参与到把药送到华小栓面前这一事件过程。至于文中的夏三爷、驼背五少爷、花白胡子等则都是处于协助的位置，帮助"获取药"这一行为素的成功。因此，这是一个群体帮助个体的过程。

再从夏瑜一方来看，导致夏瑜革命行为失败的直接原因是来自本家的夏三爷的告密，而需要获取药治病的华小栓（包括更多需要治病的人）则成了夏瑜之死的另一个因素，而剩下的诸如华老栓夫妇、红眼睛阿义、驼背五少爷等同样成为他的革命行动的阻力，这一切导致了这一个个体行动在群体行为的作用下宣告失败，整个故事结构由失衡状态回到了平衡状态。

至此，整个故事并未立刻走向终点，但就在这一部分与故事结尾之处，很多重要信息消失了。诸如，小栓服药后的疗效如何？小栓的死对华家会造成什么样的影响？夏瑜死后，整个群体将会有怎样的精神反应和反响？这些信息，叙述者竟然最终也没有清晰地揭示出来。我们对它的了解则是以从故事中获取的信息为基础，而信息一旦被压制而形成断点，就可能造成整个叙事结构的多重含义，因此，我们可能作出猜想，小栓究竟因何而死？是因病而死抑或别的原因？小栓之死之于华家到底是幸还是不幸？夏瑜之行为最终也无法得到理解吗？正是有着这些困惑，我们不得不到故事线索中去寻找，我们不得不根据因果关系、时空顺序去梳理故事，对此，我们可以再一次对故事的事件功能进行一次分析。

由于叙述者在故事的结尾为读者打开的窗口在坟地上，夏四奶奶的突然出现使整个小说的意蕴空间因为又一个断点信息的出现而得到了丰富。这个被延宕的信息提供给我们的是：她很早起来扫墓，"显现出些羞愧的颜色""终于硬着头皮"这一系列信息，让我们更加确信了前面所作的一个结论，那就是夏瑜之死是整个社会群体合力的结果。不仅是他的本家夏三爷，即使是亲生母亲也对儿子的事业不理解，认为是做了坏事的结果。母亲因此也是阻止儿子实现信念的力量之一。然而小栓之死显得如此突然，前面的信息已让我们了解了这个事实，所有的人都认为，有了药小栓包好。但小栓之死又让我们不得不开始质疑前面的结论，群体对小栓的帮助真的成功了吗？普洛普认为，功能是"人物的一个行为，是由它对行动进程所具有的意义来界定的"，或者说是"根据它的后果来界定的"。而且我们知道，在一个系统中，同一个事件既可成为一个事件的结尾，同时又是另一事件的开始。事物的功能是具有多样性的。当我们把那些被延宕的信息放回到整个故事结构中，故事就会渐渐丰富起来。于是，我们会忽然发现，华小栓之死这一信息，引起了整个故事结构前后矛盾，整个故事发展呈现出一种不安的状态。我们不得不从另一个角度来审视这一事件的功能作用：A. 小栓生病了，B. 要解决由他生病而带来的一系列困难，C. 华氏夫妇决定为儿子治病，C′. 去买药，D. 药很难得，F. 夏瑜之死，有药可寻，H. 得到药，小栓吃掉后，仍死亡，I. 小栓之死使家庭、群体之负担得到减轻。于是行为素C获取成功。这样，我们可以看到，前面本来还是作为小栓治病助力的人物华氏夫妇，现在站在了阻力的位置，本身成为药源的夏瑜也被迫转到了阻力上，而告密的夏三爷、提供信息的康大叔及其他的原来处于协助位置的驼背五少爷、红眼睛阿义及卖药的兵也自然都变成了阻力。

由此,我们就可以发现,不仅是夏瑜,华小栓同样也是被群体看做抹杀的对象。普洛普认为:人物的功能在故事中起着稳定、恒常的成分的作用。不管它们是谁和怎样具体体现的。[①]可见,由夏瑜和华小栓所引发的这两个事件的功能的体现,都是为了使故事得到稳定和恒常的状态,即获得平衡。而不论是作为革命者的夏瑜还是痨病患者华小栓都是群体中的"异类",他们是引起群体不安定的因素,使得故事一开始就处于失衡的状态。为了重获平衡,作为正统代表的群体就必须对异类进行绞杀。即使是夏瑜和华小栓两者之间,也是处于一个互为否定的状态。因此,该故事一直以来就是讲述一个正统扑灭异类的过程。只有这样,小说才又回归平衡。

我们感到特别有意思的是,《药》的这种叙事模式在鲁迅的其他小说中也有充分的体现。如在《祝福》中,祥林嫂由于没有遵守女子应有的"妇道",她的不"祥"使她成为

---

① 参阅《新叙事学》,戴维·赫尔曼主编,马海良译,北京大学出版社,2003年第2版。在本书中,编者把普罗普的功能分析选出以下几种:A(或a).破坏性事件(或对某一情境的重新评价)。B.要求某人减轻 A。C.行动素决定努力减轻A。C'.C行动素开始减轻A(或a)的行动。 D. C行动素受到考验。 E. C行动回应考验。 F. C行动素获得授权。 G. C行动素为了H而到达特定时空位置。 H. C行动素减轻 A(或a)的主要行动。I(Ineg)H的成功(或失败)。K.均衡。

群体中的异类,于是正统中的人要么是鄙薄,要么是嘲笑,以各种方式打击祥林嫂,连文中的"我"也对祥林嫂的求助采取敷衍态度,虽然意识到"我这答话怕于她有些危险",可是"我"还是不自觉地与社会正统站在了一起,加入了对异类的绞杀行为。

值得一提的是,在鲁迅的小说中,成为异类的原因可以是很多,除了有像夏瑜那样的革命者,或是华小栓这类患者,还可能是因被剪了辫子而成为异类的七斤,反对"夫权"拒绝离婚的爱姑,还有既是身患疾病同时又是精神上的叛逆者的"狂人",等等。这些异类之所以为异类,就在于他们身上总有异于群体的特质,正是这种特质会引起群体的不安,也导致小说的结构失衡。为了平复动荡不安的状况,作为正统的群体就必定会采取行动,只有扼杀掉异类,小说结构才能从失衡回复到平衡状态。当然,这种异类的被扼杀,并不一定都是以异类的生命终止为完结,而是要让异类那异于正统的特质消失。如狂人的痊愈意味着一个精神叛逆者的直接消失;爱姑的屈从也意味着对夫权的服从;七斤的辫子虽然没有接上,但是在正统的眼中,他作为异类的特质已经消失了。一旦异类不再成为异类,那小说结构就获得平衡，正统的群体功能也宣告成功。

尤其是在《铸剑》这篇小说中，眉间尺之所以成为异类，可以说完全是群体群策群力的结果。只有十六岁的眉间尺本可以成为群体中的一员，不用承担父辈的恩怨，过普通人的生活。而事实上，他也似乎愿意如此，因为人的生存本能使他可以隐约预知一旦成为异类对他会意味着什么。但是，他的父亲在他未出世时就让他背负报仇的使命，母亲的督促、国王的捉捕、宴之敖者的协助，使他终于从群体中剥离出来，成为复仇者。于是，在异类诞生的同时，他也立即失去生命，正统对异类的扼杀瞬间成功。同时，他的死亡也成全了宴之敖者，宴之敖者接替他成为新的异类，结果自然是同样也被正统消灭。

追溯至此，我们可以看出，鲁迅的小说总是采用这样一种叙事模式，当一个或几个异类出现，不论他们是何种原因，自愿或是不自愿，总会有以群体为代表的正统采取行动（不论这些正统是有意还是无意），直到异类不再成其为异类，群体的功能也宣告完结。故事结构则复归平衡。正是在这样的结构下，《在酒楼上》中原本充满理想的吕纬甫，《伤逝》里追求个性解放的子君和涓生，《长明灯》里的疯子,《孤独者》中的魏连殳,还有那"站着喝酒而穿长衫的唯一的人"——孔乙己等,他们都被群体划为异类的范畴。而他们在群体的作用下,或失去理想,或是抑郁而终,或是因别的原因死去,无论是哪一种异类,在群体面前都是同样的无能为力。

这时,我们感到,这力量强大的"群体"正有类于尼采笔下的"群畜"。在尼采的哲学思想中,"群畜"不仅是无能的,是灾难的根源,而且他们还会"试图保存一种基本类型,并且阻止两种倾向,即防范各种蜕化变质分子(罪犯等),防范标新立异者。群畜倾向于维持现状,他们心里没有丝毫的创造精神"。众所周知,鲁迅受尼采的思想影响很深,当他面对中国国情,他更深刻体会到"庸众"力量的强大和改变"庸众"的必要性。然而与尼采的极端激烈的"驯化"庸众的方式不同,当鲁迅面对群体问题时,与其说他像一个战士,不如说他更是一个殚精竭虑的启蒙者,一个焦灼急切的警示者。他说过,要"揭出病苦,引起疗救的注意"。正是本着这种唤醒群体的目的,于是,我们发现,这种叙事模式在鲁迅小说中反复出现。不管作者是有意还是无意,但这绝不是巧合。甚至可以这样说,鲁迅本身就是一个社会的异类，对异类遭遇的深度体验使他感同身受。然而，尽管他有被打压、排挤、不被理解之痛，尽管他感到作为异类的悲伤孤独及群体固守的力量之强大，可他始终在绝望中反抗，要打破"万难破毁的铁屋子"，唤醒这"病态社会"，因为他对群体更有一种"哀其不幸，怒其不争"的复杂之爱。

然而，鲁迅小说的深刻性和独创性绝不仅仅在于他采用了这种惯有的叙事模式，而更在于他将自己深邃的思考和强大的精神张力贯注其中。这个"现代中国最痛苦的灵魂"，以他对社会群体最痛苦又最深沉的爱，以他作为中国现代小说之父的艺术匠心，编织了令人赏心悦目也令人灵魂震颤的小说叙事框架。鲁迅的独特性在于，除了他的叙事技巧外，他思考的穿透力和对民族大爱的精神热力永远是第一位的。他在自己的作品中营造了自己的独语世界，也开辟了他与读者对话的空间，他让读者深切地感到内心的悸动与悲怆并能找到自己的影子。不管我们如何解读鲁迅作品，当我们看到华老栓、孔乙己、阿Q、祥林嫂及鲁迅笔下芸芸众生的悲剧时，总是要去追问导致他们悲剧命运的真实原因，而这个追问空间是鲁迅为读者打开的，这种开阔而深邃的思索空间也赋予了鲁迅小说更为迷人的审美魅力，这一切都成为中国现当代小说可资借鉴的宝贵艺术经验。

人力车夫的挽歌

《薄奠》赏析

韩石山

作者介绍

韩石山,山西临猗县人。1970年山西大学历史系毕业。长期从事小说、散文、文学批评等门类的写作及现代文学研究。

推荐词

整个作品里,最真实、最感人的,还是那些切入人物性格与处境的情节。这才是这篇小说的艺术活力。

三十年代的作家,于劳动阶层中,似乎特别属意于人力车夫,胡适写过《人力车夫》,刘半农写过《人力车夫》,鲁迅写过《一件小事》,郁达夫写过《薄奠》,集大成者,该是老舍的长篇小说《骆驼祥子》。胡适和刘半农的是诗歌,鲁迅的名为短篇小说,实则只能说是一篇随笔,只有郁达夫的《薄奠》是一篇名副其实的短篇小说。

属意于人力车夫,似乎是偶然的巧合,探究起来,也有其必然的缘由。知识分子生活在大都市里,不可能常去农村,从事的是文化教育工作,也不可能常去工厂走动,这样,跟工人农民终究隔了一层。跟人力车夫的关系就不同了,彼辈所拉的洋车,正是他们代步的工具,上课下课,探亲访友,常会乘坐,车上车下免不了叙谈,感情易于亲近,境遇不难了解,写起来也就得心应手些。

《薄奠》的故事很简单:"我"看戏出来,雇了一辆人力车,路上方知,车主的住处离我家很近。又一次出门,走到车夫家门口,听见里面大声喊,进去才知道,是车夫在训斥妻子,他好不容易积攒下三块多钱,想等积攒得多了买一辆旧洋车,而妻子却将这些钱买了过夏的白布。我很想帮他的忙,可恨身上没带钱,便将自己的一块银表拿出来,悄悄地放在他的桌上。多日后,又路过他家门口,听见里面有哭声,进去一看,原来是几天前,这车夫淹死了,他的妻子在哭。我要给这女人一些钱,女人不要,求我为她的丈夫买一辆纸糊的车,在坟上烧掉,我照办了。

读《薄奠》,最大的感觉是自然、真实。这与郁氏的创作观念不无关系。"作品是作家的自供状",为郁氏终生奉行不渝的信条。《薄奠》正是一篇自供状式的作品。

1923年10月,郁氏应北京大学之聘,接替陈豹隐的课,任统计学讲师,住在他的兄长郁华的家里,第二年春天将妻子与儿子接到北京后,好长一段时间,仍住在兄长家中。郁华的住所是西城阜成门内锦什邡巡捕厅胡同二十八号。《薄奠》中的故事,就发生在这期间,这一带。作品中的"我",在别的作家的小说里,或许该看作是个创造人物,而在郁氏的作品中,尤其是像《薄奠》这样的小说里,则不妨看作就是作家本人,不是说事件,是说身份,是说性情。

"一个晴朗的春天的午后,我因为天气太好,坐在家里觉得闷不过,吃过了较迟的午饭,带了几个零用钱,就跑到外面去逛去。"作品开头的这句话,正符合一个寄寓者的心境,闲适,无聊,无所事事。

被车夫拉到住所门口,想到车夫回家后与妻儿团聚的乐趣,他却只能独自一人忍受寄寓的凄凉,不由得感叹起来:"啊啊!可怜我两年来没有睡过一个整整的全夜!这倒还可以说是因病所致,但是我的远隔在三千里外的女人小孩,又为了什么,不能和我在一处享乐吃苦呢?难道我们是应该永远隔离的么!难道这也是病么?"

其时作者的妻子与儿子都在浙江富阳老家,距北京正是三千里之遥,而作者所以来到北京任教,也正是为生计所迫。这真实的身份、真实的感情,对这篇作品的成功至为重要。它让读者一开始,就面对的是一个真实的人,很快地,不用任何中介地,就和作者叠合为一个人,一起进入了作品特定的情境之中。

而环境的真实,主要是北京的街道名称,又为你提供了一条进入这情境的坦途。

看戏的地方,文中没有明说,只说是前门外。起先遇见的车夫,要价太高,一时没有雇上,他只好走到前门大街。原打算继续走下去,等走到西单牌楼再雇车回家。走到正阳桥边的步道,这才含含糊糊地问道旁停的一辆洋车,遂与文中的主人公相识。车上,闲谈中知道,对方是巡捕厅胡同西口儿的车,家住南顺城街的北口,就在巡捕厅胡同的拐角上。多日后,当他再一次见到车夫时,行走路线是这样的:"进平则门往南一拐,就是南顺城街,南顺城街路东的第一条胡同便是巡捕厅胡同。我走到胡同的西口,正要进胡同的时候,忽而从角上的一间破屋里漏出几声大声来。"末后一次路过车夫家,是在一次重病后,"出了门就走往西边,依旧想到我平时所爱的平则门外的河边去闲行"。

真实的地名,又反复使用,使你不能不相信作者的所写,都是实有其事。

至于情节进展的自然有致,更让你有身临其境之感。比方说,他遇见这位车夫,写成散戏之后,随便雇了一辆车,而车主便是这位车夫,亦无不可。只是那样一来,事件的发展就平淡了。就是这样的序曲,作者也不肯轻易放过。先说他出门时，带了几个零用钱，自然不会很多，又买了画，看了戏，就更少了，散戏出来，天已黄昏，又起了风，这就需要坐车了，问过几个车夫，都要七角六角，不够，这样就非步行不可了。已走了一段路，却让南行的汽车喷了一身的土，步行的决心不免动摇，这才试探着问路旁的一辆洋车。袋里仅剩四五十枚铜子，所以向车夫问价时，便说："嗳，四十枚拉巡捕厅胡同拉不拉？"下车时，因对方推让，他反倒觉得难为，便尽其所有，将身上的四十八枚铜子全给了车夫。入情入理，没有半点破绽。

一个是知识分子，一个是车夫，地位的悬殊，使两人不可能有过多的来往。对后来两次去车夫家，作者都作了周密的设计。全文以上中下为序，分作三节。上节的情节，已如前述。中节写的是第一次去车夫家的情形。不是突然的拜访，那与彼此的身份不符。一切都那么自自然然，在无意中进行。

先说，平则门外有一道护城河，沿岸的景致也还不恶，"河道虽比不上朝阳门外的运河那么宽，但春秋雨霁，绿水粼粼，也尽可以浮着锦帆，乘风南下。两岸的垂杨古道，倒影入河水中间，也大有板渚隋堤的风味"。便成了作者闲暇时的流连之地。所以常来此驻足者，则是因为，"我一个人渺焉一身，寄住在这人海的皇城里，衷心郁郁，老感着无聊。无聊之极，不是从城的西北跑往城南，上戏园茶楼，娼寮酒馆，去夹在许多快乐的同类中间，忘却我自家的存在，和他们一样的学习醉生梦死，便独自一个跑到平则门外，去享受这本地风光"。

北京城里，不是有更好的游玩之所么？不是不想去，是没有余钱。"玉泉山的幽静，大觉寺的深邃，并不是对我没有魔力，不过一年有三百五十九日穷的我，断没有余钱，去领略它们的高尚的清景。"这样一来，五月中旬的一天午后，他又无端感着了一种悲愤，本想上城南的快乐地方，去寻些安慰的，但袋里连几个车钱也没有了，所以只好走出平则门外。

这里的转述，仅是大略的景况。实则这一段铺垫，有七八百字，且文字典雅清丽，酣畅自如，大可单独取出，作成一篇为《平则门外》的散文。

不能说是铺垫，说铺垫，就减弱了这一大段文字的分量。郁达夫的小说，除了他所写的人物外，还有一个人物，那就是作者自己。两个人物，两条线索，相互交错，共同推动着整个事件的发展。本篇中,若仅仅从车夫的行为话语上着眼,难说多么丰满,就说车夫是个躯壳吧,因为另一个人物即作者"我"的激情,为他注入了生命的活力。一个是步履维艰的处境,一个是孤愤悲怆的情怀,相互纠缠在一起,便使整个作品产生了超乎寻常的慑服读者的艺术魔力。这是郁达夫小说的一个极为显著的特性,也是郁达夫在小说艺术上的过人之处。

感情的推进,也并非越激烈越好,过犹不及,这就有个度的把握。比如说,若将作者与车夫的感情贴得太近,也会让人觉得矫情。作者在这方面处理得极为妥帖允当。比如说,在第二部分的插叙中,说到自己坐在车上,一路上细听着车夫一条条的诉说,觉得这些苦楚,都不是他个人的,接下来写道:"我真想跳下来,同他抱头痛哭一场,但是我着在身上的一件竹布长衫,和盘在脑子里的一堆教育的绳矩,把我的直率的感情缚住了。"有了这样的离间,两人的身份更为真实,感情也就更为贴近。

当然,整个作品里,最真实、最感人的,还是那些切入人物性格与处境的情节。这才是这篇小说的艺术活力。且看作者第一次进车夫的家里,是怎样的情景——

> 我竟不待回想，一脚就踏进了他住的那所破屋。他的住房，只有一小间，小屋的一半，却被一个大炕占据了去。在外边天色虽还没有十分暗黑，但在他那矮小的屋内，却早已黑影沉沉，辨不出物体来了。他一手插在腰里，一手指着炕上缩成一堆，坐在那里的一个妇人，一声两声的在那里数骂。两个小孩，爬在炕的里边。
>
> 我一进去时，只见他自家一个站着的背影，他的女人和小孩，都看不出来。后来招呼了他，向他手指着的地方看去，才看出了一个女人；又站了一忽，我的眼睛在黑暗里经惯了，重复看出了他的两个小孩。

这是一个画面，在黑沉的底色上，显现出几个人物的身影，是模糊的，也是立体的。而光线的动用，也是由黑暗，通过眼睛的"经惯"，渐次显出稍微明亮的色彩。也只有在这样一个近乎赤贫的家庭里，丈夫才会为三元多钱的处置，那样悲愤欲绝地责骂妻子，也才会酿成车夫后来的溺水而亡惨剧。

当然，现在看来，作品末尾，"我"对路人的痛骂，是过火了，不免有点突兀，可要知道，这是新文学起步之初的制作，也是一个知识分子对劳动者的情感的袒露，虽说褊狭了点，也不是完全不切合为悲惨死去的劳动者祭奠这一特定情境，尤其是作者的心情原是那样的恶劣。

因此，不妨说，这是一篇人力车夫的挽歌，也是作者自哀自悼的祭文。

让哭的发笑、饿的饱足、活的温暖

巴金的《寒夜》及其他

[日] 山口守　胡志昂译

作者介绍

山口守,日本人,对中国现当代文学有研究,在中国多次发表过有关现当代文学的研究文章,出版过《北京回忆录(1926—1938)》(日文原版)、《大众传媒与现代文学》等著作。

推荐词

我认为在《寒夜》中,巴金一方面由衷地同情汪文宣那样善良、懦弱、勤恳,为着不伤害别人而自我破灭的人,另一方面还告诫我们不应选择在沉默中与理想一块殉情的生活道路。

巴金在新中国成立前的小说是从《灭亡》开始，以《寒夜》结束的。比较最初与最后的这两部小说，我们可以看到两者的文学性质大相径庭。如果要我选择，我会毫不犹豫地选择《夜寒》，因为我认为《夜寒》才是巴金最优秀的作品。在此我想略述一下自己的见解。

一般认为巴金的代表作是《家》。这部成功地描写了近代中国过渡时期因循守旧的封建家庭中，新旧两代人的倾轧、冲突的小说似乎在具有教育性这点上被看做是他的代表作。但是这部作品与其说体现了巴金文学的特征，莫如说是中国封建家庭的普遍性构成了小说的基础。除了《家》《春》《秋》外，巴金还写过不少以社会最小单位——家庭为舞台的小说，这些作品的主题虽不是描写家庭本身，但我们可以从中看到中国封建家庭存在的一个侧面。抗战时期写的《火》第三部、《憩园》中也出现了家庭问题，尤其后者是以作者于1941年回家乡时从亲戚处听说的自己叔父的遭遇为题材的，是部家庭因素很强的小说。从1943年4月至9月在桂林写的《火》第三部中也出现了家庭问题，但在这部作品中出现的是在一定程度上理想化的家，是以一个怀有理想的人物的温暖的家庭关系形成小说背景的。主人公基督教徒田惠世为出版宣传抗日的杂志《北辰》四处奔走，碰上各种社会矛盾遭受挫折时家庭就是病魔缠身的他唯一获得安宁的地方。《火》第三部五章中"全家的人聚在一起吃饭、喝茶、谈天的时候，整个屋子里都充满着和平、甜蜜的爱的空气"这段描写象征性地说明了这点。《巴金的生活和著作》的作者法·明兴礼（J. Monstesleet）引用这一段解释道："它告诉我们这个家庭是多么幸福。"就是说他把田惠世、他的妻、长子世明、次子世清、长女世慈组成的田氏一家看做是被基督教的爱所包围着的理想家庭。然而，我们究竟能从田氏一家嗅到怎么样的生活气息呢？小说虽然描写了田氏一家的日常生活及其互相间的感情交流，但我们无法从中看到活生生的人物形象。家庭既然是社会最小单位，它就不可能是世外桃源。这部小说中的家庭应从与当时充满矛盾的社会状况、温健、谢质君那些利己主义的学生、张翼谋、黄文通之类的法西斯主义者对照的角度来理解。就是说,这部小说是在作为恶的社会矛盾与作为善的田氏一家这一极为概念化的图式上形成的。因此作者越强调善,小说就越平板,生活气息也就越淡薄。

与此相比《憩园》对现实的挖掘较为深刻,是部比较成功的作品。《憩园》是从1944年5月在贵阳、花溪、重庆等地写的。这里姚家和杨家这两个家庭构成了小说舞台,"黎先生"是贯串两个家庭的主要人物。包括这位"黎先生"作品中所出现的几个善良人,具有典型性的是姚国栋的后妻万昭华。她对前妻的儿子的顽劣任性束手无策,她为丈夫对她不理解而烦闷苦恼,然而她仍要做个绝对善良的人。她与黎先生所同情的杨三爷的结局在某种意义上与《家》《春》《秋》三部曲有一定连贯性。由于生活放荡被妻子从家中逐出穷死的杨三爷不正是《激流》三部曲中高家破落的最终情形吗?正如巴金自己在《谈〈憩园〉》中所说,这部作品是高家的"冬"。《憩园》中不仅有杨家的悲剧,姚家的悲剧也同时发生着,主人公黎先生身临工场,悲剧却无法挽救。悲剧不可避免的根源在于现实社会。作者将自己的愿望寄托在两个人物身上,一个是杨家老二,另一个是姚国栋的妻子万昭华。杨家老二对父亲,万昭华对一切人都尽力同情、帮助。

> 帮助人,把自己的东西拿给人家,让哭的发笑、饿的饱足、冷的温暖。那些笑声和喜色不就是最好的酬劳!

作品中万昭华说的这段话大概就是作者本人的愿望吧。

这种绝对善良的人物在1945年5月至7月间写于重庆的《第四病室》中也可以看到。《第四病室》与《憩园》不同,作品中没出现家庭问题,作者以自身的体验描绘了阴惨、沉郁的三等病室,社会性较强。在经常笼罩着死亡的阴影的《第四病室》里作者描写了悲惨世界中的救星女医师杨木华,让她说出作者的希望:"会使你变得善良些、纯洁些,或者对别人有用些。"

总之我认为,《火》第三部、《憩园》和《第四病室》是同一类型的作品群,虽然小说背景、人物各不相同,但都出现田惠世、万昭华、杨木华那样绝对善良的人作为矛盾或悲剧的救星。当然这些人物的善良并没有发生什么作用,他们自己也在遭受困难,但他们是作者希望的化身。就是说无论作者如何描写人类社会的矛盾、悲剧，都必定伴随着出现绝对体现作者愿望的人物，因为这些善良人物的善意越绝对，他们所表现的人性就越空泛越概念化。这种表现方法与巴金初期的《灭亡》《爱情三部曲》描写概念化的爱情加革命的文学相去并不很远，但作品的艺术性较之初期要高得多，从中能够感到作者力图描写活生生的人的真实的创作姿态。我认为，《寒夜》是巴金现实主义创作道路上的一个新的里程碑。《寒夜》中没出现万昭华、杨木华那种绝对（在某种意义上是概念化的）善良人物，展现的是个彻头彻尾的灰色世界。这部小说的一部分原形可以从短篇小说集《小人小事》中找到，这本由《猪与鸡》《兄与弟》《夫与妻》《生与死》《女孩与猫》五个短篇汇成的集子指示了巴金文学的新方向。在这些短篇中既没有初期作品中所描写的青年的爱、理想和破灭，也没有《火》那种概念化的现实性，只有极其普通的小市民的纠纷和苦楚。《猪与鸡》中的冯太太与方太太，《兄与弟》中的唐二哥与唐五哥，《夫与妻》中的蒋嫂子与她丈夫，这些人物之间的纠葛构成了小说的主题。主人公"我"常常是这些纠葛纷争的冷静的观察者。作者既不从观察者的立场向前进一步，也不从那儿后退半步。

在《谈我的短篇小说》中关于《小人小事》时巴金这么说:

> 在后期的作品里我不再让我的感情毫无节制地奔放了。我也不再像从前那样唠唠叨叨地讲故事了。我写了一点生活,让那种生活来暗示或者说明我的思想感情,请读者自己作结论。

就是说,这种创作倾向的形成固然也有抗战时期为了避免国民党统治下严格的出版检查等因素,但主要标志了巴金从感情过多的表现主观文学到期待读者思考力的、更有深度的文学的过渡。当然这一转变并非容易,在写作《猪与鸡》《兄与弟》《夫与妻》的1942年,这种文学表现尚未成为巴金文学的特征,它要升华为巴金文学的核心还需要与《憩园》《第四病室》中的"善意"文学融为一体,我认为小说《寒夜》的世界正是在这种基础上形成的。

《寒夜》是从1944年初冬开始执笔,中间几经周折,最后于1946年12月31日在上海完成的。小说的背景是抗战后期的重庆,人物不多,汪文宣、曾树生、汪母三人构成了小说世界,情节是以战时从上海辗转流落到重庆的汪文宣一家为主线展开的。汪文宣为人温厚善良,为着一份微薄的薪金,抱病在一家半官半民的出版社当校对。他有一个在银行工作的妻子曾树生，两人曾在一所大学念书，都有过献生教育事业的理想。然而由于抗日战争的烽火越燃越烈，两人只好放弃抱负在内地城市里过着灰色的日子。汪文宣年迈的母亲盲目地爱着自己的儿子，在战时黑暗的重庆，她在对儿子文宣的爱中找到了自己活着的意义。这三人构成了《寒夜》的世界。

这部小说如果仅从家庭生活或爱情破灭来看，那它同庸俗的情节小说并无两样。用这种观点来看，主人公就成了丧失极普通的生活能力的人，作为生活者，一般老百姓也比他强一百倍吧。但是我认为上述观点从根本上错了。作者在这部作品中所要表现的不是一般的家庭生活中的倾轧或三角关系，而是对当时都是善良人的家庭也不得不破裂的社会状况的揭露和控诉，并从中揭示出人与人的联系这一突出普遍的问题。小说的意义就在于此。正因为小说深刻地写出了抗战时期勤恳、忠厚、善良的小资产阶级知识分子的命运，我们才得以超越时代地来深入思考人与人的联系。

《寒夜》中巴金之所以能出色地刻画出下层知识分子的形象也许是因为作品中的社会是巴金在抗战时期亲身经历

的,物价飞涨、生活困苦、疾病、邪恶势力横行,这些大概都是国民党统治的"大后方"的现实。巴金同情汪文宣、曾树生与汪母,但并不袒护他们。这三个主要人物不得不在感情纠葛中生活是由于各自的善意没能与彼此相处的社会环境吻合一致。曾树生与汪母之间纠缠不清的矛盾与憎恶根源不在于她们作为完整的人的性格,而在于她们置身其中的日常生活本身成了憎恶的起爆剂的缘故,无论文宣如何心地温良也无法消解两人之间的矛盾。但这并不等于否定汪文宣善良的意愿,纵使在社会上看来他是多么懦怯。

在家庭中,文宣站在纠纷的婆媳之间,自己绝不参与争吵,对妻子对母亲同样好言相劝,极力调和她们的感情。"家,我有一个怎样的家啊!"尽管他心里如此自语,实际上却把责任拉到自己身上以求万事和平。这不是虚伪的感情。"你们都是好人,其实倒是我不好,我没有用,我使你们吃苦。"他对母亲这么说时感情是真挚的。懦弱、善良的他,只能这么思想,这么感觉。当然他也知道自己与母亲妻子的心并不相通,她们能给予他的只是关切与怜悯,"他跟她们中间仿佛隔着一个世界"。因而她们不能理解他的心。然而尽管如此,他还是爱着妻子母亲,自己背负苦难与她们一块生活。为了她们,他抑制自己,要说这是懦怯也无所不可,但是,这在某种意义上不正是小资产阶级知识分子的一个共性吗?

家庭以外,文宣同样如此。在出版社绝不与人争吵,对周主任、吴股长那种冷酷的金钱迷、权力狂,他虽然心有反感也从不吭声,即使内心愤懑地叫喊:"为什么要这样欺负我?至多我不吃你们这碗饭就是了,我哪一点不及你们!"也只是"无声的抗议"而已,他觉得"为着生活,我只有忍受",只能忍气吞声别无他法。我们生活在今天的世界上不也或多或少的在名为"生活"的现实面前妥协、作出某些牺牲吗?因此我决不能嘲笑汪文宣的生活态度,我只是怜悯这个窥伺上司颜色、远避同僚、一味默默工作的"老好人"。汪文宣是家庭内外一致的老好人,他的善良是一贯的。在冷酒馆遇见为战时困苦的生活弄得形容憔悴、因妻子急病去世只求早归黄泉、自暴自弃的昔日旧友唐柏青,同情他落魄潦倒的遭遇,要将他领回自己家中的文宣;送别丢下他自去兰州的妻子曾树生后,看见两个蹲在街路拐角上的孩子想把他们带入屋里的文宣;以及一边校对写国民党政府如何关心人民的文章,一边心中叫喊"谎话!谎话!为了你这些谎话,我的血快要流尽了"的文宣，都归结到意识世界的一点上，那就是"善良"。就是说，清醒地认识抗战时期国民党统治区丑恶的社会现实的觉悟和为自己所爱的人献出自己的一切的善良在汪文宣身上都是从同一点上出发的。那善良大概就是《憩园》《第四病室》中描写的绝对善良吧。然而尽管汪文宣如此温厚善良，却得不到好报。

想到树生离去数月后，文宣独自来到从前两人一块去过的国际咖啡厅要了两份咖啡，就像树生坐在他对面似地向着对面的空座倾诉衷肠的情景时，想到患结核病临死之前连话都说不出声的文宣叫喊"我要活！"那瞬间的心情时，我们的心为他得不到果报的善良而感到哀切，尽管他那善良几乎与懦怯相差无几。

巴金所要控诉的正是那好人没有好结果的黑暗社会。

然而，对于抛弃汪文宣的爱情自去兰州的曾树生，巴金并没把她描写成十恶不赦的坏人。作者只是告诉读者她所以不得不这么做，有她自己的必然性，那责任的根源不只是在她个人身上。对于她来说日常生活就是：

> 没有温暖的家，善良而懦弱的患病的丈夫，极端自

私而又顽固、保守的婆母,争吵和仇视,寂寞和贫穷,在战争中消失了的青春,自己追求幸福的白白的努力,灰色的前途……

她为了摆脱这种生活,半推半就地接受了年轻上司陈主任的爱,丢下丈夫去兰州了。当然,曾树生并非喜欢与汪母纠纷,她们都以自己的主观爱着文宣,她们只是通过文宣这个人才联系在一起的。因此联结她与她的唯一纽带文宣苦于病魔,在社会的重压下越来越喘不过气时,她们之间纠缠不清的纠葛也随之愈益恶化。树生同情丈夫文宣,但她不愿为此牺牲一切,她追求她的年轻上司陈主任,她要求自由,但是当她说"我需要幸福,我应该得到幸福"时,她没有理解幸福的真正含意。她忍受不住灰色的生活,丢下丈夫离开了重庆。然而她得到了什么呢?对于她来说束缚她自由的桎梏是生病的丈夫还是丈夫的母爱呢?都不是!桎梏是当时的社会,当时她主观追求的"自由"根本不存在。树生原先与文宣一样有着献身教育的理想,在青春最后一瞬间她追求自由去兰州时,她还没有意识到自己背上了存在与意识的矛盾。

汪母是个出生旧社会中产阶级的妇女,与儿子媳妇同样也是战争的牺牲者。她的思想意识还在旧社会,因而对有着新思想的媳妇树生抱有反感。她对文宣的爱多半是盲目的,为文宣煮饭烧菜、缝补浆洗;照料他的生活,关心他的病体,忍受着贫苦生活的煎熬。换个角度看,在那黑暗的年月对儿子的爱成了她生活中的精神食粮。因此对儿子的爱愈深她就越不能容忍树生,这就成为日常发生矛盾的原因。她觉得树生离开儿子只会使文宣幸福,然而她却不知道她为着爱儿子而说树生的坏话是多么深地刺伤了儿子文宣的心,同时文宣为着爱树生而为她辩解又伤了母亲的心。这是毫无意义的、纠缠不清的纠葛,但纠葛的原因不在于他们的人性,矛盾的根源是当时的"现实"。

黑暗、窒息的社会、树生与汪母的纠葛、文宣无望治愈的病、日本侵略军的残暴、文宣与树生的诀别以及文宣的死,没有一线光明,但我丝毫没感觉虚无,从掀开小说第一页直至翻完最后一页时我的心情绝不是灰暗的。尽管作品中的人物互不理解、纷争不已,但是作者看人的目光是温暖的,同时也是清醒的,与初期作品不同。《寒夜》中作者没有描写悲剧的救星(如万昭华、杨木华),当街上响起抗战胜利的欢呼声时,文宣在母亲与小宣的看护下与世长辞了。

一个月后曾树生回到重庆,等待她的只是文宣的死。耳听人们在地摊前谈论对抗战胜利后的国民党政府不满,她徘徊在冰寒彻骨的重庆街头。这个阴惨凄凉的结尾,不是把现实与人作为作者主观意识的具体体现,而是巴金将客观真实彻底对象化的创作表征。这是小说《寒夜》成功的原因之一,也是短篇小说集《小人小事》中业已出现的巴金文学的新倾向。

我认为在《寒夜》中,巴金一方面由衷地同情汪文宣那样善良、懦弱、勤恳,为着不伤害别人而自我破灭的人,另一方面还告诫我们不应选择在沉默中与理想一块殉情的生活道路。他在抗战时期死去的朋友尽管程度不同,也都像汪文宣一样默默地生活在时代的一隅,最后悲惨地死去,他们所抱负的希望也随之消失。巴金目睹了这样的事实,他觉得无论他们的理想、善良如何美好,他们的虚弱是应该否定的。巴金发表在杂志《文艺复兴》第1卷6期(《纪念抗战八年死难作家》1946年7月)上的"纪念我的哥哥"一文中没有流于伤感似乎就说明了这点。就是说,小说《寒夜》对巴金来说也许是与从前的自己"诀别的歌",且是由眼泪与极度的温情包裹着的"诀别的歌"。

《寒夜》在日本已有三种译本,除鲁迅作品外,一部作品有三种译本在日本是极为罕见的。同是巴金作品,一般被认为巴金的代表作的《家》至今只有一种译本。这并不是说译本越多作品就越优秀,但是通过这一事实至少可以了解日本人对《寒夜》的评价之高。我对在那场使无数无辜的中国人民丧失生命、使数之不尽的人们蒙受苦难的战争中写出如此深刻的优秀作品的作家巴金深感敬服,我希望中国对巴金文学的研究更加深入、广泛。

一九八〇年十二月于复旦大学

不容混淆、不可更换的"这一个"

读《华威先生》札记

张大明

作者介绍

张大明,1937年2月生,四川射洪人。1963年7月毕业于四川大学中文系。中国社会科学院研究生院教授、导师。主要学术专长:30年代文学、现代文学思潮,现从事中国现代文学研究。有著作《30年代文学札记》《不灭的火种——左翼文学论》等出版。

推荐词

华威先生是一个杂凑,他的嘴是张三的,他的手杖是李四的,他的话语是王五的……不过,作者拼凑得恰当,糅合得自然,经过典型化的形象,是一个完整的有机体,无懈可击。华威先生代表了一个阶层、一种类型、一种主义,但他又是一个活生生的个别,是不容混淆、不可更换的"这一个"。

短篇小说《华威先生》，是张天翼的杰作，是现代文学史上的名篇。张天翼创作的弱点，就总的倾向说，先是有些油滑，后又失之拖沓。抗战初期的《华威先生》，全篇仅五千来字，一个人物，几个速写镜头，几乎连矛盾冲突都没有，情节结构简单到不能再简单了，却具有浓郁的时代气氛，概括力很强，典型性极高。它保持了张天翼的创作个性，却没有油滑之弊；它容量大，像用一面大镜子接收阳光，再聚焦于一点，产生高温。它言简意赅，没有一句话是可有可无的。

概括力强，而不概念化；独具匠心，又出之自然；寓庄于谐，而不失之浅薄。——这是这篇小说的鲜明特色。

作者为华威先生设计的几种道具是恰到好处的：

那"永远挟着"的公文皮包，表示他是为官为宦的人，他时时刻刻都公务缠身，为公务而奔波。

那"永远带着"的"那根老粗老粗的黑油油的手杖",表示他的气派和风度。老实说,这手杖的粗细和颜色都换不得,细了不合他的年龄和身体健康状况,别的颜色也不足以表示他的尊严。

那戴在左手无名指上的结婚戒指,表示他有一位称心如意的爱妻,而且"密司黄知道我的意见",可以代替他在家里接待来访,处理公事。

那拿雪茄的姿势,表示他胸有成竹,随处都可以发号施令。

那全城跑得最快、铃也踏得最响的包车,当然更足以显示他的威风。

为了把一切抗日团体的领导权都抓在自己手里,华威先生要显得重要,要装作忙碌。在这方面,他表演得很出色:

刘主任起草的县长公余方案要他修改;王委员三次电请他去武汉;全省文化界抗敌总会成立了,要去领导;要到难民救济会去开会;工人抗战工作协会的指导部今天开常会;通俗文化研究会的会议也是今天;伤兵工作团也得去;要到刘主任那里去联络;要到各学校去讲演,到各团体去开会。这还不够,妇女界组织战时保婴会"竟没有去找他",他就以"你能不能够对我担保——你们会内没有汉奸,没有不良分子?你能不能担保——你们以后工作不至于错误,不至于怠工?"相威胁,还说,要是不能担保,"那不是就成了非法团体了么?"于是他当上了保婴会的委员。文化界抗敌总会的青年,根据部务会议的决议,组织日本问题座谈会,因为没有找到华威先生请示汇报,华威先生不知道,没能去领导、去指示,他就勃然大怒,诬称那是"秘密行动",要追查背景,而且厉声训斥,"混蛋!""妈的!"的骂詈夺口而出。

为要写出他的忙碌,时间不够用,就让他每一次会议、每一种场合都迟到,都早退;为着显示他的重要,又让他总是逢会必到,每到必作指示,而且总是打断主席的报告、委员的发言;为了揭穿他的政客嘴脸,又总是重复写他的指示,他在任何场合都讲两点:第一,这种团体、这种设施、这种办法很重要(潜台词是:要不重要,他这个领导就没得价值);第二,要有领导中心(潜台词是:所有、一切、处处、事事都得"我"华威先生来领导)。

他忙吗?不!他有的是赴宴会、喝得酩酊大醉、睡香觉、做甜梦的时间。

他有学问、有才能、能当"领导中心"吗?不!他只会作两分钟指示,念两条经,除了钻营而外,什么实际本领也没有。

他无处不在、无时不在,领导抗战了吗?不!他没有开完过一次会议,没有听完过一次汇报,他对于各单位、各团体、各部门、各方面的情况、问题、困难毫不了解,也不愿了解、不屑于了解、不需要了解。

那么,"他不可以少管一点,专门去做某一种工作么?"不!他的"密司黄"回答:那"怎么行呢?许多工作都要他去领导呀。"他要领导一切,独揽一切,当今天下,舍我其谁也欤?!

真是讽刺得淋漓尽致,入木三分!

不能说国民党没有领导抗战,也不能说国民党没有为抗战出力;但那是华威先生式的领导,是华威先生式的出力。华威先生这个形象具有典型性,它把抗日战争时期大后方国统区的官僚政客们的嘴脸都画出来了,把他们的心思都揭示出来了。他们抓"领导中心"算是抓住了关键,因为抓住了领导权,就能领导一切、指挥一切、霸占一切;有权即有钱,有钱还能使鬼推磨。华威先生所以威风、气派,因为他官欲满足了,权势有了,吃穿住都够上了一个高等华人的标准。

没有中心事件，没有重大情节，没有尖锐的矛盾冲突，几乎就华威先生一个人在活动，简直可以改编为四川谐剧在舞台上演出。

作者是靠什么塑造这个典型形象的呢？

靠对生活的深刻观察，广泛地积累素材，精心提炼，高度概括。华威先生是一个杂凑，他的嘴是张三的，他的手杖是李四的，他的话语是王五的……不过，作者拼凑得恰当，糅合得自然，经过典型化的形象，是一个完整的有机体，无懈可击。华威先生代表了一个阶层、一种类型、一种主义，但他又是一个活生生的个别，是不容混淆、不可更换的"这一个"。

靠配置恰如其分的道具。作者没有画华威先生的肖像，但凭作者精心配置的道具，读者脑海里是会浮现出一个华威先生的形象来的：他中等身材，略微有点胖。唯身材中等，才举止灵活，可以忽东忽西；他在事业上称心，日子过得惬意，所以心广体胖；又因他要用心机，所以不会太胖。他形色匆忙，不过常要把一点笑容挂在脸上，挂要挂得及时，收要收得利落。前面已经说过，作者为他安排的道具是恰当不过的。比如，要是让他坐小轿车，派头倒是颇有派头，其实不合他的级别、官衔，而且反不如一路吆喝、一路丁零零地过去来得威风。又比如，要是把他的怀表换成手表，却不足以堂皇地表示他的忙迫。

靠选好矛盾，让人物在人为的矛盾当中运动。矛盾是普遍存在的，任何人他自身就是一个矛盾的统一体，就在矛盾当中运动。然而，华威先生所遇到的矛盾，是演戏似地演出来的。由作者的精心安排，导演的具体指导，华威先生这个演员他很会在一个"忙"字上用工夫。一切动作、言语（包括潜台词）都要突出一个"忙"字。走路要显得"忙"，开会要表示"忙"，接待来访要推说"忙"。要"忙"才能表明他重要，要"忙"而不叫苦，甘心情愿"忙"，才能说明他抗日之积极、为国之忠诚，这又反过来说明只有他才够资格兼那么多职务。本来，写了这些，已经够典型的了，已经够味的了，但作者却将笔锋轻轻一转，毫不费力地又写出华威先生的闲来。他每天都有赴宴会的时间，有醉酒的时间，回到家里必定还有跟爱妻调情的时间——要不然"密司黄"怎能那么温顺、那么会撒娇呢！那"忙"原本就是人为的，是在人生舞台上表演给人看的，又加之有这些暗地里的"闲"来衬托，于是华威先生的面目和灵魂就全部暴露了，这个形象也就从读者面前驱不走了，作品的讽刺艺术效果也就达到了。

用生活的场景来显现

《多收了三五斗》赏析

商金林

作者介绍

商金林,1949年7月2日出生。笔名今琳、萧贺、筱妍、晓明,江苏省靖江市人。就读于北大中文系文学专业,1975年9月毕业后留校任教,1996年8月聘为教授,1999年被评为博士生导师。

推荐词

《多收了三五斗》是以三幅场景连贯成的。这三幅场景或突出面对面的争论,或着墨于气氛的渲染,或侧重于描写七嘴八舌的谈论,写法又各不相同,然而都紧紧地围绕着主题,使主题伸展和深化。我们愈是细细研读,愈觉得布局严密、不枝不蔓,得到以少胜多、一目传神的艺术感受。

文艺植根于生活。作品愈真实，它的生命力愈长久。前年5月，我到太湖之滨的吴县甪直访何，有几位老人告诉我说："1932年秋天，叶圣陶先生来过甪直，写了《多收了三五斗》。"他们带领我去看万盛米行的旧址，讲述万盛米行老板沈半镇的历史，称赞叶老把米行的店伴们写活了。这个传说其实是不确的。叶老自1922年秋天离开甪直，过了半个多世纪，直到1977年才回去看过一次。叶老当时在上海开明书店主编《中学生》杂志，并未离沪。但是当地老人们的传说却从一个侧面告诉我们：这篇以甪直这样的水乡市镇为背景的小说写得多么真实。

一

一个现实主义作家总是敏锐地观察着社会，及时地在他的作品中描绘出现实斗争的场景。30年代初，洋米洋面充斥我国市场，米价大幅度下跌，使广大产米区失去了销纳的场所，农村在帝国主义的经济侵略之下，已经濒于破产。当时，上海人一般吃的是安南米、暹罗米以及美国面粉和澳洲面粉。正如当时有的评论文章所指出的：连年灾荒，农村中"十室九空""哀鸿遍野"；同时，"洋米输入……其富人仍然可以谷食饶足，廪囷不空，口腹不饥"。1932年邀天之幸，各地收粮丰产，可是粮价太贱，农民的贫困反而愈加深重，"放下禾镰没有饭吃，成为农村之普遍现象"。甚至"有许多田地因为粮价太贱，简直没有人去收获，恐怕收起了反而赔累"。丰收成灾，谷贱伤农，农村破产的悲惨景象冲击着富有正义感的作家的心灵。

《多收了三五斗》从1932年秋天开始酝酿，到1933年7月1日在《文学》杂志创刊号上发表，历时九个月之久。叶老把农村破产这个社会问题放到自己所熟悉的环境中去表现。叶老熟悉农民的生活。1917年春，叶老到甪直吴县第五高等小学任教。甪直是鱼米之乡，叶老在这里生活了五年，与旧毡帽朋友朝夕相见，向他们请教过抛粮撒种、插秧戽水、采桑育蚕的知识，积累了丰富的创作素材。当谷贱伤农的乌云笼罩着广大农村的时候，叶老最关切的是那些旧毡帽朋友的生活。他们的遭遇和心情，叶老完全可以想象得到。这种想象有结实的生活底子，是把平时积累的素材细细地进行筛选，综合成为反映新的主题的材料。叶老经常说的：写小说要严格地从生活中取材，不能随便编造。随便编造的小说是没有生命力的。生活是创作的源泉，生活是要天天去深入的。创作的素材贵在于平时的积累，要善于把生活中的见闻贮存起来。"文艺家如能随时观察，无论是什么人物，是什么思想言语，即不立著于篇，而蓄积既富，需用时自有'俯拾即是'之乐。"正由于叶老善于观察生活、蓄积材料，在离开角直十年之后，仍能有"俯拾即是"之乐。

二

叶老对于写《多收了三五斗》这样一篇小说的素材"蓄积既富"，因此在构思的时候，叶老就能左右逢源，发别人所未发，进行自出心裁的创造。

我们知道，像农村破产这样一个重大的社会题材，往往可以从各个角度来表现。茅盾的《春蚕》，写了一个"纵剖面"，从老通宝一家人准备养蚕写起，一直写到卖蚕，使读者看到"春蚕愈熟，蚕农愈困顿"的现实。叶老的《多收了三五斗》只写了一个"横截面",只写了农民粜米这一段。因为截取在要紧的所在,读者犹如看一株大树的横断面,仔细检查年轮,也可以知道这株树的生长过程一样,看到整个事件的全貌。春季的蚕茧,秋季的稻谷,江南一年二熟,农民纳租、完税、还债、赎当、娶妇、嫁女,指望全在春秋二熟上。因此,抓住粜米,也就是抓住了生活中的关键时刻。

这篇小说的主人公不是张三,也不是李四,叶老刻画的是旧毡帽朋友的群象。在粜米的过程中,他们询价、论价、讨价、还价,粜与不粜的犹豫,择地而粜的设想,以及粜米时米质好坏的争议,斛子浅满的争辩,给银元与给钞票的争执,不仅写出了旧毡帽朋友们"今年亏本比去年(去年是水灾,收成不好,亏本)都厉害"的遭遇,而且形象地概括了丰收成灾的社会原因:洋米洋面充斥市场,商人垄断市场操纵粮价,重重捐税加重了对农民的剥削。这些社会原因是互相联结在一起的:帝国主义、封建官僚、高利贷者、投机商人,像一重又一重的网罗,把旧毡帽朋友逼得走投无路,只好剜肉补疮,忍痛把稻米贱价卖给万盛米行。随后,叶老描写旧毡帽朋友上街购物的场景,借用水乡古镇的一角,把旧毡帽朋友的贫困与民族工商业的凋敝联结在一起;把洋米洋面充斥市场，致使丰收成灾这一严酷的现实，与洋油洋布洋皂洋镜洋火等种种洋货遍布城镇，把我国的民族工商业排斥殆尽的情景联结在一起，深化了小说的主题。最后，旧毡帽朋友的船头借酒浇愁，意识到"路路断绝"，从而产生了宁愿"吃枪"，也不愿坐以待毙的反抗意识，要效法丰桥农民闹抢米，要寻求新的斗争的道路。暗示了"中国是全国都布满了干柴，很快就会燃成烈火"。

从小说的结构来看，《多收了三五斗》是以三幅场景连贯成的。这三幅场景或突出面对面的争论，或着墨于气氛的渲染，或侧重于描写七嘴八舌的谈论，写法又各不相同，然而都紧紧地围绕着主题，使主题伸展和深化。我们愈是细细研读，愈觉得布局严密、不枝不蔓，得到以少胜多、一目传神的艺术感受。所以能这样，当然是叶老艺术上的修养深。他认为"简洁"就是美，一贯用笔极为省俭，不追求辞藻的堆砌。但是，艺术修养不仅是文字方面的修养，而更主要的是对于生活的观察和思考。叶老在甪直生活过五年，对于江南水乡村镇在每逢新谷上市时节的景色，他非常熟悉，对于农民们在那时的希望和忧虑，他有很深的体会，所以有了要写的主题不必临时去农村"深入生活"，就能写出形象而概括性又很强的短篇《多收了三五斗》来。

三

《多收了三五斗》，采取甪直作为背景，正因为这个水乡村镇是他极其熟悉的，写来能给人以身临其境的感觉。叶老用"旧毡帽朋友"来称呼农民，抓住了江南农民的特征。鲁迅在《寄〈戏〉周刊编者注》中曾经强调过江南农民戴的毡帽："只要在头上戴上一顶瓜皮小帽，就失去了阿Q，我记得我给他戴的是毡帽。"小说中写万盛米行前面的河埠头："齐船舷的菜叶和垃圾给白腻的泡沫包围着""填没了这船和那船之间的空隙""河埠上是仅容两三人并排走的街道"，这正是江南水乡村镇在秋收季节特有的景色。而河埠头"横七竖八停泊着乡村里出来的敞口船""船里装载的新米"，则点明了新米正好上市。叶老把丰收成灾的悲剧安排在这样的地点这样的时间，当然是再恰当不过的了，便于情节的展开，也能够引人入胜。

江南农民勤劳俭朴，平时没有闲工夫走街串巷，只有在卖新茧和粜新谷的季节，为了出卖自己的劳动果实才上街赶集。他们的"女人"和小孩，也只有在这个时候才能随船出村。旧毡帽朋友粜米后到镇上买些生活用品后回到船上，吃了饭开船回家。这些情节不仅承上接下，脉络相连；而且

单纯简练,符合江南农民的风俗习惯,使小说增加了水乡风情。请看下面一段:

> "乡亲"还沽了一点酒,向熟肉店里买一点肉,回到停泊在万盛米行船埠头的自家的船上,又从船梢头拿出盛着咸菜和豆腐汤之类的碗碟来,便坐在船头开始喝酒。女人在船梢头煮饭。一会儿,这条船也冒烟,那条船也冒烟,个个淌着眼泪。小孩在敞口朝天的空舱里跌跤打滚,又捞起浮在河面的脏东西来玩,唯有他们有说不出的快乐。

这是一幅色彩浓重的水乡风俗画。"咸菜和豆腐汤"点画了江南农民生活的俭朴。男人"坐在船头开始喝酒""女人在船梢头煮饭",农民的习惯确是如此。"这条船也冒烟,那条船也冒烟,个个淌着眼泪",多么富有乡土气息和水乡风光。而"沽了一点酒"写出希望破灭的农民还想慰劳一下自己一年的辛勤。"小孩在敞口朝天的空舱里跌跤打滚",则与出村时"船里装载的是新米,把船身压得很低"形成了鲜明的对比,再通过"唯有"不懂事的小孩"有说不出的快乐"的映衬,强烈地烘托出旧毡帽朋友希望破灭的痛苦。叶老就是这样，把对旧毡帽朋友的深切的同情，对黑暗现实的满腔的愤懑，收敛和包含在水乡风情之中，给小说增添了"活气"，读来着实叫人感动。

叶老在描写背景的时候，还巧妙地使用背景来造成一种氛围气，造成30年代初叶江南水乡的一种气象和气氛，使旧毡帽朋友的感慨与时代的气息水乳交融地浑然一体：

> ……小孩给赛璐珞的洋囝囝，老虎，狗，以及红红绿绿的洋铜鼓，洋铁喇叭勾引住了，赖在那里不肯走开。
>
> "小弟弟，好玩呢，洋铜鼓，洋喇叭，买一个去，"故意作一种引诱的声调。接着是——冬，冬，冬，——叭，叭，叭。
>
> 当，当，当，——"洋瓷面盆呱呱叫，四角一只真公道，乡亲，带一只去吧。"
>
> "喂，乡亲，这里有各色花洋布，特别大减价，八分五一尺，足尺加三，要不要剪些回去？"

这几段文字虽然描写水乡村镇的场景，而主要目的不在于表现地方色彩，而是在着力描绘30年代初叶，洋货已经深入农村的各个角落的可怕情景。如果说地方色彩所注重的是背景和人物的处理；那么，氛围所注重的却是背景和人物的调和，尤其侧重于感情的调和。水乡村镇的这种氛围，是殖民地半殖民地旧中国的灰暗和没落的写照。这种氛围深化了小说的思想："谷即使不贱，在帝国主义和封建势力双重压迫之下，农也得伤。"这种氛围把旧毡帽朋友的忧伤的心境，把他们的宁愿"吃枪"也不愿种地替地主当白差的激愤，映照得更加鲜明而浓烈，这是时代压迫的产物！江南水乡是我国的富庶之地，素有"天堂"之美称。"人间天堂"里的旧毡帽朋友尚且濒于绝境。那么，挣扎在广大贫苦和偏僻的乡村里的农民的命运更是不堪设想了。小说结尾写到的农村社会秩序的混乱，农民们被逼出走和反抗，这些情景，叶老虽然没有直接从生活中看到，但在报刊上却是屡见不鲜的。对于这些第二手的材料，叶老加以艺术的想象后轻描淡写，同样使人感到生动逼真，又给读者留下了回味的余地。

细针密线　天衣无缝

谈《林家铺子》的结构艺术

王嘉良

作者介绍

王嘉良,1942年生,浙江上虞人。1965年毕业于浙江师范学院中文系。浙江师范大学教授,硕士生导师,2001年被聘为浙江大学兼职博士生导师。有著作《茅盾小说论》《萧乾评传》《战时东南文艺史稿》《诗情观念与审美构造》《浙江20世纪文学史》《中国新文学现实主义形态论》等出版。

推荐词

《林家铺子》结构之严密,表现在大事件和小事件、主要情节和次要情节的连缀上十分注意情节的前后照应,使作品的各部分保持有机的联系,成为完整、和谐的统一体。如前所述,这个作品的特点是情节复杂,人物众多,要使事件前后连贯,不致游离散乱,在情节的安排上必须煞费苦心。作者的高明之处就在于:善于抓住事物之间的内部联系和事物发展的前因后果,有伏笔,有照应,使情节自然浑成,结构融为一体。

短篇小说以精练为贵，人们读那些洋洋万言、数万言，而又内容贫乏、结构散乱的冗长累赘之作，总觉得是一场灾难。然而，茅盾的短篇小说《林家铺子》，全文近三万字，篇幅不可谓不长，或者可以说是个不折不扣的"长短篇"；但人们读着它，却并无枯燥乏味之感，相反，总是为作品曲折有致的故事情节、丝丝入扣的场面描写所激动，所吸引。小说虽为"长短篇"却组织有方、层次井然、长而不乱，足见茅盾在小说结构艺术上的独到功夫。

　　《林家铺子》的故事是从广阔的生活画面上落笔，在人物和事件的"多角关系"中展开的。作品所表现的是一幅壮阔的社会现实生活图景：这里有帝国主义入侵造成的人民流离失所的苦难生活现状的描绘，有国民党腐败统治加于市民、农民身上种种祸害的揭露，有身处社会底层的"小人物"挣扎在死亡线上惨景的叙写，有难以支撑门面的市镇小商人拮据状况的描述。主人公林老板就处在各种复杂的矛盾纠葛之中：他承受着国民党"党老爷"的敲诈，钱庄的压迫，卜局长的威胁，商会会长的恫吓，同业的中伤、"吃倒账"，以及整个社会经济萧条造成的农民购买力降低等各种压力，终于被挤压得无以自保，破产出走。整个作品气势磅礴，容量深广，头绪纷繁。像这样一个规模宏大的短篇，要把如此丰富复杂的内容组织在一起而不至于散乱，的确是很不容易的。但茅盾毕竟是一位有经验的小说大家，能使这一切都从容不迫，娓娓道来，虽万千思绪纷至沓来，诸多线索交互错杂，却写来次序井然，条畅理晰，在丰富的生活内容上构成严谨的布局，堪称细针密线，天衣无缝。

针线的绵密无缝，首先在"线头"串联之妙。清初戏剧家李渔在论述结构艺术时提出过"立主脑"之说，他以为"作文一篇，定有一篇之主脑"，若缺乏驾驭全篇的"主脑"，势将成为"散金碎玉"，或如"断线之珠，无梁之屋"（《闲情偶寄·立主脑》），导致结构上的杂乱松散。《林家铺子》虽然头绪纷繁，线索较多，但有一条主线贯串始终，成为连缀各线的"线头"，统帅全文的"主脑"。据作者说，小说原来题作"倒闭"，预备在《申报月刊》的创刊号上刊出,因书坊老板觉得创刊号上即出现"倒闭"题名,颇"不吉利",始改今名。由是,小说的下述主旨便可洞悉:"小市镇的小商人不论如何会做生意,但在国民党这大鱼吃小鱼、小鱼吃虾米的社会里,只有破产倒闭这一条路。"〔《茅盾回忆录(十四)》〕作品的主线恰如原题所示,就是紧紧围绕林家铺子从苦苦挣扎到破产倒闭这一过程展开的,并以此串联各线,安排情节,组织故事。所有材料看似各不相关,其实都在说明着"倒闭"的必然性,预示着"倒闭"的结局。不但实写的铺子以内的各项情节,如"大放盘",卖"一元货",寿生收账受挫,"上海客人"立逼讨账,恒源钱庄乘机提款,"党都"威胁不成抓走林老板等,都与"倒闭"直接相关,便是铺子以外的情节,也无不同主线紧密相连。开首写林小姐学校的抗日运动,似乎与铺子无关,但由此惹出了"东洋货问题","党部"就势敲诈,使林老板破费了四百块,受到第一个打击,继写"东洋人打仗",街上一片"乱哄哄",这又危及林老板的切身利益,外放的账目将无法收回,急得他差一点跳了河;上海的战事使大批"逃难人"涌到乡镇,这外界的意外变故倒给了林老板推销"一元货"的机会,但由于生意做得热闹,反而使人眼热,招来祸端,加速了铺子的倒闭。作品从宏阔的生活画面上表现,笔触伸展得相当广泛,忽而写镇上的动静,忽而写店铺的活动,忽而写其他人的劫难,忽而写主人公的遭遇,但无不紧连着"主脑",即围绕林老板的命运展开,所有情节都紧密地串联在一起了。主线有提纲挈领之功,全文收纲举目张之效。这样的结构方式,当然不致使文字成为"散金碎玉",恰恰是珠联璧合,严密无间。

当然,结构的紧凑集中,主线的清晰可辨,并不意味着叙事应该无所变化,平板展开。正如茅盾所说,好的结构形式还必须"使故事的发展,前后勾连,一步紧一步,但又疏密相间,摇曳多姿";要"善于运用变化错综的手法,避免平铺直叙"(《谈〈水浒〉的人物和结构》)。《林家铺子》结构艺术上的成功还正在于:行文竭尽腾挪跌宕之能事,把故事写得波澜起伏、曲折有致,而在事件的叙述上,又环环相扣、步步相遇,使整个故事前后勾连,呵成一气,同样见得布局严谨,无有隙缝。由作品的主旨所规定,林家铺子的倒闭是由诸种复杂因素构成的,林老板的命运也必然是曲折多变的。作品在主要情节的开展上,就写得变化错综、摇曳多姿。展现在读者面前的对林老板生活遭遇的描写,就是让人物处在一种高度紧张的状态下表现的:"大放盘"以后,虽然亏折了"血本",但生意尚好,总算可以捞回几文了,林老板宽了几分心,但紧接着听说"栗市班遭强盗抢",而外出要账的寿生还没有回来,他的心又沉下去了;寿生算是平安回来了,他的"脸上有些笑容了",但要回的钱悉数被恒源索回,打发不走"上海客人",又使他急得"几乎想哭出来";正当万般无奈时,"一元货"的销售居然使店铺有了起色,但由此又遭来同业的嫉妒,怂恿零星存户来提款,他又处在进退维谷之中了,刚刚通融商会会长把小存户"讲开",似乎可以松一口气了,转眼间又飞来更大横祸,卜局长居然乘机要挟,要讨他的女儿"做小",把一家三口抛在"转侧愁思中";他寻思自己"不犯法",不怕人家"找岔子",想硬顶一下,但终于被抓到"党部"去了,花费了仅有的几个钱才得以"赎出",铺子也无法开张了,只得倒闭了事。真是一波未平,一波又起,看似山穷水尽,转又柳暗花明,而主人公行进在一条崎岖险峻的窄道上,其结果仍不免走投无路。随着情节的发展,使读者忽而为之愤激,忽而又破涕为笑,刚刚替林老板高兴过,转而又马上为他担忧,真正扣人心弦,引人入胜。小说正是以一连串的一正一反螺旋式的运行的结构阶梯把情节推向顶点,事件环节相扣,行为彼此相关,前一事常常是后一事的起因,后一事又是前一事的必然结果,脱离前边的基础条件,后边就无从发展,没有后边的发展,前边的描写又显得意义不足。真是牵一发而动全身,针线的绵密由此可见一斑。

《林家铺子》结构之严密,表现在大事件和小事件、主要情节和次要情节的连缀上十分注意情节的前后照应,使作品的各部分保持有机的联系,成为完整、和谐的统一体。如前所述,这个作品的特点是情节复杂、人物众多,要使事件前后连贯,不致游离散乱,在情节的安排上必须煞费苦心。作者的高明之处就在于:善于抓住事物之间的内部联系和事物发展的前因后果,有伏笔,有照应,使情节自然浑成、结构融为一体。例如,导致林老板最终破产出走的一个重要情节,是卜局长、黑麻子之流企图霸占他的女儿,他不肯就范以致遭来被抓、破财、倒闭的致命性打击。这反映了"党老爷"对一个弱小商人的无理迫害,因而这个情节对于揭示"大鱼吃小鱼"的深刻思想起着举足轻重的作用。为使这个情节在最后出现不致使人感到突兀,以说明并非事出无因,就在前面几处设下伏笔。小说开头写林家三口在家里谈封存"东洋货",即写到,一提起"党部","林小姐却反不哭了,瞪着一对泪眼,呆呆地出神,她恍惚看见那个曾经到她学校里来演说而且饿狗似地盯住看她的什么委员,一个怪叫人讨厌的黑麻子"。这里已显露端倪,可见那些"党老爷"对林小姐早就心存歹念,垂涎三尺。其后,又多次写林大娘在观音菩萨面前祝告:女儿已十九岁了,不要"被强盗抢了去",倘能"招得个好女婿",就"死也放心了"。这说明因为生了个女儿"还端正",生怕什么时候会招来"祸端",他(她)们早就怀着一种惴惴不安的心情。这样,原先害怕要来的事后来终于来了,事件的发展是水到渠成,因果清楚,同时也把前后分散的情节巧妙地连缀在一起了。又如,写林小姐和寿生的联姻,虽然在全篇中只属一条副线,但为使这样的处理顺理成章,前面也作了三次伏笔交代:先写寿生在卖"一元货"中出了大力,挽救了店铺的危局,使林大娘"转了这样的念头:要不是岁数相差得多,把寿生招做女婿也是好的",预示了一种可能性;次写卜局长逼婚,事情弄到无法收拾,林大娘发出"早给了寿生多么好呢"的感叹,由原先的"念头"直接形之于口,此议又进了一层;再写林老板被抓走,林家母女无计可施,林大娘就在寿生面前直提亲事，要女儿"同了他去"，而林小姐也不加反对，使寿生觉得"'师妹'是和他一条心"的。至此，联姻已成瓜熟蒂落之势，此后的结局就在料想之中了。这样的前后照应、层层推进，使这条副线的形成真切、可信、合乎情理，前后的描述也融会贯通，捏成一团；尤其是，联姻之成为事实，使林老板夫妻不得已而求其次，选中了一个"岁数相差得多"的店伙做女婿，又是同主人公的屡遭厄运联系在一起的，副线和主线紧相粘连，情节虽纵横交错，结构上却浑然一体。由此看来，各项情节、各条线索，散见在各节是互不相关、各自独立的，但由于前后照应得好，彼此之间就有了有机的联系，就全篇来说，构成了一个完整的统一体。李渔说："编戏有如缝衣，其初则以安全者剪碎，其后又以剪碎者凑成。剪碎易，凑成难。凑成之工，全在针线紧密；一节偶疏，全篇之破绽出矣。每编一折，必须前顾数折，后顾数折。顾前者，欲其照映；顾后者，便于埋伏。"（《闲情偶寄·密针线》）《林家铺子》在结构上的周密安排正是这样吧，照映埋伏瞻前顾后，情节衔接针线紧密，因而"剪碎"是大胆放手，"凑成"又天衣无缝，的确绝妙无论。

还值得一提的是，这个作品在情节的收束上也有其独到之处。就全篇的主线而论,小说写到第六节林家铺子倒闭,林老板携女出走,故事已可完结;然而作品却用了整整一节的篇幅,写铺子倒闭以后的情况:"债权人"蜂拥而至前来"吃倒账",警察、"党老爷"仗势欺压穷人,朱三太、张寡妇等弱小者蒙受了惨重的打击,全镇陷入一片混乱萧条之中。作品最后就收束在张寡妇"带哭带嚷的快跑,头发分散,待到她跑过那倒闭了的林家铺面时,她已经完全疯了"。这样处理,从内容上说,是深化主题的考虑,说明林家铺子的倒闭,受害最烈的是被"小鱼"吃着的"虾米",对于揭露腐朽制度对人民的祸害无疑起了画龙点睛的作用;而从结构上说,这一节也是全文的一个有机组成部分。一方面,它丰富、发展了主线,林家铺子面临悲惨、凄凉的结局,是事件发展的必然结果,不但与开首的生计维艰遥相呼应,形成首尾连贯之势,而且由它的结局引起了连锁反应,加剧了整个作品的悲剧气氛。另一方面,它也照应了全篇的其他情节,使所有线索的结果都有所交代,有所着落,因为整个作品是从广阔的生活画面着眼的,收束不限于店铺,还照顾到其他场面,方才称得上是充分展开、完全收拢。由此也正可以见出针线之绵密,结构之严谨。

综上所述,《林家铺子》虽为"长短篇",但由于精心结构、周密布置,全篇浑然统一,显得紧凑集中,足见作家独到的艺术功夫。茅盾在谈到莫泊桑的短篇创作时曾指出:"如果写长了,那绝不是拉长,写短了,也绝不是硬缩短,这还不是会不会剪裁的问题,而是作者从怎样的角度去取材,以怎样的手法去处理。"(《对于文坛的又一风气的看法》)用这段话来说明茅盾自家在小说结构艺术上的独特"手法",也是十分贴切的。

结束铅华归少作　屏却丝竹入中年

清新馥郁的《迟桂花》

陈学超

作者介绍

陈学超,1947年生,陕西咸阳人。1987年获北京师范大学博士学位。陕西师范大学国际汉学院院长、教授、博士生导师,主要研究领域是中国现代文学思潮、港台文学研究等。有著作《中国现代文学思潮史》《认同与叛变》《现代文学思想简释》等出版。

推荐词

作品通过憧憬恬淡古朴的田园生活、赞美淳厚自然的山居村人,曲折地表达他厌弃丑恶现实、寻求理想世界的感情,抒发"结束铅华归少作,屏却丝竹入中年"的复杂心境。作品在极为蕴藉、清新的笔调中,写出了三个中年人"似喜而又可悲,说悲却也可喜的悲喜剧"。

"五四"时代作家的作品中,不乏金鼓杀伐之声、慷慨悲歌之调,可更多的还是作家处于恶势力的重压下、在流刑似的生活中所发出的微弱的呼叫和淡淡的哀愁。郁达夫的小说大都属于后者。如果说他青年时代所写的《沉沦》中还有一个充满激情的世界,还有追求个性解放的呼喊,那么当他迟暮中年,经历了大革命失败的动荡与挫折、喝尽了人生的苦杯之后,作品中所呈现的就主要是悲抑、恬淡、韬晦的复杂心境了。后期郁达夫感情上渐趋深沉、艺术上更臻成熟,《迟桂花》是他得意之作,也是他独具一格的抒情小说创作的极致。

　　这篇小说写于1932年10月。当时,国民党当局在上海发动了空前残酷的"文化围剿",疯狂迫害革命文学和进步文人。因为郁达夫和鲁迅一起先后参加了中国自由大同盟、民权大同盟、左翼作家联盟和中国革命互济会等进步团体,一再受到通缉，以致在上海难以安身。在这种不得不辗转躲避的白色恐怖中，郁达夫一方面感到愤懑，一方面又时时陷入彷徨与哀伤，想趁此急流勇退，归隐故里，"静养病疴，细写东西"。《迟桂花》便反映了他这个时期落寞、遁世的思想情绪。作品通过憧憬恬淡古朴的田园生活、赞美淳厚自然的山居村人，曲折地表达他厌弃丑恶现实、寻求理想世界的感情，抒发"结束铅华归少作，屏却丝竹入中年"的复杂心境。

小说是从少年时代的同学翁则生写信邀请"我"上山参加他的婚礼写起的。翁则生是一个在学业上和爱情上都遭到波折的、心灰意冷的日本留学生，因得了咯血病，回到杭州翁家山疗养，十几年来闲淡村居，与世隔绝，认为自己"百事都看得很穿，又加以这十几年来的疏散无为，觉得这世上任你什么也没甚大不了的事情，落得随随便便的过去，横竖是来日也无多了"。"我"应则生之邀离开喧嚣污浊的都埠来到翁家山，一时对这悠游闲适的山居生活景慕不已。接着小说穿插了"我"与则生之妹莲游狮子峰的情节。莲是一个天真无邪、遭受了封建婚姻家庭折磨的新寡归宁的女子。则生在新婚之日，为了解脱莲的苦恼，让"我"陪她去游山玩水。游山途中，"我"一度与莲接近，为她的纯真健美所倾倒,产生的欲情却被她纯洁朴质的人格所净化,终于陶醉在清新自由的山水和人格的交融之中。通篇不无远离现实斗争的消极遁世情绪。但是,《迟桂花》的内容并不像过去一些论者所断定的"完全是消极的"。作品在极为蕴藉、清新的笔调中,写出了三个中年人"似喜而又可悲,说悲却也可喜的悲喜剧",写出了"我"在莲和则生两个人物性格的熏陶下产生的和谐与向往的心境,时时透露着作者对生活抱有美好愿望的精神状态。作者以"人性返归自然"后进一步"净化"构成抒情形象和理想境界,来从精神上摆脱险恶污浊的社会环境。特别是那贯穿全篇的散发着浓郁香气的迟桂花,象征了三个中年人的美好的生活前景:"桂花开得愈迟愈好,因为开得迟,所以经得日子久。"在作品的结尾,作者更满含深情地写道:"但愿我们都是迟桂花!"充分表达了作者对未来生活的希望和信心。在郁达夫的作品中,像《迟桂花》这样具有乐观、健康、明朗的调子的小说,还是不多的。

　　《迟桂花》在艺术上仍然保持了作者前期抒情小说的浪漫主义风格。重于抒发感情,善于描写自然,是两个最显著的特点。

《迟桂花》着重于表现自我、抒写感情,是一篇纯熟的抒情小说。"自叙传"说,是郁达夫创作思想的核心。他认为,"文学家的作品,多少总带有自叙传的色彩的","小说的表现,重在感情"。强调自我感情的抒发,而不强调人物典型性格的刻画。他的小说大都是通过对于抒情主人公"我"的直接描绘来完成的。这个"我"往往就是作者的自我形象。《迟桂花》正是通过"我"游翁家山时情绪变化的反复咏叹、心理活动的充分展现,着重描绘了一个"人性返归自然"后进一步"净化"的抒情主人公形象。作者以他惊人的坦率,在"我"的娓娓而谈中,把自己的整个心灵都披露在作品里。如他对"日出而作、日入而息的山中住民的生活秩序"的流连,对莲的"无邪的憨态"的感动,以及在与莲接近中"竟恍恍惚惚,像又回复了青春时代似的完全为她迷倒"的轻狂失态,乃至欲情净化后负罪的忏悔,等等,无不真率自然。这一系列心灵投影串联起来,生动地显现了"我"的内心世界。这种赤裸裸的自我暴露带来了情绪感染的巨大魅力,使读者在感染中看到一个血肉丰满的活的抒情主人公的形象。有人在分析《迟桂花》时,将翁则生和莲当做男女主人公,当做是小说的中心人物,这显然是一种习惯的错觉。固然，则生和莲的形象也是亲切动人的，但作者并没有在他们性格的深度和厚度上下工夫。"我"并不是作为则生和莲的陪衬或单纯的观察者来写的，反而，则生和莲不过是主人公抒情的凭借。作者对他或她的描写始终带着"我"的抒情色彩，蕴含着我对生活的感受。当然，在抒情主人公之外出现了第三人称的主要人物，并把抒情情节与人物性格交织在一起，使抒情对象化，标志着郁达夫早期单纯抒情风格的发展和突破。在《迟桂花》中，翁家兄妹那种天真自然的人性美和抒情主人公的感受高度的和谐统一，人物形象和"我"的抒情完全交融，使美感经验上的"移情作用"发生了有力的共鸣效果，也许是这个小说感人肺腑、独立不俗的关键的一招。

《迟桂花》还长于以自然景物衬托人物的感情变化，创造一个个情景交融的意境。崇拜自然，是浪漫派作家的共同特点。郁达夫认为，"小说背景的中间，最容易使读者感到实在的感觉，又最容易使小说美化的，是自然风景和天候的描写"。他曾多次谈到卢梭作品中自然描写的精美，尤其叹赏《新爱洛绮丝》中情景融合之妙，以为"在这本小说里的山光湖水，天色溪流，是随主人公的感情而俱来"，自然描写成为表现人物情绪的有力手段。这些都可以说是郁达夫对自己创作的总结。在他的小说中,几乎每一篇都有自然风光的描绘;江南的明山秀水,时常润泽着他那支饱含诗情的笔。《迟桂花》中精湛的景物描写不但俯拾皆是,而且这种情景交融、互相映发的写作技巧几乎达到了炉火纯青的地步。走进《迟桂花》的艺术世界,我们仿佛追随作者流连在五云山间、西子湖畔,那遥山近水、田舍古寺、秋光云影以及这湖光山色映衬下的自然率真的人物,无不给人以美的情思、诗的意境,使人感情微醺,不觉沉浸在艺术美的享受之中。让我们看"我"登翁家山一段情景描写:

……渐走渐高,人声人影是没有了,在将暮的晴天之下,我只看见了许多树影。在半山亭里立住歇了一歇,回头向东一望,看得见的,只是些青葱的山和如云的树,在这些绿树丛中又是些这儿几点,那儿一簇的屋瓦和白墙。

……我看见了东天的已经满过半弓的月亮,心里正在羡慕则生他们老家的处地的幽深,而从背后又吹来了一阵微风,里面竟含着一种说不出的撩人的桂花香气。

"啊……"

我又惊异了起来：

"原来这儿到这时候还有桂花？我在以桂花著名的满觉陇里，倒不曾看到，反而在这一块冷僻的山里面来闻吸浓香，这可真也是奇事了。"

这样的一个人独自在心中惊异着，闻吸着，赏玩着，我不知在那空亭里立了多少时候。突然脚下树丛深处，都幽幽的有晚钟声传过来了，东嗡，东嗡地这钟声实在真来得缓慢而凄清，我听得耐不住了，拔起脚跟，一口气就走上了山顶，走到了那个山下农夫曾经教过我的烟霞洞西面翁则生家的近旁。

这简直是一幅水墨绘就的山村暮归图！构图完整，布局错落有致，设色明净谐调，加以桂花的香气、暮钟的回响和客人的内心独白，把这山色的变幻多姿和山居的幽静宜人活生生地表现出来了。这种萧疏淡远的境界，及其所透露出的闲适的情调和趣味，使我们自然地感受到了作者当时的情怀。再如，我们在另一段读到"山下尽是一些绿玻璃似的翠竹，西斜的太阳晒到了这条坞里，一种清新又寂静的淡绿色的光，同清水一样，满浸在这附近的空气里流动"，那种清澈幽远的境界，完全和抒情主人公当时欲情净化了的心境契合无间。句句"景语"，皆是情语。这种用人物情绪变幻去写景，表现外部环境与人的内心世界的互相感应，显然又有某种象征主义的意味。此外，我们还可以看出，这种情景交融的写作方法，得力于作者的古典文学的修养，善于在自然流畅的白话小说中传达中国古典诗词和山水画的神韵。能够以景述情、缘情写景，使情景相生，造成一种浑融的境界，把小说织入一种特殊的意境中。不但用景物的点染造成环绕人物的氛围，而且自然地把情绪化为形象，使作品具有较高的审美价值。

《迟桂花》作为一篇抒情小说，主要表现作者心灵的历程，这就不需要像一般情节小说那样于自身之外苦心构思故事情节，不必严格地围绕性格组织开端、发展、高潮和结尾，而是以抒情主人公感情起伏发展为主线来组织篇章，形成自然流动的抒情结构。作品从"我"上翁家山对田园风光的咏叹，进而写"我"游山时为莲的纯真健美所倾倒的迷狂，然后写"我"欲情净化后的喜悦，抒情主人公的感情这样一段一段地推进，在最后达到顶峰——祝福到迟暮中年之后仍然有美好的人生。这篇一万多字的小说，似乎不讲究章法，也没有扣人心弦的情节，但读起来却一气呵成，气势酣畅，并不使人感到冗长、散乱。其原因就在于作者紧紧把握了"我"的情绪起伏变化这个灵魂，完成了全篇各部分间的内在联系。形式虽散，自有一段精神贯串其间，而且情绪又能极曲折变化之致，因而艺术上是完整的。

文无定法，贵在创新。任何一个独创的作家，都不是从《文学概论》关于文体的定义出发来创作的，而是为表现思想寻找手段，为内容创造形式。像《沉桂花》这样的抒情小说，有人可以说它不是严格意义上的小说，但却不能不承认它是中国现代文学史上的优秀作品。郁达夫在对中国传统小说突破的基础上所创作的独具一格的抒情小说，连同他那支娴于表情状景的笔，都是值得我们当代作家认真借鉴的。

两头俱截断 一剑倚天寒

老舍《断魂枪》赏析

李 满

作者介绍

李满,1953年生,安徽太平人,江西教育学院中文系主任、教授,担任美学原理、美育文学概论、文学批评、文艺心理学、艺术概论、西方现代文论、中国古代文论、名作欣赏、中国当代文学等多门课程的讲授。有多部学术专著和数十篇学术论文问世。

推荐词

各民族传统文化中不绝的人文精神,是民族的个性所在,是民族的灵魂依托。不能将科技和人文精神放在一个社会物质功利平面上作比较。更不能把民族传统文化之精华与国民劣根性混为一谈。老舍写作《断魂枪》的初衷,肯定不是批判沙子龙身上的所谓国民劣根性。

老舍的《断魂枪》发表于1935年,是现代文学史上最优秀的短篇小说之一。且不说它短短的篇幅中情节展开的起伏跌宕引人入胜,也不谈它人物塑造的血肉丰满栩栩如生。光是小说蕴涵的社会历史文化意义,就非常耐人寻味。

谈到小说蕴涵的社会历史文化意义,有人引用作者的话说:"'一个文化的生存,必赖它有自我批判,时时矫正自己,充实自己,以老牌号自夸自傲,固执地拒绝更进一步,是自取灭亡。由于个人的自私保守,祖国有多少宝贵的遗产都被埋葬掉了。'老舍痛感这种'把生命闹着玩'的国民劣根性已经构成了我们民族潜在的危机的基因,故而借沙子龙断魂枪的泯灭,发出呼啸,以期唤醒那些仍徜徉在'东方的大梦'中的国民的灵魂。"此种看法虽有作者的话作注脚,但笔者仍然不能赞同。依据这种思路,有人认为沙子龙纯粹是个负面人物形象,说他"在时代的狂涛巨浪面前驻足不前、抱残守缺、自甘沦落。(这种性格心态)像一贴精神的腐蚀剂,使沙子龙昔日的智慧机敏,蜕换为愚钝麻木,江湖上的豪侠义气演化为狭隘自私,传世的绝技无端地变成了时代的殉葬品"(冉忆桥语)。笔者认为这种看法是极不公允的。但这种看法又是极其流行的。

自苏联模式的文学理论传入当代中国以来,完全从社会政治经济发展历程的角度分析评价文学、文学中的人物与事件,已成定式;并美其名曰:历史唯物主义。其实,不管从1935年老舍写《断魂枪》时的初衷,还是从这篇小说客观蕴涵的社会历史文化意义来看,都远不同于鲁迅与他的《阿Q正传》。而分析文学,也并不是唯有社会政治经济发展这一个角度可行。笔者打算从人文精神这一角度切入作品的分析。

同样的事物,从不同角度去看,会得出完全不同的结论。

从社会物质功利角度看,国术不如洋枪;从人文精神角度看,洋枪远不如国术;从科技含量角度看,国术不如洋枪;从文化含量角度看,洋枪远不如国术。中国武术是几千年东方传统文化精神结出的硕果。国术不仅有外在的功夫,更有内在的精神境界。

国术到底有什么内在的精神境界呢?借助两联古诗,或许可以让我们揣摸到国术的内在精神境界。

"万一耆然禅关破,美人如玉剑如虹!"(龚自珍)

这一联诗本是描述参禅悟道的境界,说是参禅者一旦彻悟真谛,便觉石破天惊,但见美人如玉,雪刃如虹。这是一种参禅悟道的境界,也可说是一种中国武术的境界。因为中国的各种道术是相通的。古人云,诗道如禅道。其实剑道亦如禅道,达到出神入化之妙境时,其内在精神一般无二,其外在性相亦极为相似。

此诗以美人喻禅,以剑道喻禅。所谓"美人如玉",意指其润若凝脂,柔若无骨,圆融熟化,了无隔碍;虽然柔润之极,却又至坚至刚。喻示禅理真谛,无所不包,无柔无刚,无坚无润,一切的一切,尽在其中。所谓"剑如虹",意指其锋刃雪亮如幻彩之光,剑气逼人如贯天之虹,异彩纷呈,变幻莫测。貌若虚幻之光,实则锋利之极;看似浮光掠影,实则剑锋无所不在,杀人无痕。喻示禅理真谛,看似虚幻无物,实则真实无比,无坚不摧,无往不胜。

仔细体味之,与其说是在谈禅道,不如说是在谈剑道,在谈国术的内在精神境界:至坚至刚,却以至柔至润之性相出之;至真至实,却以至虚至幻之性相显之。

"两头俱截断,一剑倚天寒!"(明极禅师)

此联本是禅僧偈子,可以说是以禅喻剑,亦可以说是以剑喻禅。禅道剑道本来无别。

所谓"两头俱截断",意谓断绝世俗分别智,将成败得失生死荣辱一概置之度外;由此便回归了物我两忘浑然归一的原初本真状态,这也就是"一剑倚天寒"的境界,也就是人与天同运,与道合一的彻悟真谛的境界。

这是禅道的境界,也是剑道的境界。剑道达至化境,剑客必然将成败得失生死荣辱一并超越,由此物我两忘,人与剑与天浑然合一:剑气化为净天之光,人体化为混元之气,顺天而动,与道同运,剑光冥明,与天俱寒!漫天寒光,似虚还实,无处不是刀光剑影;变幻莫测,似幻还真,寒光闪处物无一存。静而圣,无物能伤其皮毛;动而王,攻敌而无往不胜。

《断魂枪》中似没有细写什么国术的精神境界,但却写了三个人——王三胜、孙老者和沙子龙——不同的武术表现。其实这也就是绝不相同的三种武术境界。

王三胜靠着两只牛眼,一身横肉,几把死力气,只能以力胜人,唬唬外行,全无内功,更无内在的精神涵养。

孙老者有绝佳内功,脑门亮,眼眶深,眸子黑得像两口深井,森森地闪着黑光。与王三胜比武,紧盯着王的枪尖儿,神威内蕴,眼珠子似乎要把枪尖儿吸进去。兵刃未接,王三胜心里先就虚了。交起手来,孙老者小试手段,便将王三胜打得落花流水。

但比起沙子龙来,孙老者只能是望尘莫及。

其实,小说并无一处实写沙子龙展露武功。只是开头写了一句:平生创出"神枪沙子龙"五个字,在西北走镖,二十年没遇着对手;结尾处写了一句"沙子龙关好了院门,一气把六十四枪刺下来"。也就是说,作者对沙子龙的武术功夫,几乎全是虚写。其实,这正是作者的高明之处。所谓"真人不露相",所谓"大象无形,大音希声";中国道术(包括武术),达到至高绝佳的境界,是只可意会,无法言传的。

但沙子龙的武术确实是达到了至高绝佳之境界的。

中国的几千年不断的传统人文精神血脉,无外乎儒道两家(禅学是儒道释合流的产物)。东方至高的道术境界,其精神内涵,无外乎儒道互补。外儒内道,达到圆融浑一完美统一的境界，道术也就修成了正果。沙子龙可以说是修成了正果的高人。

过去二十年，沙子龙可以说是"达则叱咤风云，兼济天下"；如今，沙子龙可以说是"穷则敛气守节，独善其身"。沙子龙是有信仰有崇尚的。国术不仅是他的武艺，国术内在的人文精神更是他的灵魂信仰、精神支柱。时运不济时，他怎忍任它沦为街头杂耍，他怎能丧失气节，与污浊同流！

细察沙子龙其人，白昼黑夜，判若两人。白日里其所作所为如道隐之士，随缘任运，和光同尘，自然无为，与世无争。夜深人静的时候，则关起门来，回想当年纵横天下的威风，演练他的五虎断魂枪。这分明是个铁骨铮铮的武士，有一种不屈抗争的儒家精神。这种儒道互补的精神境界，恰如前述古诗所示的国术至高境界：至坚至刚，却以至柔至润之性相出之；至真至实，却以至虚至幻之性相显之；似虚还实，无处不是刀光剑影；似幻还真，寒光闪处物无一存；静而圣，无物能伤其皮毛；动而王，攻敌而无往不胜。

谈到他的不传枪法，论者多有贬抑，众口一词说他自私保守，抱残守缺。你让他传给谁？传给王三胜，任他至尊至爱的国术绝技，沦为王三胜之流唬人混世的玩意儿？传给孙老者又如何？这个不识时务的倔老头儿便是得了这枪法，哪里又经得起洋枪一个弹丸儿？败在洋枪之下不也是亵渎了国术绝招？所以沙子龙叹一口气说："那条枪和那套枪都跟我入棺材，一齐入棺材！"字里行间听得到楚霸王项羽的慷慨悲歌："力拔山兮气盖世，时不利兮骓不逝，骓不逝兮可奈何，虞兮虞兮奈若何！"项羽哪里放得下他的至爱虞姬？沙子龙哪里放得下他的至爱五虎断魂枪？时运不济啊，时运不济奈若何！

都说他的不传枪法是由于心灰意懒，我想读者应该从"不传，不传"的叹息中听出弦外之音："要传！要传！"只待时来运转，国术重登大雅之堂，为光大中华传统文化精神大显身手的时机来临时，沙子龙必然会传，当然要传！否则他一夜夜演练那五虎断魂枪干什么？

说老舍写《断魂枪》与鲁迅写《阿Q正传》那样，是为了批判国民的劣根性；说老舍对沙子龙与鲁迅对阿Q一样，是哀其不幸，怒其不争；根本是牛头不对马嘴。鲁迅对阿Q，是嬉笑怒骂，极尽讽刺鄙薄之能事。老舍对沙子龙，却是极为同情，尊崇赞赏有加。比之王三胜、孙老者，谁都看得出，作者的至爱在沙子龙。老舍同情沙子龙的生不逢时，满腔热情地将他写成了一个时代悲剧的英雄角色。

他尊崇他的恪守气节，不与污浊同流；赞赏他的静待时机和不屈的抗争精神。

阿Q身上体现的纯属传统文化的负面性，沙子龙身上体现的基本上属于传统文化的正面性。阿Q是个负面形象，沙子龙基本上属于正面形象。

科技是全人类公用共有的武器，是每个民族为了自己的生存发展，都应该学习和掌握的。而各民族传统文化中不绝的人文精神，是民族的个性所在，是民族的灵魂依托。不能将科技和人文精神放在一个社会物质功利平面上作比较。更不能把民族传统文化之精华与国民劣根性混为一谈。

老舍写作《断魂枪》的初衷，肯定不是批判沙子龙身上的所谓国民劣根性。但前面所引话语确为老舍所言，却不是1935年写作《断魂枪》时所言，而是后来在某种意识形态压力下对作品主题意蕴的追认。

寻找"丈夫"

沈从文《丈夫》赏析

宋桂友

作者介绍

宋桂友,山东费县人。苏州大学文学博士,苏州市职业大学副教授。

推荐词

"寻找丈夫"是《丈夫》这一小说的主题,而寻找丈夫在某种意义上是沈从文对现代世界的形象认识,寻找丈夫可以说就是寻找自我、发现自我的过程,而对沈从文来讲,寻找丈夫,有一个更深层面的意义,那就是寻找善良、质朴、单纯的"原乡"。

沈从文的小说《丈夫》虽然只有一万字，但因为处处精雕细琢，通过血肉丰满的人物和曲折跌宕的故事表达了深刻的题旨。而作者为此布局谋篇的整个过程可以归纳为"寻找'丈夫'"。即由于"媳妇"的出门"做生意"而导致丈夫身份丢失，男子在看望媳妇的过程中一步步找回了自己的"丈夫"身份。

一、丢失"丈夫"

按说，男人娶了媳妇，男人就是这女人的"丈夫"，但恰恰相反，沈从文的小说《丈夫》在开头就写了"丈夫"丢失了自己的身份。这表现在以下几个方面：一是在黄庄，那些丈夫们"在娶妻以后，把妻送出来，自己留在家中耕田种地，安分过日子，也竟是极其平常的事情"。把媳妇送到妓船上去做"生意"，作为丈夫既没有夫妻生活之实，也没有了耳鬓厮磨可堪交流的爱情,唯"名分不失,利益存在"。其实这不失的名分恰好说明了丈夫这种送出媳妇行为之后的身份丢失。二是送出媳妇的丈夫已经没有了丈夫的权利,只是"逢年过节,照规矩要见见媳妇的面了,媳妇不能回来,自己便像访远亲一样",而访到的女人,也"在丈夫眼下自然已完全不同了"。这里有三个地方值得注意,即"照规矩",说明探望自己的女人已经程式化了,这不是夫妇间的生活,不是丈夫的作为;"访远亲"则说明夫妻的关系已被疏离,而"女人在丈夫眼下自然已完全不同了",正说明丈夫已经和女人产生了巨大的差距,而正被或已被女人至少在心理上抛弃了。三是丈夫见了媳妇后的夜晚,本来是夫妻团聚、小别胜新婚、恩爱而销魂的时刻,而做丈夫的这时只能眼睁睁地看着媳妇和别的男人(所谓"客人")放肆地做"生意"。而这正是"丈夫"的身份、权利被极大地剥夺以致殆尽的表征。至此,丈夫已经不是丈夫了。

为什么丈夫们要放出媳妇而致使做丈夫的不是"丈夫"了呢?原因有两个:主要的一个是"贫穷"。"地方实在太穷了,一点点收成照例要被上面的人拿去一大半,于是手足贴地的乡下人,任你如何勤省耐劳地干做,一年中四分之一时间,即或用红薯叶子拌和糠灰充饥,总还是不容易对付下去。"生存是人生第一要义,穷则思变。在这种情况下正好另一种生活在招手。"一个不亟于生养孩子的妇人,到了城市,能够每月把从城市里两个晚上所得的钱,送给那留在乡下诚实耐劳种田为生的丈夫处去,在那方面就可以过了好日子。"多鲜明的对比呀!"只为家贫成聚散"(苏轼语),于是解决贫穷导致的生存危机就剥夺了"丈夫权"。第二个原因就是习惯。习惯也就是观念。在一个"道德至上"的地方,"饿死事小,失节事大"。自然,女人们不可能去威胁男人的"丈夫权"。可"由于习惯,女子出乡讨生活,男人通明白这做生意的一切利益"。"这样丈夫在黄庄多着"。既然如此,妻子外出做"生意",这样的行为也就不存在多少道德层面上的障碍了。

二、寻找丈夫

但是失去身份的丈夫们,终于感到了屈辱,于是他们开始要找回自己的"丈夫身份"。在小说中,丈夫寻找身份自然有一个过程,以心安理得始,以寻回尊严、找到权利终,而在此过程之中,丈夫的心路历程自然是复杂的。

1. 心理接受，心态"和平"

由于生活所迫，女人们的离家做"生意"也是有着男人们的原因的，而改变生活状况和不改变名分这两个方面又使男人们感觉到媳妇们行为的合理性和无可指责性。所以尽管走三十几里山路，好不容易找到媳妇，但一看到有客人在，自己还是"小心小心使声音放轻，省得留在舱里躺到床上烧烟的客人发怒"。这是以实际行动在支持自己的媳妇。就是到了很晚，到了半夜，客人们还不走，"丈夫"开始有些不满了，可媳妇只爬过来塞一小片糖。"丈夫把糖含在口里，正像仅仅为了这一点理由，就得原谅媳妇的行为，尽她在前舱陪客，自己仍然很和平地睡觉了。"尤其是在和水保谈话后，他猜想这人一定是自己媳妇的熟客，媳妇一定得了这人许多钱，于是就高兴地唱起歌来，兴奋里有着自得。

这个阶段的丈夫在思想上是完全接受了媳妇的行为的，没有身份丢失的感觉，"和平"是他们的心态。

2. 初步觉醒，有限反抗

水保的出现对"丈夫"的变化是一个重要的转机。虽然，水保的身份和地位以及可能的利益让丈夫在心理上得到了空前满足，但是水保说的一句本来是关照的话："告她晚上不要接客,我要来,有事情。"可到丈夫这里只留下一半:"今晚上不要接客,我要来。"这非常暧昧的言语引起了丈夫的愤怒,他感觉这有损一个男人的面子。嫖客明知面前的人是那女人的丈夫,可怎么还明目张胆地预约?尤其是自己的女人上街买东西迟迟不归,饥饿使他感到了女人对他的不够疼爱、不够看重、不够照顾。于是"一个种田人的脾气"就上来了:离开这个鬼地方,明天就要回家!这里作者强调丈夫的是"一个种田人的脾气",就是有别于城里人的脾气,有别于嫖客的脾气。这脾气其实就是朴素的传统的道德观念。所谓的脾气上来,就是丈夫的觉醒。

觉醒的丈夫,采取了三种反抗方式:第一是迅速离开这伤心之地以表达抗议。"明天就要回家"。第二是把做饭用的烧柴扔到河水里去冲走,让"可恶的人"受到损失。第三是生闷气,不理自己的媳妇,并恨屋及乌,对他媳妇的同伴也不友好。

所有这些,其实仅是男子的初步觉醒,所采用的方式也属于消极对抗,在接下来的时间里,由于媳妇及同伴的热情,尤其是一把胡琴又唤起了他对美好生活的向往及热爱,上述的怨气和不满也就烟消云散。并且"年轻人在热闹中心上开了花"。

3. 大侮辱带来大决绝

当"丈夫"恢复了平静，事情也平静下来的时候，两个醉酒的兵士终于把丈夫的怒火真正点燃："臭货，喊龟子出来。"兵士大骂丈夫是"龟子"，这是对他自尊的严重伤害，这已然不可忍受。紧接着，丈夫又目睹了这两个兵士在前舱和自己媳妇的性交易，这是对他做丈夫的当面侮辱，他已经熄下去的火终于又被点燃。尤其是兵士走后，查夜的巡官在查夜之后又来霸占媳妇，而他自己来看望媳妇的目的似乎就成了观看媳妇怎样被别的有钱有势的男人轮番蹂躏，除了对他这个丈夫进行辱骂和恐吓之外，把他做丈夫的权利完全剥夺。他从乡下来，本来应该是看望妻子，同时也和妻子进行交流，这不仅包括告诉媳妇家里的情况，告诉她找到了引起误会的镰刀，更包括年轻人欲望的满足。这后一点在这一时刻表现得非常突出，连别人都看得清晰："大娘像是明白男子的心事，明白男子的欲望。"但是大娘更"明白他的不懂事"，怕误了大事，只好提醒女人："巡官就要来的！"丈夫的所有权利都没有了。这给丈夫带来了极大的痛苦和愤怒。

连番的侮辱和对丈夫丢失权利的愤怒,终于使丈夫的反抗情绪大爆发了,他一大早就起身,非要离开这里,并且毫无通融。当自己的媳妇把出卖肉体挣来的钱交给他时,文章的叙事达到了高潮:他"把票子撒到地下去",然后双手捂脸大哭。构成反讽的是,本来就是出来挣钱的,先前当知道媳妇可能挣了一笔钱时高兴地唱起歌来,可这里,钱已经是侮辱和欺凌的标志了。丈夫态度的决绝正是他的彻底觉醒与全力抗争的表征。

迅速地领着妻子回家去,去过仍旧贫困但肯定恬静的幸福生活,丈夫又变成了丈夫。文章至此完成了寻找叙事。

三、寻找原乡

"寻找丈夫"是《丈夫》小说的主题,而寻找丈夫在某种意义上是沈从文对现代世界的形象认识,寻找丈夫可以说就是寻找自我、发现自我的过程,而对沈从文来讲,寻找丈夫,有一个更深层面的意义,那就是寻找善良、质朴、单纯的"原乡"。在沈从文作品中,湘西农村是一个象征的世界,那个世界象征着单纯、质朴的大"自我",这个"自我"没有受到虚伪的现代文明侵蚀,那里虽然生活的都是底层人，但是他们不像城市人那样虚伪、狡诈，他们充满了情义，比如做丈夫的为了生存而让妻子带走自己做人的尊严、做丈夫的权利去做妓女，这里包含着作者对下层劳动人民的生活状况的描述，表达着理解、同情与无奈。实际上，到丈夫的觉醒，即丈夫对自己权利的收回，对尊严的收回，寄寓了作者对整个现代文明的憎恶和对原乡神话的追求。

同时，寻找丈夫也是寻找爱情。因为美丽的爱情是原乡的重要构成元素。所以沈从文把乡下人的爱情叙写得朴素而坚实。我们可以从几个细节里看出来。一个是男子在和水保聊天时说到找到镰刀时的眉飞色舞。这是因为男子有着对妻子的深爱才把这个鸡毛蒜皮的小事在心里放大，而成为一个重要爱情事件。二是热爱生活其实是热爱以爱情为核心的生活，如看到改善生活希望的时候高兴地唱歌，而在船上拉胡琴的投入正是夫妻生活本来和谐的隐喻。如果媳妇在家里，不计贫穷的话，他们应该是多么相亲相爱呀，但媳妇还是出来"做生意"了。"做生意"对爱情有着毁灭性打击。第一步就是毁人。凡"做生意"的女人都会有一个共同之处："做了生意，慢慢地变成为城市里的人，慢慢的与乡村离远，慢慢地学会了一些只有城市里才需要的恶德，于是妇人就毁了。"《丈夫》中男子的媳妇老七也不例外。虽然时间短,却已经变化了:本来是"羞涩畏缩"的,可在船上老七不仅"拖着醉鬼的手,安置到自己的大奶上",而且当着丈夫公然多次与嫖客"做生意"。当人被毁了的时候,爱情还能持久吗?这样下去,丈夫和媳妇之间还会有爱情吗?第二步是毁家。见到媳妇,丈夫就有了这样的感觉:"如今和妻接近,与家庭却离得很远。"家庭被疏远了,慢慢地就会危及其存在。"皮之不存,毛将焉附?"家庭若毁了,爱情、美好的生活就都毁了。所以,沈从文写的寻找丈夫,也就是寻回爱情!当这对夫妻之间还充满着爱情的时候,他们的生活就会平静起来,就会融洽起来,就会在与困难作斗争的过程中同心同德,就会取得胜利,那样生活就会美好起来。所以,寻回爱情也就是找回生活,最起码是生活的美好的期待,从而找到原乡。

非诗却如诗　非画胜似画

《荷花淀》课文导读

钱　虹

作者介绍

钱虹,笔名金巩。南京市人。1982年毕业于华东师范大学中文系,后在该校获文学硕士、文学博士学位。2002年调同济大学任文法学院副教授、教授。著有专著《女人·女权·女性文学——中华女性的文学世界》《缪斯的魅力》,与他人合著《香港文学史》《中国当代文学作品自学辅导》《台港文学名家名作鉴赏》,编著《庐隐选集》(上、下)《庐隐集外集》《庐隐散文选集》《香港女作家婚恋小说选》等。

推荐词

优秀的小说家常常集各种文体之所长,并且融会贯通,《荷花淀》即是一篇融合了小说、散文、诗歌诸元素的著名作品。

《荷花淀》是一篇情景交融、意境优美的短篇小说,也是"五四"以后中国现代小说史上的佳作名篇;它既是享誉文坛的老作家孙犁(1913—2000)当年的成名之作,也是40年代解放区小说的代表作之一,并因其朴素淡雅、清新隽永之独特风格而开创了中国现代文学史上著名的"荷花淀派",与以赵树理、马烽、西戎为代表的"山药蛋派"一起,成为40年代解放区小说的两大主要流派。

一般而言,小说作为以叙事为主的文学体裁,与其他文体,如散文、诗歌相比,其长处在于"叙事"——讲述故事,尤其是人的故事,其中必然要涉及人物的命运及其来龙去脉,这就构成了小说中一波三折的情节。叙事性散文虽也以叙事见长,但所叙之事一般多为真人实事;而小说则以虚构为其主要特征,叙事者(作者)往往隐身于故事情节、人物命运的背后,其情感、思想、议论一般不宜在作品中直接宣泄。但这并不等于说,小说从此就与抒情、诗意、美感等等无缘了,优秀的小说家常常集各种文体之所长,并且融会贯通,《荷花淀》即是一篇融合了小说、散文、诗歌诸元素的著名作品。

《荷花淀》作于1945年5月,全文约五千字。这是作者孙犁到达延安之后在鲁迅艺术文学院从事研究和教学之余所创作的"白洋淀纪事"系列作品之一,同年发表于延安《解放日报》副刊上。据作者说,他的家乡其实离白洋淀很远,由于他曾经在白洋淀附近教过一年小学,对于那一带的风土人情有所了解,但小说中的故事却是听来自冀中的同志告诉他的,并非他亲身经历。这就明白无误地告诉我们,《荷花淀》虽实有其事,但其中的情节、人物则是虚构的,这也为作者营造优美的艺术意境提供了极大的想象与创作空间。

《荷花淀》的情节并不复杂,讲的是抗日战争时期发生在冀中白洋淀地区小苇庄的游击组长水生及其妻子等青年夫妇相互支持、奋勇歼敌的故事。它以小见大地反映了抗日战争时期冀中人民与武装到牙齿的侵华日军进行斗争的重大题材,但并未像许多表现抗日题材的作品那样正面渲染战争的残酷、血腥与沉重,而是以轻快明晰的笔调,独辟蹊径地通过以水生嫂为首的白洋淀妇女送夫参军、寻夫未果、遭遇敌船、歼敌获胜继而自觉组成抗日武装保家卫国等场面的细致描绘，歌颂了冀中劳动妇女的美丽心灵和勇敢坚强。在面临民族生死存亡的关头，她们无私无畏，识大体顾大局，舍小家救国家，毅然送夫上战场，最后自己也扛起了枪，将夫妻之恩爱升华为抗日救国的爱国主义精神，充分表达了人民战争乃胜利之本的必胜信念。全篇洋溢着乐观健朗的浪漫诗情，正如茅盾先生后来赞扬作者的那样，"用谈笑从容的态度来描摹风云变幻"。

《荷花淀》常被誉为散文诗式的小说，这主要体现在作品情景交融、诗意盎然的抒情基调上，尤其是动与静、张与弛相映成趣的搭配与描绘，尤显作品的诗情画意。如小说一开头，呈现在读者眼前的即是一幅恬静优美的水乡月光图：水生嫂坐在小院中编席，月光的清辉照着她，"苇眉子又薄又细，在她怀里跳跃着"；"不久在她的身子下面，就织成了一大片。她像坐在一片洁白的雪地上，也像坐在一片洁白的云彩上。她有时望望淀里，淀里也是一片银白世界。水里笼起一层薄薄透明的雾，风吹过来，带着新鲜的荷叶荷花香"。画中有诗，有色有光也有味，明月、清风、雾霭、荷香与水生嫂编席的动作交织在一起,构成了激烈的战斗来临之前的一首抒情柔曼的月光小夜曲。唯其恬静而优美,才更激起人们对于发动侵华战争,对于破坏、蹂躏人类和平生活的侵略者的无比痛恨,也为后文所展现的送夫参军、寻夫遇险、战场巧遇及最后毅然扛枪从戎,"配合子弟兵作战,出入在那芦苇的海里",埋下了首尾呼应、动静相宜、张弛有度的伏笔。

其次是极富个性化的人物对话和动作细节,表现了作者驾驭小说的高超的语言文字技巧。《荷花淀》中有人物,有场面,但其塑造人物、揭示人物的性格并不在于冗长拖沓的肖像描写和外形特征,无论是水生还是水生嫂,以及其他妇女,其眉眼、相貌都不甚分明,但作者用"抒情的方法、叙述和白描的手法",以极其俭省、写意的笔墨,通过人物之间的对话、神态和动作,将人物的心灵世界和各人的性格特征,活灵活现地一一展现出来。如小说开头那段为人称道的"夫妻话别",当水生嫂听到深夜归来的丈夫说明天就要参军离家的消息,"女人的手指震动了一下,想是叫苇眉子划破了手,她把一个手指放在嘴里吮了一下"。这里,一个细微的动作,将一位突然意识到丈夫即将征战而不忍与之别离，但又努力克制自己剧烈的情绪波动的青年妇女的复杂心灵，格外传神地揭示出来，可谓此处无声胜有声。天快亮时的那段夫妻对话也都是些极质朴、极简洁的家常闲话，毫无慷慨激昂的豪言壮语，水生的"嘱咐"和妻子的应允，把这对青年夫妻深明大义、舍家救国、与侵略者势不两立的纯朴而又刚毅的面影，三笔两画就凸现出来。后文对于妇女群像的勾勒，更是使读者如闻其声、如见其人。其艺术技巧同样采用的是人物间的对话与动作，几处"说笑"的场面和遇敌后化险为夷的描写，将白洋淀妇女乐观豁达、勇敢能干的精神面貌和性格特征描绘得栩栩如生。

在《荷花淀》问世半个多世纪后的今天，它依然以"那股浪漫主义气息，诗一样的调子和对于美的追求"而感染着千千万万的读者，这绝非偶然。

不同时代青年挣扎和奋斗的又一次写照

《青春之歌》的版本学及其他

梁归智

作者介绍

梁归智,1949年生于北京,祖籍山西祁县。1978年师从山西大学中文系教授姚奠中(章太炎的研究生、关门弟子)读研究生学习古典文学,毕业后留校任教,1991年评为教授,1999年调辽宁师范大学文学院任教授、硕士研究生导师。有著作《红楼梦探佚》《新评新校红楼梦》《被迷失的世界——红楼梦佚话》《独上红楼》《红楼梦诗词韵语新赏》《红楼疑案》《禅在红楼第几层》《红学泰斗周汝昌传:红楼风雨梦中人》《俏丫环和俊小厮:诗性的红楼梦小人物》出版。

推荐词

据作者杨沫自我表白,《青春之歌》于1952年完成初稿,1956年定稿,1958年出版。不久就有一位"郭先生"发难,撰文批判这部小说"歌颂和美化了小资产阶级知识分子",《中国青年》和《文艺报》展开了长达数月批判和反批判的辩论。杨沫在1991年6月8日写的《新版后记》中犹有余愤:"我不知道我国当代文学作品中(也许除了《武训传》?)还有哪一部曾受到如此广泛、如此连篇累牍的批判。"

一部文学作品有不同的版本,古今中外都是常见的事。像《三国志通俗演义》与经过毛宗岗修改的《三国演义》、施耐庵原本《水浒传》和金圣叹节本《水浒传》、脂批本《红楼梦》和程高本《红楼梦》等,版本研究展示出深刻的文学意义和文化意义。五六十年代中国内地的现代文学作品,其出版后的遭遇,随着当时社会、政治形势的变化而大起大落,因而产生了一种与过去很不相同的版本学现象:作者为了自身及其作品的生存,努力适应当时权威意识形态的趋势而不断修改自己的作品。对这个文学紧密依附于政治的特殊历史时期产生的特殊版本学现象作一点研究,将使我们更深入地观照那一时代文学作品的真实意义和价值。下面讨论的是曾经产生广泛社会影响的一部著名长篇小说《青春之歌》。

据作者杨沫自我表白,《青春之歌》于1952年完成初稿，1956年定稿，1958年出版。不久就有一位"郭先生"发难，撰文批判这部小说"歌颂和美化了小资产阶级知识分子"，《中国青年》和《文艺报》展开了长达数月批判和反批判的辩论。杨沫在1991年6月8日写的《新版后记》中犹有余愤："我不知道我国当代文学作品中（也许除了《武训传》？）还有哪一部曾受到如此广泛、如此连篇累牍的批判（当然也有大量反批判的拥护者）。从1958年年底开始，对《青春之歌》的批判、讨论持续了三个多月。有无限上纲的，有据理力争的，声势浩大，黑云压顶。"如果想一想1958年那特定的政治和社会背景，《青春之歌》的遭遇其实应在意料之中。当时中国思想文化界已经经历了批判胡适、批判电影《武训传》、批判俞平伯的《红楼梦研究》、批判"胡风反革命集团"等一系列所谓"思想改造运动"，尤其是株连广泛的"反右派"运动刚告凯旋，"阶级斗争为纲"实际上已经成了思想文化领域的主导倾向和大趋势。这条路线掀起一股社会思潮：仇视文化，仇视人道主义，仇视独立思想，视知识分子为危险的"异己"。而《青春之歌》却是一部以写知识分子参加革命为主体内容的小说，"取材角度"本身已经触犯了时忌，违背了"写工农兵"的"大方向"。

它受到自称"工人代表"的投机分子们的批判不足为奇。不过，那时文艺界的领导者都还是一些"内行"，也就是毛泽东后来痛心疾首所指出的，文艺界的"领导权基本上不在我们手里"，所以，《青春之歌》得以侥幸过关，"最后由茅盾、何其芳、马铁丁几位先生写了结论式的长篇文章，《青春之歌》才站住了，才继续大量发行"。（《新版后记》）

尽管如此，杨沫却不得不认真对待各种批评意见，对《青春之歌》作了大幅度的修改，并在1959年12月写的《再版后记》中以尽量诚恳的态度告白："提到修改小说，不能不提到今年《中国青年》和《文艺报》对《青春之歌》初版本所展开的讨论。这种讨论对我来说是非常有益的。……我这次修改《青春之歌》，基本上就是吸收了这次讨论中的各种中肯的、可行的意见。这种讨论不仅使我对艺术创作上的一些问题比较清楚了；而且使我的思想认识得到不少提高。说到这里，我深深感到文艺创作需要群众的监督、支持与帮助。也同时感到我们社会主义制度的无比优越性。"这种表白究竟有多少发自内心的真诚和多少应付形势的被迫在内，恐怕作者自己也难以划拨得一清二楚。

总之，作者根据"讨论中的意见，认真修改了作品"。

"集中起来可以分做这样几个主要方面：一、林道静的小资产阶级感情问题；二、林道静和工农结合问题；三、林道静入党后的作用问题——也就是'一二·九'学生运动展示得不够宏阔有力的问题。"（《再版后记》）

于是有了《青春之歌》的第二个版本，于1962年12月出版。

《青春之歌》是根据作者自己走上革命道路的人生经历为基础创作出来的，尤其是林道静这位小说主人公的形象仍有作者自己的许多投影。如作者的父亲也是一位"大学校长"，作者也被逼婚而脱离家庭，也去了北戴河，也和一位大学生先同居后分手，也去乡下教过书，等等。《青春之歌》的生命力，它对读者的感染力，从根儿上说，是来源于这种生活的真实性、生命体验的真实性。作者下笔时怀着强烈的感情，有强烈的爱与憎，作者自己先被笔下的人物和故事深深感动，这是她真实的哭和笑、呐喊和追求。像巴金的《雾》《雨》《电》和《家》《春》《秋》以及茅盾的《幻灭》等作品一样，这是不同时代青年挣扎和奋斗的又一次写照。

但这种基本上是"写实性"的作品同时有它不可避免的缺陷和局限。它太受制约于作者自己的"真情实感"，太被自己一时的爱憎所左右，而不可能上升到更高的艺术层次作出观照，更不可能对"革命"本身作出超越层次的感受和思考。《红楼梦》也是"写实""自传"性的作品，它的伟大和不可企及正在于它具有超越的视角。

《青春之歌》的修改本来应该向这个方向努力；在已有的生活真实性的基础上，向更深刻的人性深度开拓，从更宏广的历史高度感悟。并非没有这种可能；它经过加工改成，成为像《静静的顿河》那样史诗性的作品，至少，也可以和《毁灭》《钢铁是怎样炼成的》相媲美。

但中国的历史文化氛围、中国的文艺路线却把作者引向一个完全相反的方向。

除了一些技术性的修改之外，作者在三个主要方面的修改可以说基本上都是失败的。因为这些修改并不是来源于生活本身，而是根据一些先验的观念和教条。

所谓林道静"在小说的后面还流露出不少不够健康的感情"，是指她"追怀往事的情感"，即对余永泽和过去生活的某种怀恋。是指这样一些描写：

> 走着走着，走过了许多熟悉的街道，不知怎地竟

又走到沙滩那座她曾经和余永泽一起住过的房子前,这时,她不由自主地站住了。她望着那两扇黑黑的紧闭着的街门,惶惑地想道:"他是否还住在这儿呢?……"一种说不上来的感情,使得她对着这座小小的街门凝望起来了——她的眼光在黑夜中仿佛要穿透墙壁直视到她和他曾经住过的房间里。……但是,突然她扭身走过去了。她鄙夷地责备着自己,什么时候了,竟还这么留恋着死掉了的过去!

她不住转过头去望着东方——盼望东方天空的鱼肚白色。长这么大,她第一次渴望有一个家,有一张床,第一次深切地感到家的温暖和可爱。不知怎的这时她又想到了余永泽,想到了刚才经过的门前。

"那可怜的人现在不知怎么样啦!他会痛苦的,他不知会怎样想念着我呢。……她茫乱地思索起来了。"

这些描写在今天看来实在是平常而又平常,它不过是一个因躲避追捕而无家可归在夜间流浪街头的青年女子的一些瞬间感受而已。而且,这些描写还是为了表达更"进步"的思想境界而作的铺垫。因为紧接着就又描写:忽然一双苍白的手在她面前一闪,她想起了凌汝才。不由得厌恶地唾了一口,把头发向后一掠,轻轻喊道:"去他妈的!"后面又写她看到露宿街头的穷孩子而"痛苦地摇着头,掏出了自己的全部财产——五块钱,从里面抽出了两块,轻轻地放在小孩子的脑袋底下"。

可是,在五六十年代,在那种文艺思想的阴影之下,林道静瞬间的怀旧情绪就是"小资产阶级思想感情"还没有彻底改造好的证据。作者诚惶诚恐地接受了批评,《再版后记》中说:"说来,也怪有意思,林道静从农村受到锻炼回到北平后,我在修改本中原来对她的小资产阶级感情仍然改动得不太多,可是当我看校样的时候,看到她在小说的后面还流露出不少不够健康的感情,便觉得非常不顺眼,觉得不能容忍,便又把这些地方做了修改。从这里看,小说中的人物已经变成客观存在的东西,它的发展有它自己的规律。作者如果不洞悉这种规律,不掌握这种规律来创造人物,那就会歪曲人物,就会写出不真实的东西来。"那么,修改以后的符合"规律"而"真实"的描写是什么样子呢?

紧张的斗争过去了,神经松弛下来,在这寂静的夏夜,一个人无目的地漫步,就更加引起了疲倦和瞌睡。

> 她顺着熟悉的街道走到了故宫河沿,倚靠在护城河的栏杆旁,勉强睁开眼皮望着闪着鱼鳞似的光亮的河水,心里空旷旷的。
>
> 忽然,她在心里狠狠地责备起自己来——叫白莉萍拉了走,和她——和这一群资产阶级寄生虫去周旋,这、这是不是一种软弱?是不是温情?难道你忘了你身上还带着给徐辉的信——虽然这信也许不是十分重要的,但总是一个党员交给你的呀!……

这完全是一种概念化的、作者强加上去的干巴巴的东西,它并不来于作者真实的体验,而是为了适应某种观念而生造出来的。后来统治文坛的"三突出""高大全"一类所谓"创作原则"在这里已经露出苗头,只是还没有那样理论化、极端化罢了。初版和修改版,到底哪一个"歪曲人物""不真实"呢?

这种修改表现出的是一种倾向性思想:对人类思想感情的丰富和复杂性,对人道主义和人性的东西,都冠以"小资产阶级"(后来把"小"字也去掉了)的纸帽子予以蔑视和拒弃,以"革命"的名义赋予"残酷""冷酷""无情""粗暴""简单"这些人类的劣根性以合法甚至神圣的地位。在中国革命中这种倾向越往后发展越严重,导致了一次又一次的"左祸"。这无疑和中国革命强烈的农民所带来的封建主义思想的腐蚀渗透极有关系,也和中国传统文化中先天的欠缺极有关系。把中国革命文学和苏联革命文学比较一下就十分清楚。王蒙在《苏联文学的光明梦》一文中有一段精彩的评论:

> 与中国的同期的革命文学歌颂文学相比较,我至今仍然觉得苏联文学有它的显著优点:一、他们承认人道主义,承认人性、人情,乃至强调人的重要、人的价值;而中国的文学理论长久以来是闻"人"而提,闻"人"而惊而怒。二、他们承认爱情的美丽,乃至一定程度上承认婚外恋的可能(虽然他们也主张理性的自制),并在一定程度上承认性的地位。三、他们喜欢表现人的内心,他们努力塑造苏维埃人的美丽丰富的精神世界。而在中国,长期以来文艺界相信"上升的阶级面向世界,没落的阶级面向内心"的断言(我未知其确切出处,但一位可敬的领导常常引用此话并说是出自歌

德)。我们这里常常对大段的心理描写采取嘲笑的态度。四、他们喜欢大自然和风景描写以及静态的细节描写,这可能与列宾等的绘画传统有关。而我们中国,常常把这种风景描写环境描写静物描写直至肖像描写视为可鄙可笑,视为"博士卖驴,下笔千言,未见驴字"的笑话。五、那些在中国肯定被批评为"不健康""小资产阶级情调"、"无病呻吟"的东西,诸如怀旧、失恋、温念、迷茫、祝福、期待、忧伤、孤独……都可以尽情抒发;苏联文学有一种强大的抒情性。在苏联文学中,什么感情都可以有,但在最后,海纳百川,所有的感情都要汇集成爱国爱苏维埃直到爱党爱领袖的"大道"上去。这种对于人类情感体验的珍视与咀嚼使人不能不想起俄罗斯的音乐——从柴可夫斯基、强力集团到伏尔加河沿岸的俄罗斯民歌——的抒情传统。女作家潘诺娃在《光明的河岸》中描写人们回想起自己的童年时代的伤感情绪,并讽刺一个死官僚——只有他才没有这种普通人的弱点。如果在当时的中国,褒贬的对象肯定需要易位。六、与当时的中国文学界的情况相比较,50年代的苏联文学界似乎已有一定的自由度,虽然他们从未提过百家争鸣、百花齐放的口号。……对于爱伦堡的小说《解冻》与潘诺娃的小说《一年四季》，不同意见也确实在报刊上展开了争鸣，这种争鸣并未受到苏共党的干预。

我们看，《青春之歌》初版本中林道静的"小资产阶级感情"的"怀旧情绪"受批判和被修改不正是上面这一段话的绝妙注解和例证吗？

《青春之歌》第二版最大的变化是增写了林道静在农村的七章。已经有不少人认为这七章的增写是画蛇添足。但作者自己不这样看，坚持保留这一部分。

这是一个饶有兴味的问题。分析一下这增写七章的实质性内容，它们所反映的思想背景和文化背景，可以使我们对五六十年代一大批作家创作上的局限性有深刻的理解。

这七章并没有生活的根据，而是为了迎合所谓知识分子应该和工农相结合的"理论"硬编造出来的。这一点作者在《再版后记》中说得很清楚："关于和工农结合问题，在'一二·九'运动前，知识分子和工农结合虽然还没有充分的条件，但是既然已经写了林道静到了农村，既然党在那时的华北农村又有不小的力量,并且不断地领导农民向豪绅地主进行着各种斗争,那么,为什么不可以把林道静放到这种革命洪流中去锻炼一下呢?为什么不可以通过我们的女主人公的活动去展示一下当时中国农村的面貌,并突破一下知识分子的圈子,叫读者的视野看到当时农民生活的悲惨,看到地主阶级的罪恶,从而激起更高的革命激情呢?这样一想,于是我就增写了林道静在农村的七章。"作者自己没有参加农村革命斗争的经验,对农民、地主、农村的革命者都极不熟悉,因而出现在这七章里的人物和故事不可能不是概念化的产物,不仅谈不到传神,连血肉也没有。作者只能按照想当然的"阶级分析"给每一个人物安一个脸谱:老地主宋贵堂是悭吝、残忍的,其子宋郁彬是伪善、阴险的,宋郁彬的妻子是嫉妒的,连他们的两个小孩也缺乏人性而表现出剥削阶级的劣根性,而"革命者"和"劳动人民"一方,则"姑母"的明断老练,满屯的机警沉着,郑德富的苦大仇深而又坚忍大量,陈大娘的善良而富有同情心,无不是"理想"的标本。如果说在小说的其他章节中出现的人物由于有生活原型的依托还写出了某种性格的话(尽管也不很深刻),增写七章中的人物则完全是一些毫无活气的木乃伊。这是脱离生活而"主题先行"的必然结果。

这七章所要表现的"主题思想"更是一些"左倾"的教条。其中一个基本情节是郑德富对林道静的"阶级仇"和"革命爱"的转化:

"她也死啦。你那老爹林伯唐乘着我出去作活的功夫糟蹋了她。我那女人就、就、就吊死啦。"

又是,一声轰雷打在道静的头上,她的头脑有一阵是这样的眩晕……车在土道上颠簸着前进,她的眼前总是晃动着黑妮可爱的笑脸;晃动着黑妮娘那慈祥温和的笑容;也晃动着郑德富那悲伤的沉重的身影。"赎罪、赎罪……"这时,她又想到了这两个字,可是,仿佛它们有了另外的一种意义。

"大叔,你该仇恨我!该恨我!……"

郑德富磕打着旱烟袋,黛黑多皱的脸上,闪过一丝隐约的笑容:

"你不是林伯唐的闺女,你是闹革命的闺女,咱还能再恨你?你是共产党叫我不再恨你啦。过去咱也有不好,你别见怪。"

这些故事情节其深层思想内涵是"知识原罪","知识分子有罪,要赎罪"这样一种仇视知识文化、贬抑知识分子的狭隘错误思想。它的逻辑是这样的:知识分子读了书——能读书因为有钱——钱是剥削而来——知识分子的父母和家庭属于剥削阶级——剥削阶级无恶不作——因此知识分子有罪,要为他们的父母和家庭赎罪。这种"读书有罪""知识分子不可靠"的思想在中国革命中根深蒂固,而且愈往后愈严重。从延安整风时康生残杀知识分子出身的革命者,到后来的"抢救失足者",一直到1949年后对知识分子一次又一次的打击,以及讲究"家庭出身"的阶级出身决定论,直发展到文化大革命初期著名的"对联之争"。"老子革命儿好汉,老子反动儿混蛋"是数十年来中国革命中以贬抑知识分子为核心的"左倾"思想的极端发展。"四人帮"正是利用了这种数十年来"左倾"错误积累起来的不满情绪,以"反血统论"为武器一度赢得大多数知识阶层的拥护并为"革命路线"与"走资派"作坚决斗争。"文化大革命"中的"造反派"大多出身"非红五类"正是这个道理。知识分子参加革命是否"可靠"的问题本来不能笼统而论,有两位中国共产党的"总书记"被捕后的表现形成鲜明对照:一个是向忠发,工人出身,一被捕立刻叛变;一个是瞿秋白,很典型的知识分子,被捕后写了《多余的话》并从容就义。

《青春之歌》增写了林道静的"赎罪感",却并不能挽救它在"文化大革命"中被指责为"特号大毒草""受到全国200多种小报批判"的命运,因为它是写知识分子参加革命的,是歌颂了知识分子的。当然又加上了"为刘少奇、彭真树碑立传"的"罪名"。这实在是一种讽刺。

新增写的章节中还有这样的描写:

> 两个人疾速地走在沉睡的田野里,谁也不出声。夜,挟着凉爽的微风,吹过滴着露珠的高粱叶,吹过哗哗作响的白杨树,吹过闪着光亮的河水,也吹过浑身发热的林道静俊美的面颊……多么美丽的夏夜呵……分外给人一种美的感受。看到了并且感到了这些的林道静,一霎间老毛病又犯了。忘掉了危险的处境,她长长地吸了一口沁人心脾的新鲜空气,几乎想对身边的郑德富喊道:"大叔,你看这大自然多美呀!你看咱们的生活多有意思呀!"可是,不知怎的,她忽然想起了三年前刚刚逃到北戴河时的一幕情景,她喊不出来了。那

时她第一次看见了大海,就向身边的脚夫惊奇地喊道:"看,这大海多美呀!"可是回答她的却是一句含意深刻的话:"打不上鱼来吃不上饭——我们可没觉着美不美。"……想到这里,道静看看身边那衣衫破烂、污脏,迈着沉重大步的老长工,忍不住自嘲地笑了:"典型的小资产阶级感情!你那浪漫的诗人情感要到什么时候才变得和工农一样健康呢?……"

这正是前引王蒙比较中苏革命文学异同时指出的那种情况:苏联文学珍视和咀嚼人类的各种情感体验,尤其是美的情感体验,嘲笑"死官僚"们的心灵枯竭和麻木不仁,而中国文学却"褒贬易位"。中国革命缺少文化素养的农民性质就这样曲折地却顽强地折射到中国文学的创作之中。

新版《青春之歌》第三方面大的改动是"力图使入党后的林道静更成熟些,更坚强些,更有作为些。通过它,也把'一二·九'学生运动的面貌尽可能写得充实些"。(《再版后记》)但是,一方面有先天的不足:"因为生活的限制,我自己并没有参加过'一二·九',所以写来写去,怎么也无法写得更丰满。"(《再版后记》)另一方面,则是文艺思想的制约。作者努力迎合所谓典型时代和阶级代养的那样一种观点，即"共产党员必须集中地完美地具备无产阶级的一切优良特性与品德""这表现在文艺工作上，就是要创造出完全合乎标准的共产党员的英雄形象""我们有理由要求女主人公林道静在一切方面成为青年的表率"。这是后来"三突出"原则的滥觞。不注重深刻表现革命的复杂真实，表现作为"人"的革命者的丰富的个性和内心世界，而是用教条去规范，把"歌颂"作为根本出发点，这也许是在阶级斗争你死我活时代而自己亲身参加斗争的作家难免的偏颇，作品不可能深刻也就可想而知了。五六十年代的作家文化水平都不太高，不过是一些走入革命队伍的文学青年而已，他们所拥有的是自己参加革命的一段生活经历，他们所能做的只是把自己的经历用小说形式再现出来，根本不可能对革命本身作超越的洞察，也没有在艺术上出奇制胜大胆创新的才能、修养和力量。因而这些革命文学作品只能停留在"歌颂"的层次，必然缺乏思想性深度，甚至可以说就没有什么思想，而中国革命的农民性色彩、中国文化传统的封建性遗传，又使文艺指导思想缺乏深厚的人道主义精神，缺乏思想的独立性尊严。五六十年代的作家不可能为他们所经历过的生活与斗争留下真正宏伟深邃的史诗性作品,只能写下一些比较浮浅的有些传奇意味的二三流作品,这是外部条件与内部条件双重因素所决定。对于波澜壮阔的中国革命来说,这实在是很遗憾的。

比起新版来,初版在情节组织上显得有些支离,但由于没有脱离作者生活基础的主观臆造,总体上的真实感却更强。那时的革命,那时的革命者,本来就是那样不成熟的。新版不进一步深化人物的性格维度,而是增加了许多"场面",作者缺少直接体验的斗争场面,它们没有多少艺术魅力也就可想而知了。这正是前引起当年中国文艺界的一种糊涂认识的表现:上升的阶级面向世界,没落的阶级面向内心。

在一些具体枝节上,新版对初版的修改得失互见。如将林道静从乡下返回后去看余永泽改为路遇,以及在最后"一二·九"运动中删去了余永泽的出现,都更符合人物的性格逻辑,新版比初版好。但将余永泽冷淡魏三大伯和拉拢罗大方两个故事合而为一,则失去了"生活流"的自然。有的修改则明显是为了趋时而牺牲了历史真实。如林道静向王晓燕推荐革命书籍,新版用"毛泽东同志的一些著作"取代了初版的"瞿秋白的《中国往何处走》"。这样做虽然是可以理解的,但毕竟对不住"艺术家的良心"。"文化大革命"结束后《青春之歌》第一次重印,作者又对书中"明显的政治方面的问题,和某些有损于书中英雄人物的描写作了个别修改"(1977年2月1日《重印后记》)。笔者没有仔细核对,不知这些"个别修改"到底是些什么,考虑到特殊的历史背景,作者的苦衷自然应该谅解,但这却使《青春之歌》又有了第三个版本。

"文化大革命"后期,作者又写了一部《东方欲晓》。作者后来沉痛忏悔自己"愚蠢",在1991年写的《自序》中自我检讨:"我一度盲信'四人帮'的文艺理论,按照他们的'三突出'等'创作'规定,迎合他们,写了工农兵是英雄,而把我最想写,也准备作为第一人物的知识分子贬为下等公民。虽然后来有了更改,然而七十多万字啊,四五年的心血啊,都成了夹生饭。"这确实是惨重的教训。可是,作者反思又显然是不彻底的。她醒悟到《东方欲晓》的失败,却不能更进一步认识《青春之歌》中存在的问题。她后来又把《东方欲晓》改写成《芳菲之歌》。并写了《青春之歌》的下卷《英华之歌》。作者"烈士暮年,壮心不已"的精神值得佩服，但无论《芳菲之歌》或《英华之歌》，都不可能再引起当年《青春之歌》那样的轰动了。从50年代到90年代，中国人的审美观念已经发生了翻天覆地的变化，而杨沫无论怎样努力，也跟不上时代的步伐了。《英华之歌》写了延安整风对知识分子革命者的迫害，批判了"左倾"路线。可是卢嘉川的"死而复生"、江华的"左倾"，以及林道静与卢嘉川和江华之间的婚恋纠葛，实在是有点"落套"了。《青春之歌》写于50年代，《英华之歌》写于80年代，它们之间横亘着30年的时代鸿沟，这个鸿沟太深，无法填平。杨沫属于50年代，尽管那个时代有种种缺陷，给她和她的作品带来过惊扰，但毕竟荣光是主要的，那是短暂的荣光，但也是历史的荣光。卢嘉川已经光荣牺牲，林道静和江华正走向理想，杨沫应该让他们停在那里，因为那是最美好的时刻，是那个在北戴河大海边穿一身白衣白裙的理想主义的林道静而不是在革命战火中变成残废的林道静才是杨沫永恒的偶像。

张爱玲小说中的"月亮"

读张爱玲小说札记

谢 泳

作者介绍

谢泳,1961年出生,山西省榆次市人。1983年毕业于山西晋中师专英语专业,毕业后留校任校报编辑。1986年调入山西省作家协会《批评家》杂志社任编辑,主要研究中国当代报告文学。1989年后在山西省作家协会理论研究室工作,后任《黄河》杂志社副主编,出版过《逝去的年代》《储安平与〈观察〉》《清华三才子》《血色闻一多》等著作。2007年被厦门大学破格聘请为人文学院教授。

推荐词

张爱玲与她同时代作家之间明显的区别是在时代发生剧烈变化的时候,她依然能够不舍弃自己固有的文学观念,平静地叙写往日的旧事,即使她小说的背景是当时变化着的时代,她更感兴趣的似乎也在那些远离时代冲突的小人物身上,她喜欢人生平静安稳的一面,从内心深处惧怕动荡和不安。

许多评论家都注意到了张爱玲小说里意象的丰富，其中最引人注意的是"月亮"和"镜子"。夏志清说："张爱玲的世界里的恋人总喜欢抬头望月亮。"水晶则发现了张爱玲小说中"镜子"的频繁出现，并指出："张爱玲世界里的恋人总喜欢抬头望月亮的话，同时他们也喜欢低头照镜子。"张爱玲小说善用意象喜用通感，形成了她小说基本的艺术特色。虽然张爱玲小说中意象纷呈，但以"月亮"出现的最多，最典型，也最有特色，而且也绝不仅仅是"恋人总喜欢抬头望月亮"，差不多所有的人都有这个习惯。在张爱玲笔下，"月亮"不仅出现的时间、地点和人物心理之间的关系有鲜明的特色，而且张爱玲用来描绘"月亮"的色彩也是非常独特的。可以说，破解张爱玲小说中"月亮"的不断出现，对于了解张爱玲的创作心理与她早年生活的关系，从而深刻地把握张爱玲小说的艺术特征可能都是有帮助的。

一

张爱玲在中国现代小说史上曾经是一个被遗忘的作家,起码在大陆上是这样。张爱玲是孤独的,她的被遗忘完全与她自己的文学观念密切相连,她是一个艺术天分很高的人,而且喜欢凭直觉去体味艺术。她与她同时代的作家之间明显的区别是在时代发生剧烈变化的时候,她依然能够不舍弃自己固有的文学观念,平静地叙写往日的旧事,即使她小说的背景是当时变化着的时代,她更感兴趣的似乎也在那些远离时代冲突的小人物身上,她喜欢人生平静安稳的一面,从内心深处惧怕动荡和不安。她的小说有一种内在的悲剧力量,不论她表现什么样的题材,都流露出生活无望的情绪,平凡的人物能够把握住现在已属不易,对于未来的憧憬可能根本就是海市蜃楼般的梦幻,张爱玲小说的不朽力量和现代感即体现在这种情绪中。她说过:"时代是仓促的,已经在破坏中,还有更大的破坏要来。"张爱玲在她的小说中反复地传达这种她对时代的独特感受,她是异常敏感的,可以说她从某种程度上深刻地意识到了中国社会将要发生的某些变化,她根本不适应这个时代的变化，自然她是悲观绝望的，她感觉到了"更大的破坏要来"，她不免恐惧，从文化精神上讲，张爱玲深刻地预示了中国社会的某些变化。

作为小说家，张爱玲的独特之处在于她的价值观念和文学观念，她当时对文学的评价可能是偏激的，但这种偏激中正显示了她的独特价值与存在。论及写作，张爱玲说："我甚至只是写些男女间的小事情，我的作品里没有战争，也没有革命。"她还说："我所写的文章从来没有涉及政治。"当有人问她，"无产阶级的故事你会写吗？"她说："不会。要么只有阿妈她们的事，我稍微知道一点。"张爱玲多次说过，她喜欢人生平静安稳的一面，这实际上是对她往日生活的一种怀念，论及文人，张爱玲的评价也坦率得令人吃惊。她这样解释文人和生活的关系："走马看花固然无用，即使去住两三个月，放眼搜集地方色彩，也无用，因为生活空气的浸润感染，往往是在有意无意中的，不能先有个存心。文人只需老老实实生活着，然后，如果他是个文人，他自然会把他想到的一切写出来。他写所能够写的，无所谓应当。"在将近半个世纪后，想想张爱玲的这番话，仿佛是针对时下某些对作家的无理要求而讲的，张爱玲是以这样的思想去平静地从事她的小说写作的。

在读张爱玲小说的时候,我不止一次地想到川端康成说过的一段话:"我以为艺术家不是在一代就可以造就出来的。先祖的血脉经过几代人继承下来,才能绽开一朵花。或许有些例外,不过仅调查一下日本现代作家,就会发现他们大多是世家出身,读一读妇女杂志的文章、著名女演员的境遇或者成名故事,就晓得他们都是名家的女儿,在父亲或祖父这一段家道中落的。几乎没有一个姑娘是出身微贱尔后发迹的。情况竟然如此相似,不禁令人愕然。如果把电影公司那些玩偶般的女演员也当做艺术的话,那么她们的故事也未必只是为了虚荣和宣传才编造出来的了。可以认为,作家的产生是继承世家相传的艺术素养的。但是另一方面,世家的后裔一般都是体弱多病。因此可以把作家看成是行将灭绝的血流,像残烛的火焰快燃到了尽头。"川端康成的话给予我们许多启发,可以说他揭示了作家艺术家成长的某一基本规律。我曾在一篇题为"论中国现代作家的出身"的文章中,通过详细的统计资料验证过川端康成的话。现在我们从世家子弟、家道中落,体弱多病这三点看一下张爱玲的情况。

张爱玲出生于没落的贵族家庭，祖父张佩伦是清朝的大臣，祖母则是李鸿章的女儿。张爱玲这个流着贵族血液的千金小姐来到世上时，"民国"已建立十年，家道也已没落，她可以说是生不逢时。出生在这样的豪门望族中，张爱玲从小受到了良好的教育和多种艺术素养的训练，她三岁能背唐诗，七岁开始写小说。她有艺术的天分，又有家族的不幸。虽有前朝的繁华，但她的童年却是令她不堪回首的，父母离异，使她幼小的心灵变得敏感早熟。在散文《私语》中，张爱玲曾记述过自己的身世，其中还提到她小时候身体体弱多病。那是她记述她母亲从法国回来以后告诉她的话："我后悔从前小心看护你的伤寒症。"可见张爱玲的经历几乎和川端康成所说的作家成长的道路是多么相同呵！

二

小说家在他自己的作品中如果不是出于技巧的考虑在不断使用某一意象，那么我们就有理由认为这种持续的记忆是为某种令他痛苦的不完善所支持的，如鲁迅作品中"药"这个意象的不断重复就是如此。

张爱玲在不断地复现她自己，在她心中不断重复着同样的行动，一遍遍地讲述着同样的故事，也许她强烈地渴望能够摆脱某种重复，但读者总会发现，在她的无论什么作品中，都有某种东西是她无法舍弃的。从微观处着眼，"月亮"就是张爱玲无法忘却的。"月亮"在张爱玲的几乎每一篇小说中都曾出现，这不是偶然的，是否可以这样说，"月亮"是进入张爱玲小说世界的一个门槛，跨过这个门槛，在总体上就可以把握张爱玲小说基本的艺术特征。

张爱玲的小说大体上都是关于婚姻与爱情的，而且这种婚姻和爱情常常是残缺不全的。这种题材选择的单一性，不仅符合张爱玲一贯的文学主张，也与她的身世有关。前面说过，张爱玲是一个从曾经繁华的家族中走出来的贵族小姐，然而她却是不幸的。她的不幸，从大的方面说，是随着时代的变化，她所曾经拥有的一切已经开始消亡，无论是物质还是精神，都开始贫困。她在童年的时候，即察觉到了家族的没落，对于她来说，这种感受是异常丰富的；从小的方面说，父母离异，使她从小就处在一种残缺不全的关系中，没有母爱和父爱，这使她时时处在一种孤立无援的境地，早年身世的凄凉，使张爱玲的情感无所依托，只好寄托给"月亮"，只有那悬在空中的明月，能使她孤寂的心灵得到些许安慰。她对"月亮"特别敏感,不光是因为她是女性,更因为在她处境最坏的时候,她发现了"月亮"那奇特的感觉,我们从张爱玲的散文作品中看她对"月亮"的好奇与敏感。

张爱玲在《私语》中第一次提到"月亮"是她与后母发生冲突,而父亲扬言要用手枪打死她,并把她关在一间空房子里。张爱玲这样回忆:"我生在里面的这座房屋忽然变成生疏的了,像月光低下的、黑影中现出青白的粉墙,片面的,癫狂的。"接着,张爱玲引用了一个外国诗人的一句诗:"'在你的心中睡着月亮光'。我读到它,就想到我们家楼板上的蓝色的月光,那静静的杀机。"

《私语》是张爱玲成名后所写的一篇散文,她提到的这件事,可能是她对"月亮"敏感的心理根源。张爱玲在这里提到"月亮"时,用了"蓝色"来形容,这个感觉是奇特的,也是常人所不用的,张爱玲似乎把"月亮"描绘得很可怕,是在用"蓝色的月亮"衬托出可怕的环境,给人心理上留下恐怖的感觉。在《私语》的结尾,张爱玲说:"写到这里,背上吹的风有点冷了,走去关上玻璃门,阳台上看见毛毛的黄月亮。"在同一篇文章中,回忆童年的经历时,张爱玲两次提到"月亮",先是"蓝色的"后又是"黄色的"。

在张爱玲笔下,"月亮"似乎很少皎洁明亮的时候,她总是用自己所喜欢的颜色去写它。张爱玲曾经说过,她对色彩、音符、字眼等极为敏感。她说当她弹钢琴时,她想象着八个音符有不同的个性,像穿戴了鲜艳的衣服抬手舞蹈。张爱玲说:"我写文章,爱用色彩浓厚、音韵铿锵的字眼,如'珠灰''黄昏''婉妙'。"张爱玲小的时候,曾经学过音乐和绘画,又对印象派画家凡·高和塞尚有特殊的兴趣,而"蓝"与"黄"又正是这两个画家所喜用的色彩,这其中肯定有他们的影响。

在小说中,张爱玲善用通感手法,与她早年学过音乐和绘画是有关的,尤其是绘画。可以说,她是用画家的眼睛观察世界,然后用文字记录这种感觉,自然色彩感要比一般作家强烈得多。

在散文《童言无忌》中,张爱玲还记述了自己十二岁那年发生的一件事,也与"月亮"有关。张爱玲写道:"有天晚上,在月亮低下,我和一个同学在宿舍的走廊上散步,我十二岁,她比我大几岁。她说:'我是同你很好的,可是不知道你怎样。'因为有月亮,因为我生来是一个写小说的人。"一个十二岁的姑娘便如此自信,也可以想见张爱玲后来的性格。在这里,张爱玲第一次明确提到了"因为有月亮"。我们是否可以这样理解:她是从最初的不幸经历中捕捉到了"月亮"给予自己的奇特感受,所以以后,"月亮"差不多成了她灵感来源的一个重要触发点,她在未成年的时候便把"月亮"和写小说联在一起,难怪她的小说几乎处处有"月亮"的出现。

在散文《我看苏青》中,张爱玲又一次提到"月亮",她这样写道:"我一个人在黄昏的阳台上,骤然看到远处的一个高楼,边缘上阿着一块胭脂红,还当是玻璃窗上落日的反光,再一看,却是元宵的月亮,红红地升起来了。我想到:'这是乱世。'"这里出现的"月亮",张爱玲又换了一种颜色,是"红红地"。在张爱玲眼中,"月亮"已不完全是一种自然景观,她完全是根据自己的情绪和感觉,去赋予自己心中的"月亮"以各种不同的色彩,这种把"月亮"完全作为固定的抒发自己对郁郁苍茫世界的感慨对象,是很少见的。张爱玲对"月亮"的描绘,不仅想象奇特、用色自由狂放,而且凭直觉任意涂抹,给人们强烈的刺激,"月亮"似乎成了她眼前的一块画布,她可以随时根据自己的艺术直觉去为它着色,无论什么色彩,她都敢用。这就是一个

"感觉到更大的破坏要来"的人对"乱世"的一种直感。

1944年,张爱玲在为她的小说集《传奇》写的序言中,一开始就说:"我要我最喜欢的蓝绿的封面给报摊子上开一扇夜蓝的小窗户,人们可以在窗口看月亮,看热闹。"在序的结尾,张爱玲谈到女友炎樱给小说设计的封面时又说:"细看却是小的玉连环,有的三三两两勾搭住了,解不开;有的单独像月亮,自归自圆了。"在一篇短序中,从头到尾,都不忘用"月亮"来做比喻,可见她对"月亮"的偏爱,散文中尚且如此。她小说中的"月亮"就可想而知了。

三

《金锁记》不是张爱玲的第一篇小说,但却是她小说中最优秀的。前两年曾有人将其改编成电视剧,并易名为"昨夜的月亮",虽然这个名字远不如《金锁记》贴切和深刻,但从改编者的意图看,还是注意到了"月亮"在张爱玲小说中的象征意义的。《金锁记》的开头和结尾,都以"月亮"作比,借此抒发作家的情感,给人留下了深刻的印象。读过《金锁记》的人都不会忘记作品开头和结尾以"月亮"相互照应的精彩片断。在这篇小说中,张爱玲对"月亮"的比喻是:"铜钱大的一个红黄的湿晕,像朵云轩信笺上落了一滴泪珠,陈旧而迷糊。"不过这是年轻人想象中的"三十年前的月亮",而老年人回忆中的三十年前的"月亮"则是"欢愉的、比眼前的月亮大、圆、白"。《金锁记》中的曹七巧是一个为金钱所困而丧失了整个青春的年轻女子,她一生的失误即在于被金钱所困,以全部人生的幸福作为代价。张爱玲在小说的开头用"铜钱大的一个红黄的湿晕"描绘"月亮"其含义是多么贴切呀,既有伤感,又有叹息。张爱玲的小说中处处流露着对往日生活的回忆。虽然她喜欢在曾经豪华的生活中写出一种没落之感,但更多的却是对逝去生活的留恋。处在一个变化着的时代中,张爱玲的失落感并不直接表现在对没落生活的怀念,而在于对将要到来的变化有一种恐怖,她怀念过去,是对未来的恐惧,所以她劝人们要把握住现在。她说:"为了证实自己的存在,抓住一点真实的、最基本的东西,不能不求助于古老的记忆,人类在一切时代之中生活过的记忆,这比了解将来要更明晰,亲切。"靠回忆写作的张爱玲常常给作品一种苍凉的气氛。

在《金锁记》中,当长安受到母亲七巧的责备,在孤独的时候,与她做伴的恰好又是"月亮"。张爱玲这样描写:

"窗格子里,月亮从云里出来了。墨灰的天,几点疏星,模糊的缺月,像石印的图画,下面白云蒸腾,树顶上透出街灯淡淡的圆光。"在长安眼中,"月亮"是残缺的,以此预示长安的婚姻。值得注意的是张爱玲写"月亮"时的奇特感觉,晚上的"月亮"下面却有"白云蒸腾",这种描写给人的印象太深刻了。张爱玲写"月亮"有几个特点,首先她笔下的"月亮"残缺得多,色彩以"蓝色、黄色"为多,还有就是她眼中的"月亮"常是从窗口或阳台上看到的,而且大多数是在黄昏的时候,这些特征可能都留有她早年生活的印迹。另外,张爱玲对"月亮"的爱好,就是喜欢把"月亮"比作天上的"太阳"。在《金锁记》中,当芝寿感到这个痴狂的世界丈夫不像丈夫,婆婆不像婆婆时,她的眼中看到的月亮是这样的:"今天晚上的月亮比哪一天都好,高高的一轮满月,万里无云,像是漆黑的天上一个白太阳。遍地的蓝影子,帐顶上也是蓝影子,她的一双脚也在那死寂的蓝影子里。"当芝寿再看窗外时:"还是那使人汗毛凛凛的反常的明月——漆黑的天上一个灼灼的小而白的太阳。"在这段描写中,芝寿眼中的"月亮"所有的色彩,使人想起张爱玲童年见到"月亮"时的情景,都是"蓝色"的,给人一种恐怖的感觉。《金锁记》中,前后共有六处写到"月亮",而且每一次在人物孤独或恐怖的时候,都常有关于"月亮"的描写,这是否是张爱玲童年经历在小说中不自觉的浮现?

《倾城之恋》也是张爱玲小说中的名篇,在这篇小说中,共有三处写到"月亮"。

当白流苏为范柳原在电话中的一番话生气的时候,她好像又听见了柳原的声音:"'流苏,你的窗子里看得见月亮吗?'流苏不知道为什么,忽然哽咽起来。泪眼中的月亮大而模糊,银色的,有着绿的光棱。"《倾城之恋》中出现的"月亮"似乎比较美好,是"一轮满月",这在张爱玲笔下是不常见的。有一次当范柳原突然出现在白流苏的房间里时,流苏问他来干什么,范柳原的回答颇有诗意:"我一直想从你的窗户里看月亮,这边屋里比那个屋里看得清楚些。"这一段描写,使人想起莎士比亚在《罗密欧与朱丽叶》中以"太阳"比喻心中恋人的著名诗句。

在《茉莉香片》中,当传庆和丹朱这对恋人在郊外游玩时,传庆看到的丹朱是这样的:"云开处,冬天的微黄的月亮出来了,白苍苍的天气海在丹朱身后张开了云母石屏风。"像《倾城之恋》中的"月亮"一样,这是心中恋人的征象。

《沉香屑·第一炉香》是张爱玲的第一篇小说：自然其中也少不了"月亮"的出现。请看张爱玲的一段风景描写："薇龙向东走，越走，那月亮越白，越晶亮，仿佛是一头肥胸的白凤凰，栖在路的转弯处，在树桠叉里做了窠。越走越觉得月亮就在前头树深处，走到了，月亮便没有了。"将"月亮"作这样的比喻和描绘是常人所难以想象的。在这篇小说中，"月亮"已成为恋人彼此的一种象征。当薇龙问乔琪未来的打算时，乔琪说道："我打算来看你，如果今天晚上有月亮的话。"接着又说："你看天晴了，今天晚上会有月亮的。"随着小说情节的进一步展开，当乔琪和薇龙幽会时，小说中写道："当天晚上，果然有月亮。乔琪乘着月光来，也趁着月光走。月亮还在中天，他就从薇龙的阳台上，攀着树桠枝，爬到对过的山崖上。……整个的山洼子像一只大锅，那月亮便是一团蓝阳阳的火，缓缓地煮着它，锅里水沸了，唧嘟唧嘟的响。"当薇龙走到小阳台上时："虽然月亮已经落下去了，她的人已经在月光里浸了个透，淹得遍体通明。"张爱玲在这篇小说里似乎在用"月亮"象征一种可怕的情欲，它能使一切真情都淹没在这种情欲中。在这篇小说中，虽然多处出现的"月亮"大体上象征着同一种东西，但有一处是例外。在梁太太专为大学生卢兆麟开的游园会上,薇龙发现自己所喜欢的人被姑母夺走了,她下决心要报复。当她观察到只有乔琪一人能够抗拒她的姑母时,她便缠住乔琪不放:"那时天色已经暗了,月亮才上来,黄黄的像玉色缎子上,刺绣时弹落了一点香灰,烧煳了一小片。"这里显然是用残缺不全的"月亮"比喻薇龙残缺不全的感情和被腐蚀的灵魂。

在张爱玲的小说中,"月亮"出现很多,如《沉香屑·第二炉香》《琉璃瓦》《红玫瑰与白玫瑰》都有生动的关于"月亮"的比喻和描写。在长篇小说《十八春》和稍加扩充后的《半生缘》中也有多处的"月亮"出现。中篇小说《怨女》《连环套》等作品中都不断地显示这个意象。由于笔者没有看到张爱玲离开大陆以后写的《秧歌》和《赤地之恋》两部长篇,所以不敢妄加断言其中是否还有"月亮"在升起。张爱玲在离开大陆以后写的《小艾》《五四遗事》《色戒》《相见欢》等作品中,"月亮"的出现似乎不多见了,不知是何原因。

张爱玲笔下的"月亮"是各色各样的,有寒冷的、光明的、朦胧的、同情的、伤感的、残全的等,"月亮"这个象征功用繁多,张爱玲在很多意义上使用了它。这个意象是新颖的、独特的,又是丰富的,它只属于张爱玲这一独特的世界。这个意象在描绘环境气氛,刻画人物心理,扩大叙述空间等方面都起到了很大的作用,另外,这个意象的不断浮现,也有利于读者走进张爱玲小说的艺术世界。

含蕴深厚　勇于探索

论《白鹿原》的艺术创新价值

张瑞君

作者介绍

张瑞君,1962年生,山西省寿阳县人。1981年毕业于山西师范大学中文系。1987年获西南师范大学文学硕士,1990年获河北大学文学博士,同年分配到山西省教育学院中文系工作,1993年10月,调入山西大学师范学院,1996年1月任副院长,2000年10月任太原师范学院副院长。

推荐词

《白鹿原》的出现,标志着现实主义的一种新的审美原则确立了。它的探索意义是不容忽视的。《白鹿原》是一种启示,一个开始。

阅读《白鹿原》，我强烈地感受到苍凉浑厚的历史意蕴与富有独创的艺术魅力。它展示了一个纷繁复杂、博大精深的艺术世界，在这个世界里陈腐的、简单的、公式化的写法被打碎了。在情节曲折而又自然地演进中，历史风云错综复杂，人物命运变幻莫测。这个世界既诱发起你强烈的欣赏兴致，而又催你对中国民族历史与传统文化作深刻的反思。

陈忠实说："创作是作家的生命体验和艺术体验的一种展示。一百个作家就有一百种独特的艺术体验，所以社会才呈现多种流派多种主义的姹紫嫣红的景象。"从陈忠实《白鹿原创作漫谈》中可知，他以客观独特的审视历史的艺术眼光，力图从历史演进的自身规律与民族传统文化本身来解释历史以及一系列重大事件。同样是封建帝国的中国与日本，西洋人的炮舰轰击后却产生了不同的结果，日本保存了天皇的象征又使日本社会开始了脱胎换骨式的彻底变革。中国却相反,戊戌变革的失败,军阀大混战,孙中山壮志未酬离开了人世,直到泱泱大帝国的学生日本占领了中国,陈忠实看到了传统文化的历史悠久、根深蒂固以及顽强的抵御力。"从清末一直到1949年中华人民共和国建立,所发生的重大事件都是这个民族不可逃避的必须要经历的一个历史进程。所以,我便从已往的那种为着某个灾难而惋惜的心境或企望不再发生的侥幸心理中跳了出来。"中国的封建秩序有有形与无形的两张网,一张网是它的宗法制度;另一张便是它的思想与文化传统。高高在上的是有至高无上权力的皇帝,代表国家行政的意志,在底层,有村社的族长。从族长到皇帝,有严密的体制。而比体制更有威慑力的是文化精神。陈忠实以白鹿原为一面镜子,一面折射近五千年的历史与社会文化传统的镜子。

古老的白鹿原伫立于关中大地,作为中国西北的一个地域,那样古朴,春种、夏锄、秋收、冬藏,一切自然有序。在这块宁静的土地上,从清末"民国"到建国之初的五十年来,一阵阵时代的狂风暴雨掠过白鹿原。不仅使它的生活秩序经过一次一次的震荡与恢复,而且使原上的人发生一次又一次的变化。作者摆脱了简单以阶级图解人物、以阶级斗争揭示历史的思路。作者并没有排除阶级斗争。辛亥革命的风暴、国共合作的历史、大革命的风云变幻、抗日战争的血雨腥风、解放战争的电闪雷鸣等，都有正面侧面的描绘。但他审视历史的眼光复杂而又客观，有哲学家的敏锐、历史学家的深沉、文学家的感慨。他描写历史事件，绝不游离于人物自身性格、游离于凝注着传统宗法文化的白鹿原。

陈忠实揭去遮掩在历史本质现象上的层层迷雾，让历史按照自己本来的面目出现。历史的演进是复杂的，是多种因素合力作用的结果，简单图解历史，只能扭曲历史。在描写白鹿原五十年浮云沧桑变幻中，时代因素、文化因素、阶级斗争因素错综复杂地扭结在一起，兴衰祸福、升降沉浮，如此变幻莫测。主观与客观、偶然与必然，复杂微妙。一切沿着不以人的意志为转移的轨迹运动着、变化着。陈忠实经过五年苦思，深切地感慨："悲剧的发生都不是偶然的，都是这个民族从衰败走向复兴复壮过程的必然。这是一个生活演变的过程，也是历史演进的过程。"作者让每一个重大的历史事件与家族间的明争暗斗，天理人欲的对抗，白鹿原的生存死亡、婚丧嫁娶、穷富变化联系在一起。既表现深刻的历史性，又具有透彻的文化解剖色彩与冷峻的哲理思辨精神。

白嘉轩是传统文化塑造的典型。他是封建道德和礼教规则的执行者、倡导者、监督者，他自觉地捍卫宗法文化的神圣，他的那种强烈的社会责任感、使命感以及振兴家族的胸怀与抱负，可以看出儒家文化的理想人格精神。他将自己的理想、行为、自我欲望都纳入这个轨迹之中、纳入履行和实践这一使命的艰难跋涉之中。为了传宗接代，他不惜七次娶妻，小说开头第一句"白嘉轩后来引以为豪的是一生里娶过七房女人"，有人认为它与情节无关，有人认为有生殖崇拜的影子，同时又在渲染这位人格精神强大的雄性的能量，其实这是表层的意蕴，其本质还是想从一个方面揭示儒家文化的力量。从"引以为豪壮"，以及父母亲不惜倾家荡产为她娶亲的联系看，就更明显。他要证明自己是一个强人，一个从生理到意志的强人，而生理是如此重要："不孝有三，无后为大。"

试想如果没有儿子，白嘉轩的腰板怎能挺得如此直如此硬。白嘉轩沉着，稳重，含而不露，有"匹夫不可夺志"的勇敢，他建祠堂，修乡约，把教育视为头等大事。他深夜秉烛给儿子讲解"耕读传家"的匾额，恐怕失传。他令儿子随鹿三进山背粮,让其懂得粮食的珍贵。但他的美好愿望,他多年的努力,终究在历史文化的进程与家庭各自性格命运中被击碎。长子白孝文在贪色中一度毁了前程。当他听说儿子白孝文躺在田小娥的怀抱时万万不信,一旦成为事实,便有一种生命末日精神死亡的感觉。掌上明珠白灵,从小娇纵溺爱,可一旦发现她有离经叛道的行为,便与她割断父女关系。陈忠实抱着对历史文化严格解剖的辩证态度,揭示宗法文化温情与吃人的两面。白嘉轩身上便突出体现了这两方面。他为人宽厚仁慈,情真意浓,充满仁爱精神,以一个仁者的胸怀在白鹿原村树立了很高的威望。可是,在"存天理,灭人欲"的精神下,表现得极其冷酷、残忍。在威严的祠堂里,他对赌棍烟鬼施行酷刑,使这些人无地自容。对亲生儿子和田小娥"刺刷",更是令人毛发耸然,田小娥死后,尸体腐烂发臭,据说是她引起了一场蔓延的大瘟疫,给白鹿原带来很大的灾难。村民们强烈地呼吁为她修庙,白嘉轩却坚定不移,力排众议,不但不给她修庙,还要给她造塔,把她烧成灰压到塔下,叫她永世不见天日。

　　作者冷峻地思考,深刻地揭示宗法文化的魔力。白嘉轩曾经自信地说:"凡是生在白鹿村炕脚地上的任何人,只要是人，迟早都要跪倒到祠堂里头。"白孝文沦为乞丐，但封建伦理道德与文化的强烈感召力却使他浪子回头，当了滋水县保安团的营长，重整家业家风，再次投入白鹿祠堂。白鹿原很富有叛逆精神的黑娃（鹿兆谦），这个在苦水里长大、怀着对富人和祠堂满腔愤恨、投身大革命的农民，打土豪、闹农协、砸宗祠里的石碑，掀起一场"风搅雪"。然而，他能冲出白鹿原，却挣脱不了宗法文化的桎梏，终究以回归祠堂为人生必圆的梦。他归附国民党后大彻大悟，投到宋先生门下学习四书五经，成了朱先生最后一个、同时也是最好的学生。在令人难以预料的结局中，体现宗法文化渗透在人们灵魂中的深度。

陈忠实抱着尊重历史的态度来形象地描绘历史。第十四章写到国共两党分裂，田福贤得势，白嘉轩感叹戏楼成了"鏊子"。田福贤后来又从朱先生口中听到同样的话。"白鹿原成了'鏊子'，"田福贤说，"鏊子是烙锅盔烙葱花大饼烙馍的，这边烙焦了再把那边翻过来。"对立的双方进行着严酷的斗争，翻过来又翻过去。陈忠实用"鏊子"一词，对这段历史斗争的曲折变化找到了最为简单生动的代名词。历史的风云变幻都在"鏊子"上表现出来。督府课税引起了轰轰烈烈的"交农"事件,后来又有奉系镇嵩军与国民革命军的你争我夺,特别是国共两党的分裂对抗。白鹿原人的命运也在发生着急剧变化,男男女女的人物在历史漩涡中沉浮。农协在"戏楼"上镇压了财东恶绅,批斗了田福贤等乡约;乡约和民团的反攻回来,又重新整治了对方,整死了倔强不屈的贺老大。黑娃入了土匪,抢了白鹿两家。革命使家庭分化,白孝文浪子回头入了保安团,白灵参加了共产党,成为出色的革命战士。鹿兆鹏成为出色的红军要员,鹿兆海是国民党人。"鳌子"的翻来翻去,改变了耕读传家的安宁,经受着困苦和磨难。陈忠实客观地描写了北伐时期国共两党的一度合作,使广大青年有一种两党目标一致的印象。鹿兆海与白灵竟然以看铜元选正负面的方式来决定谁入国民党、谁入共产党。这并不是抹杀阶级斗争,而是真实地展现历史的本来面目。当然国共两党后来围绕着革命领导权及农民运动而产生了分歧。抗日战争使民族矛盾成了主要矛盾,国共两党再度携手,这也是事实,历史就是这样曲折。

  作者以一种对历史负责的态度,写历史的本来面目。历史的前进不是直线式的,巨大的历史变革也不是完美无缺。白鹿原如此隆重祭奠抗日杀敌的民族英雄鹿兆海,可富有戏剧性的却是鹿兆海竟然死在陕北剿共的内战里。从封建宗法礼教文化的束缚中挣扎出来，经过多年血雨腥风的洗礼，具有坚强战斗力的白灵，历经磨难到达革命圣地延安。可是，她躲过了国民党的残酷搜捕，却没有逃脱"极左"路线的罗网。白灵没有死在战场，却在延安被活埋，触目惊心。在解放战争中立有策划起义大功的黑娃官居副县长之后，被白孝文暗中诬陷惨遭镇压。而混入革命、投机钻营、狡猾阴险的白孝文却春风得意，耐人寻思。

  宇宙不知经过多少亿万年的积累才孕育创造了人类。人类是伟大的，人类之所以伟大，从某种意义上讲，是人类的心灵比宇宙还复杂。《白鹿原》的高妙之处在于描写历史的过程中，通过白鹿原上形形色色的人物命运的变化更迭，挖掘民族灵魂的发展史，将政治斗争、经济冲突、党派斗争、家庭斗争与展示人格的复杂结合起来。《白鹿原》的卷首引用了巴尔扎克的一句话"小说被认为是一个民族的秘史"，已经给我们透露出某种信息。陈忠实是以白鹿原的小戏台，来展示中国五十年曲折沉重的历史演变过程。以白鹿原上人物各自的命运和人生纠葛，揭示血泪悲喜交融的心史以及愚昧畸态的性史。将历史运动史与民族心灵交相融合，使它呈现出以往长篇小说所没有的深厚意蕴。在描写白鹿原错综复杂的斗争时,作者并没有简单地将人分为两个阶级,而在揭示阶级性中同时展示人性,展示人们相互间错综复杂的联系与矛盾。陈忠实竭尽全力写出只能属于某种人物的行动,甚至一句对话。他说自己遵循性格说,后来很信佩心理结构说:"我以为解析透一个人物的文化心理结构而且抓住不放,便会较为准确地抓住一个人物的生命轨迹。"田小娥、白孝文、黑娃等,不仅仅是用一个好字、坏字所能概括的,在他们身上渗透着浓厚的民族文化意蕴。

田小娥经历了复杂的人生历程与心路历程,性格历史复杂,陈忠实对这个人物是用了很大心血的。她早年是郭举人的小妾,一种肉体意义上的奴隶。她与黑娃相遇偷情,毕竟有几分追求自我合理欲望与自由的成分,不能简单加以否定。她的人生理想是当黑娃的一个好媳妇,耕种纺织,生儿育女。可这一点希望也被族长白嘉轩严格的"礼"的堤防挡在了门外。黑娃逃走,鹿子霖在她身上发泄兽欲。但她头脑简单又被鹿子霖利用,既诱骗欺侮了狗蛋,又替鹿子霖打倒白孝文。她对白孝文有仇恨,但与白孝文发生性关系的过程中又萌发真情。她被鹿子霖利用后觉醒,又"尿了鹿子霖"

一脸。她的性格如此复杂。她的死则更具有文化批判意义。他没有死在鹿子霖手里,却死在公公鹿三手里,死在鹿三所遵奉的礼教文化的屠刀下。她的毁灭,发人深省。

性生活是人类生产及社会生活中的一个重要组成部分。文学作为社会意识形态,绝不应该回避或者拒绝反映现实的人生。恩格斯就曾充分肯定诗人格奥格尔、维尔特在作品中表现了自然的健康的肉感和肉欲。我认为文学家不是不可以写性,而是如何写,如何寻找一种无过无不及的距离感。同时,文学家必须用审美的眼光描绘事物,赋予事物以美感,便失去了粗俗、污秽。即使写恶,也不是引人向恶,而是嫉恶。陈忠实给自己确立了两条准则:"一是作家必须摆脱对性的神秘感、羞怯感以及那种因不健全的心理所产生的偷窥眼光,用一种理念的健全心理来解析和叙述作品人物的性形态性文化心理和性心理结构;二是把握住一个分寸,即不以性作为诱惑读者的诱饵。"也就是"不回避,撕开写,不是诱饵"。《白鹿原》写性生活,不是游离于人的生活与命运之外,而是展现人物性格及其文化传统烙印的有机组成部分。它或写没有情感的性史,或写畸变的性,或性饥渴、性苦闷,都折射着浓重的文化色彩。陈忠实批判的笔触是尖锐的。他不但从白嘉轩对白孝文与田小娥的惩罚中指斥礼教杀人的残酷，而且特别通过个人的婚姻史表现封建宗法文化下畸形的性心理。白嘉轩娶了七个妻子，前六个死去以后没有给他留下多少深刻的印象。白嘉轩的第七个妻子仙草，生了三个儿子，勤俭持家，典型的贤妻良母，但在白嘉轩的心目中仍然没有什么地位。女人作为人在白嘉轩的心灵中遗忘了，她们或者是他泄欲时的对象，或者是他干事时的帮手，男女之间的情爱与吸引，被白嘉轩淡忘了、消解了。在他的世界观中，根本没有平等意义上的欢爱和超功利的情爱，婚姻不过是生孩子、过日子，女人最最重要的意义是传宗接代的工具。因此，他对儿子、儿媳的过分缠绵很不满，白嘉轩是典型的封建传统文化情爱观的忠实信徒。

陈忠实对封建礼教的婚姻观的揭露是很深刻的。白嘉轩的母亲身为女子，但却说出如此令人吃惊的话："女人不过是糊窗子的纸，破了烂了捣碎了再糊一层新的。死了五个我准备给你再娶五个。家产花光了也值得……"为了维护鹿兆霖与冷子兴女儿的无感情的婚姻，尊贵的爷爷不惜给孙子下跪。冷子兴女儿实际上守着活寡，直至结束了自己的一生，是封建婚姻的牺牲品，她的疯，是礼教杀人的活见证。

田小娥的情爱观中不仅有传统的色彩,同时更可以看出封建文化与礼教扼杀人性的罪恶。田小娥的情爱历程中,虽然有贪情纵欲的成分,但她已经表现出对真情的向往与追求。两心相知、两心相悦,她就交心付身,不顾一切。她爱黑娃,追求得热烈,一心一意。在田小娥身上可以看到一点真正性爱的成分,但却被强大的封建礼教所吞噬。她同样成了白鹿原斗争的"鏊子"上的牺牲品。鹿子霖欺凌她,白孝文后来把她当做激性纵欲的工具。这些人没有把她当成人。她的反抗是悲剧性的,但有几分光泽。她在同封建礼教文化的盲目的反抗和无奈的顺从中走向毁灭。白嘉轩的正面的皈依与田小娥的毁灭,互相印证,揭示了封建礼教与文化的穿透力和摧残人性的法力。

作者真正礼赞的是鹿兆霖与白灵的爱情,他们从旧的婚姻观中艰难地挣扎出来。有共同的追求,相互了解,互相尊重,目标明确,态度坚决。这是黑暗的泥塘里淀出的芙蓉花,鲜艳闪光,陈忠实在白嘉轩、田小娥、白灵各自不同的情爱历程中,展现了情爱历史的三级跳。

强烈的富有涵盖力的叙事风调与散点透视式的审美眼光相融合,是《白鹿原》的另一特色。《白鹿原》像一条河流,苍凉、厚重、深沉,流淌民族历史的河流。民族斗争、民族文化、民族心理、民族习俗等各种因素,曲曲折折,通过各自不同的渠道,汇流其中。他以气势磅礴的笔力,烛照历史发展,揭示历史命运与人物命运之间的联系。同时又在粗线条的勾勒中,用细微的笔触揭示人物的成长历史。作者拨开一个民族浓重而复杂的历史色彩,谛听历史长河的波翻浪涌中民族灵魂的激荡。人们认识自然界是需要过程的,认识自己也是需要过程的,对白嘉轩生理特征的渲染,可以看出民族心理深处的那种愚昧,甚至白嘉轩本人也怀疑起来,竟到猪食里验证。关于鬼神、风水观念等笼罩在人们心灵的神秘感的剖析,关于田小娥的鬼魂附在鹿三身上的诡异的描绘,都含蕴着浓郁的民族文化色彩,凝结着作者对民族文化的层层理性思考。

陈忠实用辩证的解剖刀在解剖传统文化时是不够彻底的。他在朱先生身上手发颤,终于没肯动刀子。可以看出作者对儒家理想人格的某种敬畏、尊崇,甚至某种依恋。历史像一个神秘的信息符号库。作为个人,有些我们可以破译,有些难以破译,因为个体不一定达到破译时所需要的条件。陈忠实的另一个原因,恐怕便是他对于儒家文化的另一些方面，诸如现代价值、西学东渐如何融化传统的某些困惑。朱先生兴办学堂，高瞻远瞩，满怀韬略，高深莫测。巧退二十万军，撰写乡规，很有才略，但却淡泊名利，超然出世。"民为本，社稷次之，君轻之。"朱先生不忘拯救民困。特别是当鹿兆海战死后，他发表了投笔从戎、抗击日寇的宣言，几个老翁要上战场，表现出一种民族的钢筋铁骨。"这个人一生留下了数不清的奇事逸闻，全都是与人为善的事，竟而找不出一件害人利己的事来。"他未卜先知，料事如神。"天下注定是朱毛的。"他是传统文化理想人格的化身。可是，他却有点游离于时代，他身处在几十年风云动荡的历史变化中，却仿佛没有什么政治历史态度，没有什么阶级立场。这不能不说有点不食人间烟火味。当然，我们每个人都在特定的历史时空中生存，我们都有自己的局限，在这局限中留下自己一串创造的脚印。再有，作家可以有自己独特的审美眼光，这也许能被接受，也许他的创新或开拓需要自我反思。

　　以现实主义为基础，兼收并蓄，富有独创性的表现手法。一个简单而又严肃的现实，便是纯文学的危机。作为一个有抱负的文学家，必须正视这一现象，并力图摆脱这种困境，他认为除了商潮和俗文学的冲击之外，应该正视纯文学本身，就是作品不被读者欣赏。因此他说："当时我感到的一个重大压力是，我可以有毅力有耐心写完这部四五十万字的长篇，读者如果没有兴致，也没有耐心读完，这将是我的悲剧。"陈忠实不否定"淡化情节"的审美追求，去写一种情绪或一种感受，但他很认真地面对现实。《白鹿原》十分注重情节的曲折生动，它的情节摆脱了那种旧有的陈规陋习。他虽然遵循典型环境中典型人物的塑造方法，但有发展有突破。平庸的艺术家在自己画的圈子里孤芳自赏，杰出的艺术家时时在超越自我。陈忠实不满足自己以往的艺术风格，同时也不满足既有的现实主义原则。"我觉得现实主义原有的模式或范本不应该框死后来的作家，现实主义必须发展，以一种新的叙事形式来展示作家所能意识到的历史内容和现实内容，或者说独特的生命体验。"它融中国传统文化中的神话、传奇、历史传记等多种艺术的写法，吸收中国文化特有的神鬼文化、性禁忌、生死观同西方文化中的象征主义、生命意识、拉美魔幻主义等。鬼的情节有中国传奇故事的诡异离奇。它的以时间为经线，以人物为纬线，编织故事的形式，明显看出《红楼梦》的影响；它以家族地域历史反映民族历史的手法,显然受《百年孤独》的启迪,甚至它的开头,明显可见它的影子。

特别值得一提的是,作者充分体现地域文化色彩,体现它在肉体和灵魂中留下的烙印。厚积的秦汉文化、蔚为壮观的大唐雄风,日积月累地塑造着陕西人的性格。执着好强、心地高远、耿介不屈、自负谨守,都在《白鹿原》人的性格中留下浓重的文化因子。

白鹿的传说既古老而又有某种象征色彩。几位关键人物的命运与它有联系。白鹿所过之处万木繁荣、禾苗茁壮、五谷丰盛、六畜兴旺、疫疠廓清、毒虫绝迹、万家乐康,多么美妙的太平盛世。"白鹿精魂"寄托着白鹿原人的社会生活理想。白嘉轩母亲心里的上帝其实就是白鹿。朱先生信奉儒家的人格理想,但只在感叹伤悲中化身为白鹿飘然而去。作者用热情洋溢的笔触,借白灵的口说出了它的更深的寓意:"我想到奶奶讲的白鹿,咱们原上的那只白鹿,我想共产主义就是那只白鹿。"鹿兆鹏说:"那可真是一只令人神往的白鹿。"白嘉轩在梦中梦到白鹿流泪,白鹿的脸变成白灵的脸蛋,明显地暗寓着共产党人的流血牺牲以及曲折艰难的奋斗历程,他们是白鹿原上真正的希望。白鹿精魂,像真实的天宇与大地间的一道缥缈的彩虹,美丽灿烂,给血与泪交融的沉重历史套上了一种美丽的光环。

一个作家只有找到适应自己内容的最贴切而又有独创性的语言,才能完成他的艺术使命。《白鹿原》继承中国古代传统语言的凝练,富有表现力,又将具有泥土气息生动传神的地方口语提炼糅合,形成了一种内涵深刻丰富外在流畅自然的语言,如珍珠,似朝露。它仿佛压缩的饼干,常常省略了不必要的润色成分,这是一种很有叙述力的语言。"耕棉田翻稻地侧谷草旋筛子掌簸箕送粪吆牛车踩踏轧花机等冬季农活,他和儿子孝文长工鹿三一起搭手干着。""他抚摸她搂抱她亲她的脸亲她的嘴她都温顺地接受了。""他率领的警卫排谁死了谁活着谁伤了谁跑了习旅长死了活了撤走了到哪里去了一概不明。"真是戛戛独造。他反复重复同一字眼,揭示人物感情变化,表现复杂事物的本领,明显借鉴《史记》笔法。他很少用人物冗长的对话,描写的语言也不多。他的描写大多有画龙点睛的用意,"一座座峁梁千姿百态奇形怪状,有的像展翅翱翔的苍鹰,有的像平滑的鸽子,有的像昂首疾驰的野马,有的像静卧倒嚼的老牛……"使静止的白鹿原呈现出非凡的动态。当然他也借鉴了当代作家不少富有诗意感受性的语言,但更真切简朴,"滋水县辖的白鹿原,是典型的原,平实敦厚,坦荡如砥,是大丈夫的胸怀,滋水县的滋水川道刚柔相济,是自信自尊的女子。"但他的语言基本形式是一种一泻而下的叙述流的语言,自然地奔涌,不沾不滞,凝注着民族传统语言的精髓,又有西北大地浑厚的泥土气息。准确传神地表现了丰富的意蕴,却没有造成隔膜。

《白鹿原》的出现,标志着现实主义的一种新的审美原则确立。它的探索意义是不容忽视的。《白鹿原》是一种启示,一个开始。现实主义应该更开放,更博大。我们呼唤现实主义的明天。

揭开神秘的面纱

白先勇小说《永远的尹雪艳》赏析

孙希娟

作者介绍

孙希娟,女,陕西西安人。1988年毕业于西北大学中文系汉语言文学专业。

推荐词

由于作者出身于国民党上层统治阶级,对这一阶层的生活和人物有着较深的感受、了解和认识,因此在作品中对他们从大陆沦落台湾后的生活与失意有着深刻而生动的揭示,作者在对这些人物的命运寄寓了深深的叹惋和同情之后,也对上层社会腐败堕落的生活进行了一定的批评和揭示,《永远的尹雪艳》就是这方面的代表作。

《永远的尹雪艳》是台湾著名作家白先勇的短篇代表作,创作于1965年,后收入作者的小说集《台北人》中。这部集子中的作品均是作者移居美国后创作的,大都以国民党上层统治阶层的生活为背景,表现国民党政权退居台湾后,从大陆到台湾的贵族、官僚、富商及其他各色人物的生活面貌和精神状态。由于作者出身于国民党上层统治阶级,对这一阶层的生活和人物有着较深的感受、了解和认识,因此在作品中对他们从大陆沦落台湾后的生活与失意有着深刻而生动的揭示,作者在对这些人物的命运寄寓了深深的叹惋和同情之后,也对上层社会腐败堕落的生活进行了一定的批评和揭示,《永远的尹雪艳》就是这方面的代表作。

小说中的女主人公尹雪艳是一位冷艳而神秘的女性。作品一开始就紧承标题,用凝练的笔墨写道:"尹雪艳总也不老"，为小说设置了一个小小的悬念，引起了读者紧张期待的心理，接着就展开铺叙，着重描述尹雪艳的不同凡响之处——冷艳与神秘。

她的冷艳表现在气质上：总是那么迷人、年轻，一如十几年前在上海的百乐门舞厅。她外表俏丽恬净，不爱搽脂抹粉，总是一袭白衣，吟吟地笑着，举手投足间别有一番世人不及的风情与妖媚。她的神秘则来自坊间姊妹忌妒的传言："尹雪艳的八字带着重煞，犯了白虎，沾上的人，轻者家败，重者人亡。"但愈是冷艳，愈引得就连荷包不足的舞客也要前去百乐门坐坐，观观她的风采，听听她的吴侬软语；愈是神秘，也愈引得生活悠闲、家当丰沃的阔少要去闯闯这颗红遍了黄浦滩的煞星儿。至此，尹雪艳就要慢慢揭开她那层神秘的面纱了。接着，作者用简约的笔触叙述了尹雪艳与王贵生和洪处长的两段经历：一个为夺取她而不择手段地赚钱，犯了重罪，被下狱枪毙；一个为了娶她回家，抛妻别子，但结果却是丢官破产。而尹雪艳呢，对王贵生是在他下狱枪毙的那天，在百乐门停了一宵，"算是对王贵生致了哀"，对洪处长也还算有良心，离开时"除了自己的家当外，只带走一个从上海跟来的名厨及两个苏州娘姨"。

这里，作者在第一节已把尹雪艳在上海的经历交代得简洁有序，也使读者对尹雪艳这一人物有了初步的认识，接下来主要展开的是主人公在台北的新生活。

尹雪艳在台北买了一幢舒适豪华的新公馆，这里很快便成为她旧雨新知的聚会所。旧雨是装点她公馆的招牌，因为这些人有些虽过了时，但却有自己的身份和派头，还能为她引来更多的新知；而新知才是尹雪艳的用意所在，是她施展自身魅力的新观众，亦是她搜寻猎物的新人选。于是，台北的尹公馆就如同当年上海的"百乐门"舞厅，成为尹雪艳大展身手的新的舞台。她在这里设牌局，自己并不参与，而是殷勤周至地款待客人，目的在于大家玩得尽兴，临了总会有数目可观的桌面费，这才是重要的。而且，很快尹雪艳就捕到了新目标——徐壮图。徐外貌英挺，又有学历，而且是"台北市新兴的实业巨子""一家大水泥公司的经理"，"事业充满前途"，这些对尹雪艳无疑具有相当的吸引力，于是，"那天，尹雪艳着实装饰了一番"，而徐壮图也受到了女主人特别的款待，"用完席后，尹雪艳亲自盛上一碗冰冻杏仁豆腐捧给徐壮图"，打麻将时，又特意指点不大会的徐，临别时，笑吟吟地相邀徐改日再来。作者行文至此，对尹徐二人的交往戛然而止，而是巧妙地通过徐太太与吴家阿婆的对话来说明两人关系的进展。一向追求事业、正人君子的徐壮图完全变了个人似的，开始三天两头不归家，对家人冷淡，对孩子斥责，终于，"有一天，正当徐壮图向一个工人拍起桌子喝骂的时候，那个工人突然发了狂，一把扁钻从徐壮图前胸刺到后背"。

小说结尾一节尤其精彩，在徐壮图的葬礼上，尹雪艳不仅来了，"还伸出手抚摸了一下两个孩子的头，然后庄重地与徐太太握了手"。当晚，尹雪艳的公馆里又成上了牌局，有些牌搭子是白天在徐的祭悼会后约好的。同时还来了两位新客人，"一位是南国纺织厂新上任的余经理；另一位是大华企业公司的周董事长"。

小说中塑造的尹雪艳这一人物，是一位外表美艳而内心冷酷自私的女性。作者并没有描写人物的内心，但却通过人物的言谈举止，通过她与三位男性的交往逐层地剥开了笼罩在人物身上那层神秘的面纱，逐渐触及了人物精神世界的内核。与王贵生，她看重的是金钱享受，每天转完台子，乘上王的豪华轿车，"两人一同上国际饭店廿四楼的屋顶花园去共进华美的消夜"。与洪处长，她则看重的是权势，因为洪是上海金融界炙手可热的人物。而徐壮图则是时代发展的新的中坚，尹雪艳自然能明悉时务，与前两次不同，她对徐表现出相当的热情，因为她毕竟今非昔比，韶华将逝，她要尽力把握住每一次机会。这里，我们可以很清楚地看到人物身上那种追慕金钱地位和享受的一面；而其自私与冷酷则表现在对三人或死或败时的冷漠，表现在明知对方有妻室儿女时的决绝。此外，作品还通过尹雪艳与吴经理、宋太太等周围一班人的交往周旋表现了主人公圆滑与世故的一面。尹雪艳很懂得世事与人心，也很会施展个人魅力。对干爹吴经理她关心安慰，因为既是顾问，就要与经理董事长们有交往，可以为公馆引来更多的商界精英；对其他太太们，她则"一一施以广泛的同情"，耐心地聆听她们的怨艾及委屈，必要时说几句安慰的话，把她们焦躁的脾气一一熨平。因为她需要这班太太们在自己周围烘云托月，也乐得领着她们看戏、逛街、买东西、及时行乐。对来公馆的旧客们，她用"十几年前作废了的头衔亲切地称呼"，使他们在心理上恢复了不少的优越感。她能在台北的鸿翔绸缎庄打得出七五折，可以拿得到免费的前座戏票……小说借吴家阿婆之口说道："她没有两下,就能笼得这些人了?"颇能说明她的八面玲珑、左右逢源。的确,尹雪艳就是尹雪艳,她不愧是风月场上的老手,也不愧是上流社会的交际花。

《永远的尹雪艳》的意义在于,不仅塑造了尹雪艳这一人物形象,更在于通过一位女性揭示了台湾上层社会生活的腐化堕落及贵族官僚的式微命运。台湾在从封建性质的农业社会向资本主义社会转变的过程中,代表封建农业社会的旧式贵族官僚阶层日益衰落,工商阶级势力正日益崛起。但旧式官僚贵族却仍然过着醉生梦死的生活,耽于逸乐,耽于幻想,男人在牌场情场流连,太太们则精神空虚,吃穿玩之外,还求签问佛。他们虽已感到昔日繁华梦想的覆灭,却仍不愿清醒地面对。小说中吴经理这一人物可谓这方面的代表,他当年"在上海当过银行的总经理,是百乐门的座上常客,来到台北赋闲,在一家铁工厂挂个顾问的名义"。如今年老体衰,只好在尹公馆的牌场上度过余生。"老朋友来到时,谈谈老话,大家都有一腔怀古的幽情,想一会儿当年,在尹雪艳面前发发牢骚,好像尹雪艳便是上海的百乐门时代永恒的象征,京沪繁华的佐证一般。"作者对这些旧式贵族的衰微是抱有同情态度的,但也对他们纸醉金迷、夜夜笙歌的生活作了批评，指出这些人缺乏行动的勇气，只是一味地逃避、发牢骚，这不禁让人想起了杜牧的《夜泊秦淮》，诗人借对歌女的指责言说历史的沧桑，而小说则借尹雪艳这一人物寄寓了同样的深意。此外，作品对台湾新兴工商阶级的描写，则通过徐壮图及后来者余经理和周董事长等人作了表现。

　　小说在表现了社会意义的同时，还对人性的弱点做了揭示。尹雪艳之所以会形成自己独特的生活方式，是与其出身经历密切相关的。身为舞女交际花，她可能出身低微，长期在舞场的生活，使她接触了各种各样的男人，也看惯了世事的浮夸虚华，这历练了她圆滑的处世方式，也养成了追慕金钱权势与享乐的人生观。作者写她总是笑吟吟的，以悲天悯人的眼光看待牌场（人生）的争嚷，似乎已是世事洞明，但她命运多舛，内心深处未必不曾有过痛苦。她去参加徐壮图葬礼的举动就似乎可做多重理解，是独行特立的风范，还是虚伪的表现，抑或是内心有感情驱使的因素？作品在塑造了这位充满人性弱点的女子同时，也对男性进行了讽刺。当年在上海滩，冷艳神秘的尹雪艳曾引得一帮阔少富商如痴如醉，王贵生明知传言还要力争，洪处长不惜抛妻别子，答应十个条件；连徐壮图这样一个把事业看得十分重要的正人君子也拜倒在尹的石榴裙下。小说中还有一个情节，即宋太太的先生宋协理也在外拈花惹草，这就不禁让人疑问，到底是男人的好色享乐骄纵了女人的金钱物质欲望，还是女人的美丽姿质使男人卸下了武装，总之，人性于此是何其脆弱。

此外，小说还包含了更深的哲学意味。尹雪艳的神秘之处，是关于"白虎煞星"的传言，而三位男子的相继死亡与败落，似乎又印证了传言的正确。小说还借吴家阿婆之口把尹雪艳与历史上的褒姒、妲己、飞燕、太真相提并论，从传统文化中"女人祸水"的角度对人物做了阐释，这就多少带有宿命的色彩，而人物的命运因之有了一些悲剧的况味，读者也能从中体会到作者对主人公批评中的一丝同情。

在艺术表现上，小说也体现了高超的技巧。全篇结构严谨，语言精简。第一节介绍尹雪艳在上海的生活背景，为人物定下基调；第二、三节很快进入台北的生活，主要表现尹雪艳的交际才能以及没落贵族官僚的生活与精神状态；第四、五、六节则重点描写尹雪艳与徐壮图之间的交往过程。

在叙述与描写手法上，小说也运用了多副笔墨，写尹雪艳与三位男性的交往，有详有略互为补充，并从中折射人物的内心活动。与前两位的交往重在交代结果，突出尹雪艳红极一时的骄矜与势利；而与徐壮图的交往，则通过尹的积极主动反映人物内心的急切。在描写手法上也有正有侧，小说开始描写尹雪艳的外貌、穿着、风度、言行，既有细腻的正面描写，也有通过男人们的趋之若鹜侧写其绝代风华。而在尹徐二人的交代上，也是仅言及相识，两人关系的进一步发展，则侧面通过徐太太与吴家阿婆之口体现，使小说避免了平铺直叙，显得波澜有致。

此外，小说中还运用了双关、象征、隐喻、反衬等多种表现手法，增强了作品的表现力。例如描写尹雪艳在舞场上的风姿："即使跳着快狐步，从来也没有失过分寸，仍旧显得那么从容，那么轻盈，像一球随风飘荡的柳絮，脚下没有扎根似的。尹雪艳有她自己的旋律。尹雪艳有她自己的拍子。绝不因外界的迁异，影响到她的均衡。"既写舞步，又关其人生态度。而文章结尾处，当牌局又开时，尹雪艳说道："干爹，快打起精神多和两盘。回头赢了余经理及周董事长他们的钱，我来吃你的红！"也都暗含着人物的心理，具有双关的含义。

象征的使用在小说中亦有多处。首先,小说篇名"永远的尹雪艳"中"永远"二字,就有反意,与文末的"打起精神"互相对应,暗示人物的强颜欢笑,"永远"难再。而小说中吴经理那衰老的体态,也不禁使人联想到他所代表的旧式官僚阶层的没落,小说中几次写到的尹公馆中"细细透着的那股又甜又腻的晚香玉"也暗喻着她自身的处境。

反衬手法的运用主要表现在尹雪艳的外白内冷上。作者多次写到她的雪白装扮和吟吟笑貌,看上去冰清玉洁,而人物的内心却异常冷酷自私。作者还善于通过细节描写来暗示衬托人物的心理,当尹雪艳结识徐壮图时,写到她"发上那朵血红的郁金香颤巍巍的抖动着",似乎能让人感受到她此刻热烈激动的心跳,而徐壮图眼中所见的"一对银耳坠子吊在她乌黑的发脚下来回地浪荡着",也同时传达着以物观人的意蕴。此外,小说还巧妙地运用了伏笔,当尹雪艳离开洪处长时,带走了自己的上海厨子和苏州娘姨,为后来的尹公馆做了铺垫;而文末余经理和周董事长的出现,更是意味深长的一笔,为尹雪艳未来的命运发展留下了广阔的想象空间,增加了小说的艺术含量。

用"轻"表达"重"

余华的"现实"和《活着》的现实性

马知遥

作者介绍

马知遥,山东济南人。自由撰稿人。

推荐词

我认为我现在还是先锋作家的一个重要原因是,我们还是走在中国文学的最前面,这个最前面是指,我们这些作家始终能够发现我们的问题在哪里,我们需要前进的方向又在什么地方。在这个意义上,我觉得我还是一个先锋派作家。

余华的长篇小说《活着》成为余华创作生涯的代表作品，使得更多的中国普通百姓也知道了他的名字。作为一个先锋作家能够拥有很多的读者，这是一件不容易的事情。所以，一些评论认为，先锋作家余华开始了对传统小说的回归，是对现实的一种妥协。余华在一次答记者问时对此则有自己的看法：我认为我现在还是先锋作家的一个重要原因是，我们还是走在中国文学的最前面，这个最前面是指，我们这些作家始终能够发现我们的问题在哪里。我们需要前进的方向又在什么地方。在这个意义上，我觉得我还是一个先锋派作家。事实上，现代也好，先锋也好，都是传统的一部分，并不是和传统对立的。罗兰·巴特有一句话说得非常好。他在车祸身亡以前给意大利导演安东尼奥尼写了一封信，他说，"现代并不是一个来自单纯对立面的死字眼，它是社会变革时候的困难活动"。就是说，传统要革新自己。这样的一个步骤,就是现代的、先锋的一个步骤,是传统自身要求变革。谈到中国的先锋文学现状,我们最早起来的时候,是以反叛者的姿态出现的。现在应该说,先锋文学成了新的权威。现在很多比我们更年轻的作家们开始写作的时候,他们在语言、结构等技艺上,绝对都是训练有素的。

余华其实为我们澄清了一个道理:先锋不意味着就是对传统的全盘否定,只是为了革新。因为这是传统的需要。同样采用传统比较单纯的形式,赋予作品先锋的意味是作家余华长篇小说《活着》中的尝试,他获得了成功。

一、七个人的死亡构成一部《活着》的"现实"

在《活着》一书中,余华采用了第一人称的叙述视角,主人公是个农民,一个老年的中国农民,对来民间采风的青年学者叙述属于自己的故事。他说他年轻时代因为赌博败了家,然后就厄运不断:父亲被他气死,他被抓了国民党壮丁,后来母亲病死了,女儿哑巴了,儿子因为抢救县长的老婆被抽血,抽死了,后来老婆也病死了,女儿难产死了,女婿工地上出事也死了,剩下了一个外孙。那几乎是他一生中的寄托,世上唯一的亲人了。但也死了,死的方式是特别的：因为饥饿，吃了足量的豆子而噎死。老人失去了最后的亲人就买了一头老牛，老牛成了他生活中新的寄托。

余华在看似传统的叙述中，用一如既往的冷酷的叙述把叙述一次次推向了极端，让人物在极端的命运前，展示他们和命运的对话：无奈和挣扎，就是死亡。也就是说余华重新在这部小说中展示着自己对命运的理解，重新使用着他常用的极端的叙述。尽管这种叙述表面不像《现实一种》《河边的错误》等那样血腥和惨烈，但他给读者传达的那种无时无刻不在的命运感，那种人类面对现实的无奈，着实残忍，比血腥更血腥。就这样，我认定，余华在这部被人称作传统的小说中，动用了他先锋作家的意识：用命运作为小说的结构，通过对七次死亡的展示，向人们叙说"活着"的艰难。这就是作家的现实，他理解和感受的现实。对于熟悉了中国传统现实主义小说叙述的读者们会对余华的故事大为不解。他们会问，这故事是真的吗？如果不是，那么余华不是太残酷了吗？事实上。按照中国作家通常的写作经验，写作是对现实的表现，要如实地表现现实火热的生活。余华显然是不合格的。因为他故事中的现实在现在的中国肯定已经不在。那么他是在反映历史了，但历史已经离开我们那么遥远。他靠什么反映，又如何使得自己的作品真实可信？余华对此也有自己的看法："苦重要的不是对苦的经历，而是对苦的感受，所以，我与我同时代的许多人相比不应该算是最幸福的但也不会是最苦的，但是我觉得我在承受苦难的能力上比他们更脆弱，也可能更敏感。"余华抓住了人物命运中最关键的特征：苦难。因此他所有的人物就在命运的摆布下受苦，这当然有些宿命论的思想。但正是这种思想让余华感到了生命的不可把握——借着福贵这个人物，他让他一次次地面对着死亡，七次的亲人的死亡，七次命运的捉弄，而且是失去亲人的捉弄。这些让他充分地感受到什么是苦难。如果说在余华以往的作品中比如《细雨中呐喊》《古典爱情》《鲜血梅花》《现实一种》中我们没有透彻地感受到苦难的无处不在、命运对苦难的操纵，那么《活着》就是对苦难最形象的大展示和排演。一个苦难接着一个苦难让人应接不暇，令人窒息而压抑，以至于读者会在一次次余华冷静的叙述中要哭出声来。

余华用对命运的理解诠释着现实的残酷，用他冷酷的叙述诠释着什么是真的苦难。读者会在他的叙述中进入阅读，在不可思议和惊讶不已的阅读中认识到另一个真实，那就是余华用自己的叙述展示的真实。用余华的话说就是：我的残忍和生命的残忍相比，那是小巫见大巫了。陈晓明说："余华显然把生活推到了某种极端的状态，他的故事和人物都令人难以置信。但是，余华第一次直面描写了生活最粗陋而远离常理的区域，却也给人们某种震撼。"这虽然是他当时对余华中短篇小说的赞誉，但对于《活着》一样适用。

二、五十四处比喻组成细腻多彩的语言

"在当代的中国作家中，我还很少见到有作家像余华这样以一个职业小说家的态度精心研究小说的技巧、激情和它们创造的现实。他对语言、想象和比喻的迷恋成为一种独特的标记……"我之所以要引用这段话，是因为它起到了承上启下的作用。我发现，在整部不到十二万字的小说里，余华用了五十四处比喻，这些比喻几乎已经构成了余华叙述语言的风格很重要的方面。而且我发现这些比喻的句子，有这么三类：一类以动感的方式出现。"那一年的整个夏天，我如同一只乱飞的麻雀，游荡在知了和阳光充斥的村舍田野。""一条毛巾挂在身后的皮带上，让它像尾巴似的拍打着我的屁股。""我们走路时鞋子的声响，都像是铜钱碰

来撞去的。""这个嫖和赌,就像是胳膊和肩膀连在一起,怎么都分不开。"第二类是直指肉体的感官:"听完他说的话,我眼睛里酸溜溜的,我知道他不会和我拼命,可他说的话就像一把钝刀子在割我的脖子,脑袋掉不下来,倒是疼得死去活来。""他们穿得和福贵一样的衣服,裤裆都快耷拉到膝盖。""他的讲述像鸟爪抓住树枝那样紧紧抓住了我。""看着我娘弯腰叫我的模样,她太使劲了,两只手撑在腿上,免得上面的身体掉到地上。""我这辈子就再没听到过这么怕人的声音了。一大片一大片,就像潮水从我们身边涌过去。"第三类是心灵感受性的比喻:"那声音响得就跟人跳进池塘似的,一巴掌全打在我的心上。""她抬起胳膊时脑袋像是要从肩膀上掉下去。""我听到老人粗哑的令人感动的嗓音在远处传来,他的歌声在空旷的傍晚像风一样飘扬。""眼看着桌上小山坡一样堆起的钱,像洗脚水倒了出去。""龙二嘿嘿笑个不停,那张脸都快要笑烂了。"

比喻的应用使得余华的叙述语言多姿多彩,也为他提倡的虚构的小说现实多了更多可以触摸的感受。程德培在他的《叙述的冲突》一文中说道:"新时期小说的艺术表现越来越多地从人的外部行为退缩到内心思想,从情节转移到感受与情绪,从外在的生活现实扩展到内在的心理现实。"余华的小说可以说是绝对面向内心的写作。他叙述中比喻的应用应该是让自己的叙述更靠近直觉、靠近作者的感受。如果说一个内心写作的作者其实就是在对记忆进行创造的话,那么,按照程德培的理论:"记忆的内容,从物理时间来说,确实有过去与现在之分,但对感觉经验来说,一切过去都已失去了作为'过去'的独立自在的本性,而我们通常处身的恰恰是一种被'过去'所渗透的永恒的'现在'。"我们的创作,无论怎样都只能是由创作时所在的"现在"的感受确定的,所以心理的时间要想在创作中和物理的时间交汇,语言就是最基本的单位。余华在《活着》这部时间跨度一个世纪的作品中,用一个壮年汉子的心胸表达对一个世纪岁月的命运的沧桑感,这就是一种先锋行为,本身就是一种冒险。而他成功了,最可靠的首先不是他的思想,而是由他叙述方式武装下的语言为他的叙述创造了一个遥远的世界。一个逐渐令人信服的世界。

对比喻的重视可以从余华的这段话中得到体现:"我读到胡安·鲁尔夫,我在那个伤心的夜晚失眠了。然后我又读了他的短篇小说《平原上的火焰》,我至今记得他写到一群被打败的土匪跑到了一个山坡上,天色快要黑了,土匪的头子伸手去清点那些残兵们,鲁尔夫使用了这样的比喻,他说他像是在清点口袋里的钱币。"

三、叙述方式:用"轻"表达"重"

余华在回答记者关于《许三观卖血记》的写作方法时说:我在这点上有明确追求,我觉得我以后要越写越轻。这很重要:我觉得用轻的方式表达重比用重的方式表达重更好。像《许三观卖血记》就可以用一个轻的方式表达。其实用轻的方式表达重的含义在《活着》这部作品中表现得也很明显。虽然活着用老人福贵的口讲述着福贵自己的一生,其实就是讲述他的七次面对亲人死亡的经历,每一个人的死亡都可能是对福贵的打击,然而我们通过余华的叙述得到的印象是:一切惨烈的结果在老人福贵的讲述里都那么波澜不惊,大有沧桑之后的平静,像风暴之后的港湾。这是需要人生大的历练的。只有看透了生死看透了命运的人才能够在面对死亡时平静自若。当面对第一个亲人父亲的死亡时,余华是这样安排他的叙述的:"我脑袋嗡的一下,拼命往村口跑,跑到粪缸前时我爹已经断气了,我又推又喊,我爹就是不理我，我不知道该怎么办，站起来往回看，看到我娘扭着小脚又哭又喊地跑来，家珍抱着凤霞跟在后面。我爹死后，我像是染上了瘟疫一样浑身无力，整日坐在茅屋前的地上一会儿眼泪汪汪一会儿唉声叹气……"当福贵在诉说母亲的死时，余华也用了冷静的笔调，如同一个神往的人在讲述一个与自己不相干的事情："我离家两个月多一点，我娘就死了。家珍告诉我。我娘死前一遍一遍对家珍说：'福贵不会是去赌钱的。'……可怜她死的时候，还不知道我在什么地方。"当面对儿子的死亡时，余华用了人物的对话和行为描写，在这里我们看不见人的内心独白，但我们看到了人物的内心世界，这种心理描写的方法也是余华在他的许多作品中一直使用的。"'医生，我儿子还活着吗？'医生抬起他的头看了我很久，才问：'你是说徐有庆？'我急忙点点头，医生又问：'你有几个儿子？'我的腿马上就软了，站在那里哆嗦起来，我说：'我只有一个儿子，求你行行好，救活他吧。'医生点点头，表示知道了，可他又说：'你为什么只生一个儿子？'这叫我怎么回答呢？我急了，问他：'我儿子还活着吗？'他摇摇头说：'死了'我一下子就看不见医生了，脑袋里黑乎乎一片，只有眼泪哗哗地掉出来，半晌我才问医生：'我儿子在哪里？'有庆一个人躺在一间小屋子里，那张床是用砖头搭成的。我进去时天还没有黑，看到有庆的小身子躺在上面。又瘦又小，身子穿的是家珍最后给他做的衣服。我儿子闭着眼睛，嘴巴也闭得很紧。我有庆有庆叫了好几声，有庆一动不动，我就知道他真死了。"在这里我们还可以发现，即使是在处理死亡，余华还通过讽刺甚至几近幽默的叙述，使得面对儿子的死亡时甚至有些滑稽，一个父亲的滑稽，一个医院的滑稽，一个特有时代的滑稽，而通过这些看似漫不经心而有些滑稽的事件里，余华传达给我们的是内心的沉重。一个少年的命就这么白白葬送，因为他是在给县长的老婆输血。为了常权贵，百姓的生命就可以轻易丧失！余华是愤怒的。但余华把那种内心的愤怒用他的语言叙述着，让我们看见了厚厚海底冰山的形状，这恐怕就是余华所说的"重"。

面对第四次的死亡是女儿凤霞之死。"那天雪下得特别大，凤霞死后躺到了那间小屋里，我去看她，一见到那间屋子就走不进去了，十多年前有庆也是死在这里的。我站在雪里听着二喜在里面一遍遍叫着凤霞，心里疼得蹲在了地上。雪花飘着落下来，我看不清那屋子的门，只听到二喜在里面又哭又喊……他走到门口,对我说:'我要大的,他们给了我小的。'"似乎再大的悲痛在老人福贵的叙述中都那么风平浪静了,那是余华的叙述更是其符合人物个性身份的叙述:毕竟对于福贵这事情已经过去多年了。余华曾经在创作谈中也说过,写人物一定要"贴"着人物写。大的构思可以虚构可以现代派,但细节一定要真实。七次的死亡构思可能有些残酷地不真实了,但七次死亡的细节,作者用一个老人的视角让他们展现,而且一方面符合福贵的身份,一方面照应了自己的叙述风格,这的确不容易。

第五次的死亡是妻子家珍的死亡。"家珍捏着我的手凉了,我去摸她的手臂,她的手臂是一截一截地凉下去,那时候她的两条腿也凉了,她全身都凉了,只有胸口还有一块地方暖和着,我的手贴在家珍胸口上,胸口的热气像从我手指缝里一点一点漏了出来。她捏住我的手后来一松,就摊在了我的胳膊上。"仍然是用轻的笔法表现重的意义。"轻"表现在用余华特有的感受力,表达了对死亡过程的感受:死亡是一截一截临近,而且是一点一点地漏走的。在对死亡的细致感受中,死亡的悲愤死亡的难舍死亡的无奈精致地刻画出来了。"家珍死得很好,死得平平安安,干干净净,死后一点是非都没有留下,不像村里有些女人,死了还有人说闲话。"这是福贵的叙述,余华用这样看似清闲的话语,有一种对人物阿Q似的漫画笔法,显示一个人生存的悲剧。活着就是不让人死后说闲话,这难道就是一个女人的一生?嘲讽和无奈的追问在文字下面潜隐着余华的伤感。

然后就是女婿二喜的死亡。"我老了,受不了那些。去领二喜时,我一见到那屋子,就摔在了地上。我是和二喜一样被抬出那家医院的。"亲人的死亡已经让老人有些不堪重负,所以对待二喜的死他没有太多的话语了。他还只有一个外孙,他需要抚养他成人,那几乎已经是他世上唯一的亲人了。本来对于老人的六次死亡打击已经够狠了,读者在一次次为福贵的命运叹气的时候,他们怀揣着一点安慰那就是福贵还有一个外孙苦根活着,那可以算是一个寄托了,不然他也太惨了。然而余华连最后一点人间的温情也没有给福贵和读者留下,他的血腥和残忍一样通过他冷静轻松的笔调表达着:这就是现实,就是命运的所在,你们所要知道的苦难就是这样!

接着,余华安排了苦根的死亡,在安排苦根的死亡时余华安排了许多苦根和福贵的欢乐时光,叙述本来在一幅天伦之乐中行进着,突然就出现了意外,"苦根是吃豆子撑死的,这孩子不是嘴馋,是我家太穷,村里谁家的孩子都过的比苦根好,就是豆子,苦根也是难得能吃上。我是老昏头了,给苦根煮了那么多豆子,我老得又笨又蠢,害死了苦根"。依旧是老人的轻描淡写,余华让他的叙述即使到了死亡的高潮:最后一个亲人的死亡也没有突破冷静的叙述风格,在冷冷的叙述里,我们看到的是一个人一生的苦味。看到的是撑死的事件发生了——这本不该在正常的世界发生的事情。即使在叙述这样的高潮,余华还是让人物的行动停止,心脏停止了跳动,我们只能听见一些喃喃低语,那种压抑的要刺破心脏的低语。那是一个被七重死亡事件重压的老人,他已经无话可说:他只有喃喃自语,只有在这些已经魂不守舍的低语里让回忆的刀尖切割自己的灵魂——但这些都不会在余华的文字里出现,余华的心理描写就是没有传统意义上的内心描写——他却让人物的内心在冷静的叙述里浮现了。所以,从某种意义上说,余华用"轻"表达"重"的时候。他人物内心描写的方法无疑起了很大的作用。

关于余华提出的人物内心描写的方法,我们在余华的许多作品中都有涉及,在此就不具体展开了。

圣洁的爱和古典的美

读刘庆邦的小说《鞋》

魏家骏

作者介绍

魏家骏,1939年生,江苏淮安市淮阴区人。1961年毕业于南京师范学院中文系。

推荐词

刘庆邦是属于"新乡土文学"的作家,他把乡村生活中的朴质无华的美展示在了我们的面前,像捧上了一掬还在滴着露珠的鲜嫩的果蔬,让我们感到格外的清新。短篇小说《鞋》就是这样的作品。

现代社会,神圣的爱情似乎已经被蒙上了过多的物质和金钱的色彩,维纳斯的身上也披上了裘皮大衣,脚上穿上了高跟鞋,纯洁爱情的追求化作了具体的世俗目的,热烈而忠贞的爱情被人嗤笑为"土包子",我们梦寐以求的那种纯情少女,难道真的已经从生活中永久地消逝了吗?所幸的是我们还有文学,那就让我们到文学作品中去寻找吧!

刘庆邦是属于"新乡土文学"的作家,他把乡村生活中的朴质无华的美展示在了我们的面前,像捧上了一掬还在滴着露珠的鲜嫩的果蔬,让我们感到格外的清新。短篇小说《鞋》就是这样的作品。

在这篇万余字的短篇小说里,洋溢着浓厚的生活气息和乡土气息,而这乡土气息又不是通过生动的乡村生活故事渲染出来的,作者从乡村生活习俗着墨,写一个乡村姑娘定了亲以后，按照当地的风俗习惯，要给未婚夫亲手做一双布鞋，这就是小说的全部情节。姑娘对"那个人"是很满意的，她要在这双鞋里寄托自己的全部情感，因此虽然是为"那个人"在做鞋，其实也是为自己，是要用这双鞋来传送自己对他的忠贞的爱意。这又是一篇爱情心理小说，虽然通篇洋溢着真挚朴实的爱，却没有花前月下的卿卿我我，没有耳鬓厮磨的窃窃私语，有的只是一个乡村姑娘埋藏在心里的那一丝只属于自己的甜蜜，她把自己对"那个人"的全部的爱，都融进了做鞋的一针一线之中，让我们感受到了一个乡村姑娘的美丽纯洁的心灵，这样的写法就显得格外别致。

一双布鞋，在一般人看来，现在已经几乎可以说是很"土气"的东西了，尤其是在现代城市生活中，流行着说不尽的名牌精品，谁还会在乎一双土里土气的布鞋呢？但是在小说里，一个农村姑娘为自己的未婚夫做的布鞋，已经远远超出了它本身的物质价值，在那千针万线缝就的千层底和乌黑的鞋面上，凝聚着多少浓密的亲情或爱情。在农村姑娘守明看来，这双布鞋就是一个信物，一个传递爱情的信使，因为那上面寄托着一个未过门的未来的小媳妇，对将要与自己在一起过一辈子的"那个人"的全部感情："这似乎是一个仪式，也是一个关口，人家男方不光通过你献上的鞋来检验你女红的优劣，还要从鞋上揣测你的态度，看看你对人家有多深的情义。"正因为这样，给"那个人"做鞋，就带有庄严的色彩和神圣的意味，甚至在还没有找到合适的人家的时候，她已经找到了自己的必然的归宿，想到终归会有这么一天，所以"在给父亲和小弟做鞋时，她就提前想到了今天这一关，暗暗上了几分练习的心"，现在，"那个人"又恰恰是自己心里最想得到的，更显得这是不寻常的一件大事。所以，她以从来没有过的认真，一定要给"那个人"把第一双鞋做合脚。

这近乎圣洁的心理，首先表现在选料上，"她到集上买来了乌黑的鞋面布和雪白的鞋底布，一切全要新的，连袼褙和垫底的碎布都是新的，一点旧的都不许混进来"。接着又要考虑到，"那个人"有个全大队有名的心灵手巧的姐姐，不能让她挑出毛病来，于是连鞋底上选择什么针脚的花形都要精心设计，最后决定用枣花，因为只有"枣花的香，才是真正的醇厚绵长"。在开始动手纳鞋底的时候，她只能趁工间休息时纳上几针，她又怕地里的土会沾到洁净的白鞋底上，用拆口罩的细纱布把鞋底包上一层，再用手绢包上一层。干活时，手上被棉花的嫩枝嫩叶染绿了，又万万不敢碰上白鞋底，还得把手洗干净了，再把手用手绢缠上，直到确信自己的手不会把鞋底弄脏，才开始纳了一针。而且，这双鞋不但不能让别人代做，甚至"一针一线都不能动"，因为只要是别人插了手，那就会"暗示着对男人的不贞，对今后日子的预兆是不吉祥的"。所以当她发现妹妹动了她的鞋底，立刻就跟妹妹变了脸，质问妹妹："你的手怎么这么贱！"她用做鞋这个事，来编织着自己的未来的梦，要让自己的生活像这双鞋一样地完美无缺。

　　作者以细腻的笔墨，生动地刻画出了一个女孩子在那种"正是心里乱想的年龄"隐藏在内心深处复杂的微妙的心理。对守明这样一个农村姑娘来说，找个让自己做梦的心爱的人，是最大的心愿，而这个人又恰恰是自己看上的邻村的青年，他能干，多才多艺，会拉二胡，会演戏，长得也好看，于是不由得她把自己与那个自己心仪的男青年联系到了一起，甚至还产生过一些自卑。然而，当媒人把定亲的彩礼送上门来的时候，她竟不敢想象这是真的。一个姑娘家的，怎么好意思表示自己的态度呢？她从心眼里满意这门亲事，可又不得不掩饰自己的真实心理。她先是撒娇中带点抗议，不要他的东西；接着又恼恨妹妹张口就叫出了"那个人"的名字，"那名字在她心里藏着，她小心翼翼，自己从来舍不得叫"，那个名字可不是哪个小丫头片子都能随便叫的。在生产队里做活的时候，有人知道那个人的名字，干脆指了出来，更让守明羞得脸红，"她想恼，恼不成。想笑，又怕把心底的幸福泄露出去，反招人家笑话"。特别是在她听说"那个人"要外出当工人的时候，更引起了她心理的复杂变化，她先是焦急，她需要赶在他走之前把鞋子送给他，让那个人念着她，记住她；接着，又担心那个人到了外边会不会变心；在妹妹动了她做的鞋底时，她气愤异常，但看到妈妈偏袒着妹妹，责怪她不懂事的时候，她又隐隐约约地感觉到妈妈已经把她当成了人家的人，更引起了她的伤感，而这伤感又是和"那个人要远走，也不来告诉她一声"混合在一起，让她更加伤心。一个农村女孩，在渐渐进入成熟的年龄，有了"婆家"，却还没有离开"娘家"，而离开这个暂时还是自己的唯一的家的"娘家"，又是早晚的事。在这种情况下，她已经有了对离开这个家的心理准备；对将来要成为自己终身依靠的那个新家，既可能有着热烈的向往和幸福的憧憬，但或者也有着莫名的恐惧；她既巴望着早日离开这个家，进入一种新的生活，却又对这个已经习惯了的家怀有甜蜜的依恋。这种复杂的心理活动，被描绘得如在眼前，栩栩如生。

特别值得称道的是，小说里写到守明做鞋时，有两段在想象中与"那个人"的对话与交流，这是姑娘的怀春心理的自然流露，也是她对将要与自己相伴终身的心上人的挚爱真情的一种表达方式。第一次是在拿到"那个人"的鞋样子的时候，发现他的脚很大，便联想到人们常说的脚大走四方，她"想让他走四方，又不想让他走四方"，显然，前者是因为出于期望"那个人"应该有远大的志向和美好的前途，后者是因为不希望他把自己一个人留在家里独守空房。于是，她就要在鞋子上做点文章，要给他做一双小点的鞋，"让他的脚疼，走不成四方"，但是，她又想象出他穿着小鞋脚疼，便引出了一段模拟的对话，甚至还想象出自己说"心疼"以后，他来给她揉一揉心口的亲热的举动，以致沉浸在了自己所设想的情境里，"走神走远了，走到了让人脸热心跳的地步"。第二次是在做鞋底的时候，她想象着这只鞋底就是"那个人"的脚，她捧着鞋底就像是捧着"那个人"的脚，甚至把那个人的脚"搂到怀里去了，搂得紧贴自己的胸口",连针鼻儿扎在自己的胸口高处,也想象是"那个人"的指甲扎的,最后弄得"怎么也睡不着,心跳,眼皮也弹弹地跳"。这两段心理描写,非常自然地融合了西方心理小说中的那种自由联想和幻觉描写的笔法,从人物的身份、年龄和所处的特殊的环境等诸方面的特点出发,与人物在此时此刻的行为动作紧密结合,使人物的心理充分动态化、性格化、个性化,避免了西方小说心理描写静态化的缺陷,读起来也让人倍感亲切。

小说是在令人遗憾的情感中结尾的。本来,守明去与"那个人"约会,无论从常情还是小说的结构来说,这都是顺理成章的事。守明还对这次约会做了感情上的准备,她不但要把做好的鞋子亲手交给"那个人",而且想象着要他穿上脚试一试;她想让他不要脱下来,就穿着自己做的鞋上路;再接着又想到还是要他脱下来,等到完婚的那天再穿,而且如果他不穿自己给他做的这双鞋,"她就会生气,吹灭灯以后也不理他"。这些甜蜜的幻想,让她对"那个人"充满着深情。然而,一切都没有按照她设想的那样进行,因为"那个人"坚持说不用试,肯定正好,这也是可以理解的,因为这正表明"那个人"对守明不但充满信任,而且也是充满着爱的。接着是告别的时候,"那个人"还向她伸出手来要握一握,守明也顺从地把手伸给他握了一下,如果小说就在这里戛然而止,倒也不失为留有余味。可是,最出人意料的是,在小说的结尾守明在往回走的时候,竟发现母亲站在庄稼地里在等着她——"怎么会是母亲呢"!从情理上说,母亲是在暗中保护着女儿,但女儿对这样的"保护"却在感情上不能接受。看起来,小说用这样的方法来结束,不但守明觉得失望,连我们作为读者也觉得多少有点意犹未了。而这个令人失望的结尾,恰恰是作者在写作的时候潜在的感情的流露。作者为小说还写了这么一段后记:"我在农村老家时,人家给我介绍了一个对象。那个姑娘很精心地给我做了一双鞋。参加工作后,我把那双鞋带进了城里,先是舍不得穿,想留作美好的纪念。后来买了运动鞋、皮鞋之后,觉得那双鞋太土,想穿也穿不出去了。第一次回家探亲,我把那双鞋退给了那位姑娘。那姑娘接过鞋后,眼里一直泪汪汪的,后来我想到,我一定伤害了那位农村姑娘的心,我辜负了她,一辈子都对不起她。"这件事或者透露出作者写作这篇小说的最初的动机,是引起他的创作冲动的最主要的原因。这就是说,作者写作的时候是带着强烈的感情的,是对那位农村姑娘情感的补偿？是深情的内疚？还是对那种圣洁的爱情的歌颂与礼赞？我们还可以联想到，当年汪曾祺在写《受戒》的时候，结尾也写过类似的一句话："写四十三年前的一个梦。"这或许都说明，作家在写作时，都带着深情在追述着自己所亲身经历的美好的往事，以这种特殊的方式表达着对逝去了的爱的感动与追忆，对纯真的爱情的赞美与讴歌。所不同的是，刘庆邦在《鞋》里更多地把那件没有延续下去的爱情和婚事，运用自己的艺术想象，做了生动的描绘，把自己的笔墨深入到了那个农村姑娘的内心世界的深处，展现出了一个农村姑娘内心世界的全部美丽。这是一种古朴而经典的爱情，虽然是现代社会所稀缺的，却又是人们所向往和追求的。

平凡中的不凡

《倾城之恋》的一种解读

邢小群

作者介绍

邢小群,1952年生,中国青年政治学院副教授,主要讲授现代文学、当代文学、基础写作、大学语文、现当代文学赏析等课程。有著作《丁玲与文学研究所的兴衰》《凝望夕阳》《专家视野中的中国经济》《图说郭沫若》等出版。

推荐词

傅雷先生1944年的评论,是迄今为止对《倾城之恋》批评最尖锐的一篇。他的批评方式仍是如此。说《倾城之恋》没有悲剧的严肃、崇高和宿命性,情欲没有惊心动魄的表现:"尽是玩世不恭的享乐主义者的精神游戏,既没有真正的欢畅,也没有刻骨的悲哀""骨子里贫血,充满死气"。

柯灵先生在他那篇《遥寄张爱玲》一文中谈到，对张爱玲小说的认识，不存在"不能为不同时代的中国人所认识"的问题。"是时间问题，等待不是现代人的性格，但如果我们有信心，就应该有耐性。"

我们以往对文学作品的评价，多是在取其大要、抽筋掠骨中完成。傅雷先生1944年的评论，是迄今为止对《倾城之恋》批评最尖锐的一篇。他的批评方式仍是如此。说《倾城之恋》没有悲剧的严肃、崇高和宿命性，情欲没有惊心动魄的表现："尽是玩世不恭的享乐主义者的精神游戏，既没有真正的欢畅，也没有刻骨的悲哀""骨子里贫血，充满死气"。从傅雷对张爱玲及其作品的评价与希望看，他崇尚的是古典主义的悲剧美学风范。当我看过纳博克夫的《文学论稿》后，我才知道，文学作品还可以有另一种解读。即：不是我们希望作家给出我们什么，而是作家给出了我们什么。

在细读中,寻找作家的精神追求轨迹。

如果说,沈从文在他的《边城》中,想告诉读者:自自然然的生命形式、人生图景是什么样子;那么《倾城之恋》的作者想告诉我们的是:极不自然的人生形式和生命形式是什么样子。

小说的故事大体是这样的——

在上海的一个老式家庭,一天夜晚,有人带来消息,说他们家的六小姐白流苏的前夫死了。这是个很意外很突然的事,因为六小姐七八年前就与那人离了婚,按理说完全没有必要通知她。这家人的兄嫂希望六小姐去奔丧。奔丧后面还有什么意思呢?按照白小姐她三哥的分析,那家人的两个姨太太是守不住的,他们是想让六小姐回去戴孝守寡,继承门户。六小姐当然不会同意。敢于离婚的人自然有争取个人解放的意思。但她的哥哥认为,按照三纲五常、传统的天理人性,她生是人家的人,死是人家的鬼。她应该回去挑个侄子过继。还说那个家庭是个大家族,守寡是不会饿死的。她哥哥为什么极力劝她回去?是因为他们花完了六小姐的私房钱,觉得她是累赘了。她的母亲当不了家,也认为她回去是正经,熬个十几年,总有出头之日。这正应了小说开头的话:"上海为了'节省天光',将所有的时钟都拨快了一小时,然而白公馆里说:'我们用的是老钟',他们的10点钟是人家的11点。他们唱歌唱走了板,跟不上生命的胡琴。"这是一个活在旧时代的家庭。

眼看白流苏在这个家待不下去了。事情出现了转机。有人给六小姐的妹妹七小姐介绍婚事。被介绍的人叫范柳原,家是南洋的著名华侨,从小在英国长大,今年三十二岁,父母双亡,继承了不少财产。白家全家陪七小姐去相亲,曲曲折折,轰轰烈烈,结果范柳原只对白流苏有意思。因为六小姐白流苏这时也不过二十八岁。一家人发现让这个残花败柳占了先,非常恼火。

以下便是这两个人的"倾城之恋"了。

先是范柳原假借徐太太之意邀请白流苏去了香港。白流苏决定赌一把,她倒要看看自己还有没有年轻女人的优势。到了香港她才知道她是在跟一个饱经世故、情场老手在谈"恋爱"。介绍人曾说,范柳原"年纪轻的时候受了些刺激,渐渐地就往放浪的一条路上走,嫖赌吃喝,样样都来,独独无意于家庭幸福"。白流苏看范柳原极尽殷勤、挑逗之能,就是不提婚姻之事,自然也不愿自动投入到他的怀里,让他占便宜。她决心只要婚姻，不要做情妇。范柳原觉得，白流苏似乎只看重婚姻，而不讲感情，心说，你越这样，我越不会结婚，只想让你当情妇。后来白流苏说自己要回上海，她是想试探范柳原对自己的态度。没有想到范柳原欣然同意。白流苏不得已回到了上海。回来后日子更不好过。她几乎被家庭泼就的污水泡起来了。不久，范柳原也按捺不住给她打了电报，让她再去香港。这时白流苏由于家庭的压迫，只好示弱。回到香港后，果然成了范的情人。这时范柳原仍然是在玩弄两人的关系。只当了一个星期的情人，范柳原就决定去英国，并宣布一年半载再回来。就是从情人的关系看，这正常吗？显然不正常。这两个主人公，被不同的家世、文化背景、心事分隔着，各怀鬼胎，又绕来绕去兜够了圈子，精刮赛精刮，费尽了算计，真真假假，虚虚实实，半推半就的。正不知下一步该怎么办呢？日军入侵，香港沦陷。范柳原没有走成。危难之中，他们真的登报结婚了，让他们把"戏"做成了真的了。战争的到来，简化了他们一个无穷尽的、无聊的感情游戏过程。傅雷说他们的游戏精练到近乎病态的程度，不假。

为什么说她笔下的人物活得极不自然？

张爱玲在小说中说："他不过是一个自私的男子，她不过是一个自私的女人。"是说他们心怀着各人的目的走到一起来了。这个目的，不是人们通常所说的缘分（起码他们心里不这样认为）；也不是彼此一见钟情的爱意；更不是相以为知。比如，徐太太介绍范柳原时说：他"从英国回来的时候，无数的太太们急扯白脸地把女儿送上门来，硬要揿给他，钩心斗角，各显神通，大大热闹过一番。这一捧却把他捧坏了。从此他把女人看成他脚底下的泥"。这话真不真呢？起码多半是真。范柳原从此用情很难成真，多是逢场作戏了。

而白流苏呢？她有了那次离婚的经历，在单调无聊的腐朽家庭中过了七八年。当她再次面对一个男人的时候，首先想到的自然是摆脱那个人间牢狱，有个终身依靠。她也不会是以真情成就婚姻的。小说中写范柳原宣布要去英国，白流苏的想法："一个礼拜的爱，吊得住他的心吗？总之，没有婚姻的保障而要长期抓住一个男人，是一件艰难的、痛苦的事，几乎是不可能的。"

因此，我们又想到马克思的那一段名言："男女之间的关系，是人和人之间最自然的关系。因此，这种关系表明人的自然行为在何种程度上成了人的行为""因而,从这种程度就可以判断人的整个发展程度"(马克思《1844年哲学经济学手稿》)。就是说,男女关系最能说明你作为一个活生生的人,活得自然不自然了。如果在两性关系上都不自然,那还是健康文明的人吗?他们两人在"恋爱"的过程中,始终没有生命的冲动。确实"没有真正的欢畅,也没有刻骨的悲哀",连《边城》中的妓女都不如。那些妓女一旦动了真情,有了相好,真是敢爱敢恨、要死要活的。

是什么使这一对活得极不自然的上流男女,关系中多了一点"真",有了稍为自然一些的可能?是战争。是毁灭文明的战争。这种毁灭,意味着把好的坏的"文明"都毁灭了。大家在生存的意义上,从原初开始。

小说中范柳原对白流苏有一段话:"这堵墙,不知为什么使我想起地老天荒那一类的话。有一天,我们的文明整个的毁掉了,什么都完了——烧完了,炸完了,坍完了,也许还剩下这堵墙。流苏,如果我们那时候在这墙根下遇见了,流苏,也许你会对我有一点真心,也许我会对你有一点真心。"这是战前说的话,它不但暗示了后面将发生的情景,也一语尖透地说明,他们都在没有一点"真"情地做着"文明"的游戏。傅雷先生曾批评这篇作品缺少深刻的东西,我在这里却看到了把人的内心空虚写得深刻的一面。

难道他们就没有一点做人的真实吗?

也不然,除了我们前面说的每个人的具体背景,还有强大的宗法专制文化对人的扭曲。白流苏的遭遇就是典型。那么范柳原呢?傅雷说:"范柳原真是一个这么枯涸的人么?关于他,作者为何从头至尾只是侧写?"我们来看一看范柳原是不是枯涸?他曾向白流苏这样表白:"我回中国来的时候,已经二十四了。关于我的家乡,我做了好些梦。你可以想象到我是多么的失望,我受不了这个打击,不由自主地就往下溜。你如果认识从前的我,也许你会原谅现在的我。"白流苏说:"还是那样的好,初次瞧见,再坏些,再脏些,是你外面的人(表面给人的印象),你外面的东西。你若是混在那里头长久了,你怎么分得清,哪一部分是他们,哪一部分是你自己?"所谓"那里头"就是指她家的兄嫂们的文化圈子里。这话的意思是你在国内待得越久,你就越会变得不是你自己。能看到自己往下溜,是不是还没有太枯涸?

他们的不自然,也有文化的环境的差别。细读小说,你会发现,范柳原并不是总在做戏。他也希望与白流苏的关系有一些精神上的相通。但是办不到。因为白流苏是旧式家庭中只上了两年学的传统女子。我们来看小说中范柳原偶尔吐露的真情——三次表白：

第一次是：他说"我自己也不懂得我自己——可是我要你懂得我！我要你懂得我！"他嘴里这么说着，心里早已绝望了，然而他还是固执地，哀恳似地说："我要你懂得我！""早已绝望了"，是说他对白流苏的理解并不抱希望。这是他们之间的"一堵墙"。

第二次是：范柳原带白流苏到饭店吃饭。最后喝茶，看着茶杯里的残茶叶，他想起马来亚的芭蕉和森林，他对流苏说："我陪你到马来亚去。"流苏问："做什么？"柳原说："回到自然。"他后边接着说："我装惯了假，也是因为人人都对我装假。只有对你，我说过句把真话，你听不出来。""在上海第一次遇见你，我想着，离开了你家里那些人，你也许会自然一点。好容易盼着你到了香港，现在，我又想把你带到马来亚，到原始人的森林里去""他笑他自己，声音又哑又涩。他们付了账出来。他已经恢复原状，又开始他的上等的调情——顶文雅的一种"。为什么"他笑他自己，声音又哑又涩"？他觉得他这时偶然出现的念头——

想到大自然中去的那种希望,白流苏根本听不懂。他又恢复了原状,"又开始他的上等的调情——顶文雅的一种",看来男女关系若要自然,也得是双方精神相通。在这里"真"与"不真"是有些许差别的,也是他们不能追求自然的隐患。

第三次是:他们第一次在香港时,一天夜里在电话里的对话。

她一听却是范柳原的声音,道:"我爱你。"就挂断了。流苏心跳得扑通扑通,握住了耳机,发了一回愣,方才轻轻地把它放回原处。谁知才搁上去,又是铃声大作。她再度拿起听筒,柳原在那边问道:"我忘了问你一声,你爱我吗?"白流苏说:"你早该知道了,我为什么上香港来?"柳原道:"我早知道了,可是明摆着的事实,我就是不肯相信。流苏,你不爱我。"流苏道:"怎见得我不?"柳原不语,良久方道:"《诗经》上有一首诗——"流苏忙道:"我不懂这些。"柳原不耐烦道:"知道你不懂,你若懂,也用不着我讲了!我念你听:'死生契阔——与子相悦,执子之手,与子偕老。'我的中文根本不行,可不知道解释得对不对。我看那是最悲哀的一首诗。生与死与离别,都是大事,不由我们支配的。比起外界的力量,我们人是多么小,多么小!可是我们偏要说:'我永远和你在一起;我们一生一世都别离开。'——好像我们自己做得了主似的!"

流苏深思了半晌,不由得恼了起来道:"你干脆说不结婚,不就完了!还得绕着大弯子!什么做不了主?连我这样守旧的人家,也还说'初嫁从亲,再嫁从身'哩!你这样无拘无束的人,你自己不能做主,谁替你做主?"

柳原冷冷道:"你不爱我,你有什么办法,你做得了主吗?"流苏道:"你若真爱我的话,你还顾得了这些?"柳原道:"我不至于那么糊涂。我犯不着花了钱娶一个对我毫无感情的人来管束我。那太不公平了。对于你,那也不公平。噢,也许你不在乎。根本你以为婚姻就是长期的卖淫——"

这段话有三层意思:

第一层是:"流苏,你不爱我。"

第二层是:我们是否能"永远在一起;我们实际上是做不了主的!"

这好像是范柳原找托词,找借口,仍然是在和白流苏斗心眼儿。其实,柳原这时说的是比较真实和深刻的话。意思是说能不能地老天荒永远在一起，不是靠人的意志，而是靠人的心。意志是外在的力量或者说是责任要求自己这样做，而心里的真爱才能决定是否一生一世不离开。但是我现在就见不到你的心，那颗自自然然的真心，还谈什么永远在一起（结婚）；再说，谁敢说我们的心会永远不变？我怎么能说自己就做得了自己的主（永远在一起）？范柳原这话是有些深意在里面，但白流苏听不出来。

第三层："噢，也许你不在乎。根本你以为婚姻就是长期地卖淫——"这是将他们的恋爱关系捅破了，你不过是以自己之身换得你的生活依靠罢了。

他们是有一些"真"意的，但是这真意是不对等的。这种不对等又构成了他们关系的另一重不自然。为什么范柳原在情场上那么看重白流苏？这里面也有一种人生的梦（生活的假，使他有一种追求）。

洋场气十足的范柳原，偏偏看中了念了不到两年书的旧派女人白流苏，这其中很有些耐人寻味的心理内容。我们看看范柳原是怎么说的。

柳原道："你好也罢，坏也罢，我不要你改变。难得碰见像你这样的一个真正的中国女人。"流苏微微叹了口气道:"我不过是一个过了时的人罢了。"柳原道:"真正的中国女人是世界上最美的,永远不会过了时。"流苏笑道:"像你这样的一个新派人——"柳原道:"你说新派,大约就是指的洋派。我的确不能算一个真正的中国人,直到最近几年才渐渐地中国化起来。可是你知道,中国化的外国人,顽固起来,比任何老秀才都要顽固。"流苏笑道:"你也顽固,我也顽固,你说过的,香港饭店又是最顽固的跳舞场。"他们同声笑了起来。

"你也顽固,我也顽固"是指他们的心理上都还是认同旧的东西。

联想到范柳原说过的:"关于我的家乡,我做了好些梦。你可以想象到我是多么的失望。"这时他对中国的失望,并不是觉得中国太腐朽,而是觉得传统的东西越来越少了,传统的太太小姐们崇洋味太浓了。

这就是说,范、白的结合也有其深刻的原因,像范柳原一类洋场阔少,离中国既近又远。他外表是"洋派"的,但骨子里却向往地道的中国东西,而且是最"顽固"、最"陈旧"的中国的东西。这是不是他的某种真实呢,是的。他在海外长大,对传统的中国女人,有一种似幻似真的向往。白流苏身上传统女性的做派,他是比较喜欢的。比如他提到,喜欢白流苏穿旗袍。还说她有许多小动作,很像唱京剧的。表明范柳原喜爱女人的标准,在不经意中流露了出来。这些也是真的。但是放在30年代年轻的知识分子对传统的反叛精神潮流中,他就是另类了。对于他的这种真,白流苏还是不太懂。见过了大都市的白流苏,知道当今社会时尚是崇洋,那么,范柳原为什么崇尚中国传统东西?她不懂。那么范柳原不作假又做什么呢?而且还是情场上标准的绅士,最洋的一种。这应该说是对范柳原的正面描写了,入木三分地刻画出了处在于两种不同文明的扭结给这一类人带来的变异。

传统大家庭的禁锢和文化水平的不高,使旧家庭制度、观念和婚姻枷锁都在白流苏身上发生着作用。而这些又如一面镜子,让我们看到受了较多西方文明教育但又盲目流连中国传统文化的范柳原,在这种环境中的扭曲。钱钟书《围城》中的知识分子是在媚洋中扭曲,而范柳原是在媚中国传统文化中扭曲。

但是张爱玲无意把他们写成时代的觉醒者,她是想从那个时代中普通的没落的男女身上,看到人性的扭曲。出于同情又还原于他们普通人的生存的希望。所以到后来,她这样写白流苏:"在这动荡的世界里,钱财、地产、天长地久的一切,全不可靠了。靠得住的只有她腔子里的这口气,还有睡在她身边的这个人。她突然爬到柳原身边,隔着他的棉被,拥抱着他。他从被窝里伸出手来握住她的手。他们把彼此看得透明透亮。仅仅是一刹那的彻底的谅解,然而这一刹那够他们在一起和谐地活个十年八年。"患难相依,这是人性好的一面,也是弱的一面。在这里张爱玲看得很尖锐。这就是作者为什么说:"他不过是一个自私的男人,她不过是一个自私的女人。在这兵荒马乱的时代,个人主义者是无处容身的。可是总有地方容得下一对平凡的夫妻""香港的陷落成全了她(流苏)"。

范柳原、白流苏他们的"爱情",即使没有战事,仍然会走到一处的,只不过"关系"可能是另外一种罢了。正如范柳原所说:"那时候太忙着谈恋爱,哪里还有工夫恋爱?"这句话中的"忙着谈恋爱",透露出没有一点真情。白流苏因无家可归最终只能做他的情妇。他们正是末路无聊人群中的一对。

傅雷先生曾批评说:"世界上有的是平凡,我不抱怨作者多写了一对平凡的人""但平凡并非没有深度的意思,并且平凡，只应该使作品不凡"。他的意思是：人物平凡可以，但作者要有不平凡的见地。应该有更高的人性的关怀。张爱玲有吗？我以为是有的。因为我不但看到了她写了些什么样的人和人生，也看到了她对这种人生的态度。她的态度，就是她人性的关怀。正是在这种关怀中我看到了白流苏、范柳原这类人的扭曲和人生的不自然。并对他们这种不自然报以人性的同情。这种人性的同情不正是与"五四"新文化运动中"人的文学"精神是一致的吗？她能以人性的关怀，去描写曹七巧人性的变态；何以不是以人性的关怀描写白流苏的庸俗与无奈？

　　张爱玲对通俗文学有偏爱，但是从这点看，她的小说的神韵还是得自于新文学。

堂·吉诃德、房东太太与禅

读废名小说《莫须有先生传》

止 庵

作者介绍

止庵,书评家。原名王进文,1959年生于北京,1982年毕业于北京医学院口腔系。做过医生、记者等。出版有《樗下随笔》《如面谈》《俯仰集》《樗下读庄》《六丑笔记》《画廊故事》等著作,并校订《周作人自编文集》(三十六种)、《苦雨斋译丛》(十六种)、《废名文集》等。

推荐词

止庵整理校订过废名文集,对废名的文章一定读得比较多也比较细致。

一

    1930年5月12日,废名与冯至合编《骆驼草》周刊面世,废名所著《莫须有先生传》开始连载。至同年11月3日出毕第二十六期终刊止,共发表十一章,即后来出版单行本之第一章至第九章,第十一章和第十二章。单行本之第十三章和第十四章,1931年以"行云章"和"续行云章"为题,分别刊登于《青年界》一卷四期(6月10日出版)和二卷二期(9月20日出版)。第十章和第十五章似乎不曾单独发表。由此可知,该书写作大致分为《骆驼草》时期和其后两截。怪得鹤西在《谈〈桥〉与〈莫须有先生传〉》中说:"全书十五章,到第十二章止算一部分,以后又是一部分。前边的文章如石民君所说,确是生气虎虎,好比一棵小树,它不晓得一年可长出多少枝叶,到后边来,则文章像是棵老树了,宁静的,它完全有在几个主枝上着叶开花的把握。"估计为后来补写的

第十章，文体也与前后略显差异。至于全书完成时间，废名所作《〈纺纸记〉前记》说："去年重九，将《莫须有先生传》草草完卷之后，跑到南边走一趟"，"去年"系1931年。1932年12月，《莫须有先生传》由开明书店出版。

此前废名著有短篇小说集《枣》。其中部分篇章，可以看做《莫须有先生传》的雏形。如《卜居》（1928年11月8日作）云："A君是诗人。因为要作诗，所以就做隐士，就——用一个典故就'卜居'。其实他已经从首善之区的街上卜到首善之区的乡下来了。"所述正是莫须有先生的行事。又《墓》（1930年1月12日作）云："邻居是一些满人，生活苦行为则大方，尤其是女人和姑娘们，见面同我招呼，那话就说得好。"莫须有先生的环境亦是如此。彼此描写也不无相同之处。《卜居》与《墓》均取材于作者自己的生活，正与《莫须有先生传》相当。

周作人在《知堂乙酉文编·小说的回忆》中说："十多年前，莫须有先生在报上写过小文章，对于《水浒》的憎女家态度很加非难。"所指即为废名。作者自己也曾明确表示："我这个人，同我的一部小说上的主人公差不多可笑，对于自己的行为总是有点儿悲观，即是说怕寒伧。"（《闲话》)以后写《莫须有先生坐飞机以后》,他更径直自称"莫须有先生"。这提示我们,作者与这一人物之间,可能较之一般原型关系密切得多。"我于'民国'十六年之冬卜居于北平西山,一个破落户之家,荏苒将是五年。"(废名:《今年的暑假》)某种程度上他描写了自己的一段亲身经历。

《莫须有先生传》开篇讲"反正我是不一定拼命反对索隐这个学说的",那么我们不妨来试一试。第三章莫须有先生自称"我是南方人",第四章房东太太说:"你的话也并不难懂,只是还带了一点湖北调子。"作者正是湖北人士。周作人在《药堂杂文·怀废名》中说:"在《莫须有先生传》第四章中房东太太说,莫须有先生,你的脖子上怎么那么多的伤痕?这是他自己讲到的一点,此盖由于瘰疬,其声音之低哑或者也是这个缘故吧。"又同第一章莫须有先生说:"我生平最不爱打拳,静坐深思而已。"也与周氏该文记述相符。第十二章房东太太说:"不久以前那个巡警来问你有多大年纪,我说了莫须有先生有三十岁。"恰好是废名开始写作此书时的岁数。

第一章讲到莫须有先生的住所,"门前四株槐树而已"。1929年10月13日,周作人给废名的信中说:"现迁居山北,不知四棵槐树的地方尚兼租着以备回去,抑以后就定居北营乎?"(《周作人书信·与废名君书十七通》)可见此乃事实。第四章又提起这些树:"我的意思只不过是羡慕这四棵树不小,——我常想今之人恐怕连栽一棵树的意思也没有了,目光如豆。"几年后作者为《世界日报》"明珠"栏写随笔,此意复见于《陶渊明爱树》,其中有云:"'余迹寄邓林,功竟在身后',是作此诗者画龙点睛。语云,前人栽树,后人乘荫,便是陶诗的意义,是陶渊明仍为孔丘之徒也。"

《莫须有先生传》不少想法,作者此前此后均曾著文谈及。第十章说:"就好比杠房的执事人等,你们总看见过,那些瞌睡虫真有个意思。"《北平通信》也讲到此事,且谓:"十年以前我同一位北大同学谈到北平杠房的人物,他对于我的话颇有同感,他另外还告诉我一件有趣的事情,我曾记录下来做了一点小说材料,他说他有一回在北大一院门口看见人家出殡,十六人抬一棺材,其中有一人一样的负重举步,而肩摩踵接之不暇他却在那里打瞌睡。"又第十二章提起哈姆莱特遗言"The rest is silence",并说:"昨天我还做了一篇文章,就用了这一句英国话,很是:sentimental。"此文题曰"随笔",比该章早一期发表在《骆驼草》上。第三章说:"前朝有个东方朔小孩子你晓得吗?他跑到王母娘娘的花园里,大施其狡狯。"东方朔故事为作者素所喜欢,所作《神仙故事(二)》有详尽发挥。第十一章说:"什么都照样不动,什么都只要个人儿来看,画屏金鹧鸪一点也没有褪色,点之恐其飞去矣。"系化用温庭筠《更漏子》词意,《谈新诗·以往的诗文学与新诗》中也有相近讲法。

附带说一句,联系废名其他文章,或有助于理解《莫须有先生传》。譬如第十一章莫须有先生写情书,有云:"文章倒是真做得好,要不是有心人他就以为是滥调。"如果体会他后来在《谈用典故》和《再谈用典故》中的主张,当知此处说的并非反话,文章乃用庾信笔法,即如其所说:"中国的好文章,要有典故才有文章。"

书中间或叙及作者师友之事。第五章说:"有一位老汉,同我相好,他说他愿得一枝百战钢枪挂在他的凤凰砖斋壁上。他原是江南水师出身。"指的是周作人。所云周氏意愿,见所著《泽泻集》中"钢枪趣味"一篇。又第一章末尾讲道,"他的这位好朋友是一位年轻的essayist",鹤西在

《初冬的朝颜·怀废名》中说:"《莫须有先生传》里说的'见面就握手,不胜亲热之至'的小朋友就是我,当时我确有一个小小的金属镜框的Keats像摆在桌子,他也的确说过'这个穷鬼他也穿西服'的话,当时我并没有介意也没定做衣服的事,文章说的完全是他的自省。"

另一方面,《莫须有先生传》第三章中当房东太太谈到皇帝"给你们一个姓冯的轰走了",莫须有先生断言:"我并不姓冯。"似乎又警示读者,不要简单地在莫须有先生与冯文炳即废名之间画上等号。至于作者在《莫须有先生坐飞机以后》中所说:"《莫须有先生传》可以说是小说,既是说那里面的名字都是假的,——其实那里面的事实也都是假的,等于莫须有先生做了一场梦。"则可以对应《莫须有先生传》第九章的话来看:"我是这样的可怜,在梦里头见我的现实,我的现实则是一个梦。"我们与其关注莫须有先生或废名的现实,不如关注他的梦。《莫须有先生传》的确取材于作者自己的生活,然而在现实层面之上还揭示了一个精神或感悟的层面,而莫须有先生体现了作者的理想状态。这是废名的一部精神自传。

二

周作人在《怀废名》中说:"这一期间的经验(按指移居西山)于他的写作很有影响,村居,读莎士比亚,我所推荐的《吉诃德先生》,李义山诗,这都是构成《莫须有先生传》的分子。"多年后作者在《〈废名小说选〉序》中也说:"就《桥》与《莫须有先生传》说,英国的哈代,艾略特,尤其是莎士比亚,都是我的老师,西班牙的伟大小说《吉诃德先生》我也呼吸了它的空气。"《莫须有先生传》第六章讲他所带"两部好书""一是英吉利的莎士比亚,一是西班牙的西万提斯",言语之间,对后者似乎更加重视。此书写作,深受《堂·吉诃德》的影响。

作者曾在《墓》中说:"小毛驴一走一颠簸,赶驴子的一脸的土,很是诙谐的样子,自己便仿佛是'吉诃德先生'一流人物了。"犹如事先描绘了《莫须有先生传》第一、二章情景,且已确认莫须有先生与堂·吉诃德之间的对照关系。小说中莫须有先生所得种种考语,如:"莫须有先生,你简直是一个疯子。"(第二章)又如:"总之你这孩子的事情完全莫名其妙。"(第九章)与堂·吉诃德给人留下印象完全一致。他们都是不合时宜的人物,只是莫须有先生更其内心化罢了。《莫须有先生传》作为一部精神自传，实际上作者是通过莫须有先生这一形象，表达了对堂·吉诃德的契合之感。

除了主人公之外，《莫须有先生传》的基本框架与《堂·吉诃德》颇为相似。这里要提到一位常被忽略的人物。作者说："然而首先总得把'莫须有先生的房东太太'介绍过来，其价值决不在莫须有先生以下，没有这位莫须有先生的房东太太，或者简直就没有《莫须有先生传》也未可知。"（第三章）此语不妨联系他另一段话来理解："我想，不但骑士出游应该有一个squire，《吉诃德先生》没有山差邦札（按通译桑丘·潘沙）一定是写不好的。"（《无题》）《莫须有先生传》中房东太太这个人物的设置，正如同《堂·吉诃德》中桑丘的设置；房东太太与莫须有先生的关系，也类似桑丘与堂·吉诃德的关系，——莫须有先生与房东太太是这部小说贯穿始终的一对人物，他们之间的关系构成了作品的主要线索。

第六章中二人有番对话，可以为此推论提供佐证。莫须有先生说："现在一切事都决定了，将来我的故事一天好看一天，我们两人从此相亲相爱，让我在人世无奇之中树它一个奇迹。说不定世界会忽而发达起来,那你就同我一路获得群众了。"房东太太说:"你这是什么话?你难道还有什么野心不成?我只要碗小米粥喝。"莫须有先生又说:"说得好玩的。人生的意义在哪里?就在于一个朋友之道。前人栽树,后人乘阴,互相热闹一下子,勉励勉励,不可拆台,后之视今亦犹今之视昔也。"强调彼此关系的重要性之外,更揭示了二人的不同立场;莫须有先生是理想的,而房东太太是现实的,这也使人联想到堂·吉诃德与桑丘。第十二章房东太太说:"别,咱们都是自家人,用不着,日子长着哩,现在我晓得你手下并没有钱,等将来莫须有先生发财的时候,怕不多花莫须有先生几个?我们两个老夫妻,孤苦伶仃,活到七十八十又哪是有准儿的事?那才真是受罪哩,到那时就全靠莫须有先生照顾照顾。"在《堂·吉诃德》中,桑丘对于堂·吉诃德同样满怀希冀。

第七章莫须有先生是一个精神漫游者,有如堂·吉诃德之远行寻觅已消逝的骑士王国;房东太太有如桑丘是个陪伴角色——他们既是追随者,又对所追随的人时而予以批评。从某种意义上讲,桑丘比堂·吉诃德清醒得多,房东太太较之莫须有先生也是这样。在第六章中,她说:"莫须有先生，你以后多谈点故事，不要专门讲道理，那是不容易叫人喜欢听的，而且你也实在不必要人家听你的道理，人生在世，过日子，一天能够得几场笑，那他的权利义务都尽了。"这是作品中不同于莫须有先生的另一视点。然而她始终游移于莫须有先生的批评者与追随者之间，所以接下去又说："我可怜你，这么年轻轻的，这么的德配天地道贯古今，这么的好贞操！"

有时房东太太甚至超出自己的实际身份之外，仅仅代表了这一不同于莫须有先生的视点。第六章中她说："好孩子，能够寂寞那就好了。我看你刚才说话的神气我很有点担心，我怕你超出写实派的范围以外。人生是没有什么可以叫做一个醉字，那只是一个不得已的糟蹋，在艺术上也难免不是一个损失，好比你的故事在我看来就没有讲得好玩，恐怕就因为你此刻的气候不适于讲故事，那实在要同游手好闲的人茶馆里谈天一样才好。你的心事我也不必问，我只是想劝你一劝，血气方刚，戒之在斗，暴虎冯河，吾不与也。这个斗字的范围是很广的，不必是好勇斗狠。忍耐过去就好了。"第九章中则说："我劝你以后要检点一点，不要老是那么得意，——我看你的生活其实也未必快活，只是自己动不动会扮个丑角样儿,结果人家以为你就是神仙,谁也不担心你。"此种时候,似乎人物已经不成其为人物,就连莫须有先生也常常如此。然而我们别有解释,留待下文再说。

在房东太太身上,时而体现着作者某种倾向性,——这一点也与塞万提斯对待桑丘的态度相仿。第五章中曾借莫须有先生之口赞叹道:"房东太太,我真真的佩服你们。吃饭既然是那样的艰难,而屋子打扫得如斯之大雅,而一件古旧的夏布衫儿,这么的好铜纽扣,也决不拿去打鼓,殊为莫须有先生理想中的人物,人世真是好看多了。"书中另有个近乎否定的角色三脚猫太太,仿佛专门为了与房东太太形成对比而安排的。

顺便讲到第三章中,莫须有先生与房东太太初次相逢于果园,凑巧她在小便之事。当下莫须有先生说:"那一位老太婆,你蹲在那里干什着?如果是解溲,那是很不应该的,这么一个好杏林,总要让它寂寞一点才好,不必拿人世的事情来搅扰它,何况你这个举动不一定好看。"也许应该从前述两位人物既对应又一致的关系着眼,莫须有先生无非借此申明自己超越现实("不必拿人世的事情来搅扰它")与重视审美("这个举动不一定好看")的基本立场而已,从而展现彼此之间有所不同。不过接下去写道:"话虽如此,这位解小溲之人面红耳赤了,她只是老羞成怒了,她是一个最讲体面之人。"似乎又在强调一致之处,那么若说双方自此开始心领神会亦无不可。

三

《莫须有先生传》素以难懂著称。难懂是读者的感觉,论家则谓之"晦涩",进而又断定为"失败之作"。我想也许问题在于读法。朱光潜说:"把文学艺术分起类来,认定每类作品具有某几种原则或特征,以后遇到在名称上属于那一类的作品,就拿那些原则或特征为标准来衡量它,这是一般批评家的惯技,也是一种最死板而易误事的陈规。"又说:"但是真正的艺术作品必能以它们的内在价值压倒陈规而获享永恒的生命。"所强调的是读书要参活法,不参死法。俗话说"求同存异",求同容易,存异却难;求同而不存异,多半趋同陈规。一本书有一本书的写法,一本书也有一本书的读法;读者读法最终要与作家写法相默契。废名在自序中说:"若说难懂,那是因为莫须有先生这人本来难懂,所以《莫须有先生传》也就难懂,然则难懂正是它的一个妙处,读者细心玩索之可乎?玩索而一旦有所得,人生在世必定很有意思。"正提示我们不妨另换一副眼光。

《莫须有先生传》出版时,周作人写有序言。将近一年后,他给作者写信说:"前晚昨晚无他事,取贵《莫须有先生》从头重读一遍,忽然大悟,前此做序纯然落了文字障,成了《文心雕龙》新编之一章了。此书乃是贤者语录,或如世俗所称言行录耳,却比禅和子的容易了解,则因系同一派路,虽落水有浅深,到底非完全异路也。语录中的语可得而批评之,语录中的心境——'禅'岂可批评哉,此外则描写西山的一群饶舌的老娘儿们,犹《吉诃德先生》之副人物亦人人可得而喜乐欣赏之者也。前序但说得'语',然想从别方面写一篇亦部可得。"(《周作人书信?与废名君书十七通》)世人以小说评衡此书而不得,周序以文章估量此书而未竟,这里所论却是深入一层;《莫须有先生传》亦说:"莫须有先生又仰而大笑,我是一个禅宗大弟子!"(第十章)与此正相符。前引朱光潜的话出自一篇评论《桥》的文章,其中还说:"这书虽沿习惯叫做'小说',实在并不是一部故事书。"而《莫须有先生传》更是如此。

《莫须有先生传》大概不应当做小说来读。自始至终是莫须有先生在讲妙悟,而房东太太做了他的听众,——这是该书的基本框架,两个人物所以同等重要。在某种程度上它好比禅宗公案,废名写的是一己的参悟过程。在公案中,对话都是非常规的,不合逻辑的,这里也有几分相似;莫须有先生乃至房东太太所言,不无机锋成分,不能完全等同于寻常小说中那种对话;他们也不能完全等同于寻常小说中的人物。禅宗又有"第一义"与"第二义"之说,写出来的是第二义,而第一义只能悟得。据此,《莫须有先生传》所写的一切,不可能具有终极意义。以寻常小说视之,或以终极意义求之,觉得"晦涩"或"失败"也就不足为奇。此外还当说明一句,该书本意不在反映生活,包括莫须有先生的生活在内;涉及局面大小,也许不是问题。

妙悟本来不可言说,我们姑且讲一头一尾,——尾亦不是真尾,仍然是头而已。第十一章有云:"莫须有先生只好自分一个世外人。抱膝而乐其所乐道,我道不管闲事,有时也有点好奇而已,然而好奇就是说这里无奇,我也并不就望到恒星以外去了。我虽然也不免愤愤,但我就舍不得我这块白圭之玷,不稀罕天下掉下一块完璧,你听说那里另外有一个地球你也并不怎样思家不是?只是这个仇敌与友爱所在之处谁也不肯走掉。"这可以视为他的出发点所在。莫须有先生是由艺术家进而成为哲学家。就前者而言，他自称"厌世派"（第三章），不肯沉溺于现实生活，而在超越其上的美的境界流连忘返，就像第四章中所写："莫须有先生不进，贪看风景，笑的是人世最有意思的一个笑，很可以绘一幅画了。"此时他感到："我站在这里我丰富极了。"就后者而言，他自称"理想派"（第七章），并不放弃"人世"这一基础，念念在兹者仍是："人之所以异于禽兽者几希，但也就太大，克己复礼为仁，仁者人也。一切都基于这一个人字。一个人字里头自然有个己字。所谓文明盖在于此。"（第九章）莫须有先生遁世而不离世，不在现实层面而在整个人类社会的层面思考问题；所寻求的是一己之道，也是世界之道，人类之道。

《莫须有先生传》可以看作一部公案，最末一章单独说是一部公案亦无不可。此处却是另有依据，即《庄子·齐物论》开头一段："南郭子綦隐机而坐，仰天而嘘，荅焉似丧其耦。颜成子游立侍乎前，曰：'何居乎？形固可使如槁木，而心固可使如死灰乎？今之隐机者，非昔之隐机者也。'子綦曰：'偃，不亦善乎，而问之也。今者吾丧我，汝知之乎？'"房东太太所说："哟，莫须有先生，你今天怎么这个样子，颜色枯槁……"仿佛"苓焉似丧其耦"；此前所述"至此莫须有先生大吃一惊，今日之我完全不是昨日之我矣，明镜无所自用其认识矣，十年不能信解之道一旦忽然贯通之矣"，仿佛"今之隐机者，非昔之隐机者也"；莫须有先生回答房东太太的话："此刻第一句我要告诉你的用世俗之言语是生离死别之事。"仿佛"今者吾丧我，汝知之乎"。"生离死别"又使我们想到《堂·吉诃德》，相比堂·吉诃德最后的死，好像也是有意味的对照，然而作者特地找补一句："今日之事，投身饲虎，一苇渡江，完全是个精神上的问题。"则仍是得了"吾丧我"的精髓。此章之中，发生两桩偶然之事：一位少女的死，以及打破一个花瓶，莫须有先生因此大彻大悟：

> 于是奇怪奇怪，莫须有先生这一迟疑，万顷思想都集中了，圆一个大圆宝镜，里面排了几个人人字，我们站在地球上去望一下，却又是我们的文字：
> "唉唉，余忠于生命，今日目此生命为无知也。"
> "于是又空山不见人但闻人语响——"

"《莫须有先生传》是一笔流水账,可付丙。"

"目此生命为无知",说是将此前所想一笔勾销也罢,说是由此前所想更进一步也罢,——反正已经明白了,也就无须再想,此之谓悟也。"《莫须有先生传》可付丙",正是《庄子·外物》所谓"言者所以在意,得意而妄言"。

四

前面提到房东太太的视点不尽同于莫须有先生,其意义大约还不限于房东太太本身。莫须有先生也时常离开一己立场,表现出一种自省甚至自嘲的态度。第三章中说:"唉,老太婆,糟糕极了,我竟得意忘形,总是想表现自己,实在是我的浅薄。"第九章中则说:"记得曾经有个'黄毛丫头'这样给了我一个当头棒,说,'你哪里是爱人呢?都是表现你自己!'你看这话怎么说得清,令我一惊不小。"有时作者作为叙述者现身说法,也与莫须有先生保持一定距离,譬如:"然而莫须有先生想招呼他而又不肯招呼,此来我本是自寻孤独,又何必同一个盲人打岔呢?或者我就把他当做'自然'也好,莫须有先生,你骄傲你的罢,你实在也同萤火一样我一点也看不见。言罢莫须有先生哈哈大笑,始终还是让我做了一个批评家,把他大骂一顿了。"(第十三章)这里提到"或者我就把他当做'自然'也好",正是于自我之外树立一个"自然"视点,好比小我之外看见大我,于是不复固守一己之价值取向,由此进到"余忠于生命,今日目此生命为无知也"和"《莫须有先生传》是一笔流水账,可付丙",也就顺理成章了。悟的意义在于消融一端,归诸无限,无论这一端是什么;对莫须有先生和《莫须有先生传》来说,或许这个贯穿始终、交替呈现的不同于莫须有先生固有视点的视点更其重要。

然而对于参悟者来说,仅仅在参悟形式如《莫须有先生传》之中对自己有所怀疑,毕竟是不够的,仍然有将参悟者自己或参悟本身理想化的可能,那么就还是有所局限,谈不上消融一端,归诸无限。一切理想化均与悟无缘,所以禅宗讲"逢佛杀佛,逢祖杀祖"。由此置身参悟形式之外,进而怀疑这一形式,也就是废名在自序中所说意思:"我记得我兴高采烈地将此传写到快完时,我对于它的兴会没有当初那么好,那就是我对于莫须有先生渐渐失了信仰的一个确实的证据了。中间有一个时期,曾经想借用庖丁解牛的话,

'臣之所好者道也,进乎技矣',算是我对于莫须有先生的嘉奖,后来乃稍有踌躇,因为我忽然成了一个算命的先生那样有把握,不知道生时年月日,休想说吉凶,天下事情独打彩票你我倒实有几万分之一的希望,操刀没有十九年就不敢说庖丁先生的话。"从某种意义上讲,这番话较之最末一章"于是奇怪奇怪"云云,更是一个彻悟的态度。《〈废名小说选〉序》中说的"《莫须有先生传》计划很长也忽然搁笔",或许也与此有关。

《莫须有先生传》反映了作者思想进程的某一阶段;作为阶段结束与开始的标志,该书之于废名人生与写作的意义不容忽视。即如作者自己所说:"莫须有先生自《莫须有先生传》出版以后,久已无心写作了。"(《莫须有先生坐飞机以后》)这一状态的最终结果,则是周作人在《怀废名》中讲的"这以后似乎更转入神秘不可解的一路去了",而有《阿赖耶识论》一书的撰述,——在废名的全部创作中,与《阿赖耶识论》最具呼应关系的就是《莫须有先生传》了。

自己的书架

严歌苓的《第九个寡妇》

陈思和

作者介绍

陈思和,1954年生于上海,原籍广东番禺。中国当代文学批评家。复旦大学中文系教授、博士生导师,兼任上海市作家协会副主席,中国作家协会全委会委员,中国现代文学学会副会长,中国当代文学学会副会长,中国文艺学学会副会长等。有著作《陈思和自选集》《中国当代文学史教程》《巴金图传》《中国现当代文学名篇十五讲》《人格的发展——巴金传》《中国新文学整体观》等出版。

推荐词

作家惯长于记叙个人传奇而非家族故事,她把家族故事凝固在一个点上:守寡的王葡萄如何救护被判为死刑的公爹。

这一回读小说，我忽然想到了鲁迅先生的两句诗：梦里依稀慈母泪，城头变幻大王旗。这两句将慈母与大王对偶，似乎有些寓沉重于游戏的感觉。其诗首联分明纪实，接下来的颔联似在记梦，梦里依稀看见慈母在垂泪，问故，她指向那变幻多端的"城头"上，正插着戏台似的"大王旗"。然后颈联应是梦醒后想到现实的愤怒。是否可以这样理解，应该留给鲁迅研究的专家们去讨论，我在这里只是想说出一个感受，就是鲁迅梦中呈现的"城头变幻大王旗"的混乱与轻浮之象，反衬了垂泪慈母的雕塑般凝固的艺术力量。慈母让人联想到中国民间地母之神，她的大慈大悲的仁爱与包容一切的宽厚，永远是人性的庇护神。地母是弱者，承受着任何外力的侵犯，但她因为慈悲与宽厚，才成为天地间的真正强者，她默默地承受一切，却保护和孕育了鲜活的生命源头，她是以沉重的垂泪姿态指点给你看，身边那些沐猴而冠的"大王"们正在那儿打来打去,乱作一团。庄严与轻浮,同时呈现在历史性的场面里。

我以为鲁迅梦中的"慈母/大王"对应结构的意象,在中国社会变动中具有深刻的含义,普及开去,像《古船》《白鹿原》《故乡天下黄花》等新历史叙事作品,都未脱这样一个叙事的模式。其差异的主要标志是如何来认知"慈母之泪",真正发生艺术震撼力的重心也都落实在这里,而变幻多端的"大王旗"只是场面而已。张炜是比较能够理解此中三昧的,所以他把艺术叙事的重心确定在隋抱朴的苦读和冥想中,以隋(水)与赵(火)两家的风水轮回为轨迹,揭示出中国现代历史的独特悲剧。在刘震云的故乡系列里,"慈母"总是缺席的,作家站在草民立场上歪批三国,看历史乱哄哄你上我下,亦如鲁迅所嘲讽的:狐狸方去穴,桃偶已登场。草民的眼光是散乱的,在人生大戏台上,做戏的与看戏的都成了虚无党。这以后,以家族故事象征民间、铺张宏大历史叙事的历史小说并不少见,但家族的历史往往迎合了历史轨迹的演变而演变,民间与历史构成了一种同谋的关系,前者成了后者的注解。如《白鹿原》,便是其中典型的一例。

在这样的创作背景下阅读《第九个寡妇》，自然别有一番体味。作家惯长于记叙个人传奇而非家族故事，她把家族故事凝固在一个点上：守寡的王葡萄如何救护被判为死刑的公爹。从大的方面讲，这个传奇是发生在民间根基已被彻底铲除的那十几年的历史里；从小的方面讲，这个传奇是在毫无隐私可言的中国农村的寡妇门前发生的。一个死囚犯如何在农民的红薯窖里待上几十年？这段岁月正是中国农村纷乱复杂的历史阶段，几千年的小农经济模式被打碎，进而发生了乌托邦的大混乱。作者通过一个类似电影镜头的细节，葡萄总是紧贴着大地，从门缝下面往上看，看到的则是许多条肉腿匆忙而过，这种窥视还不止于在门缝里，有时发生在河边的芦苇丛里，看着杀人者的腿与被杀者的腿之间的替换演变。葡萄的窥探是贴着大地看世界的一种观察视角，从下往上看，固然看不清被看世界的真相，也不可能对此变幻取同情的理解，但是这是一种民间的立场和视角，是于山崩地裂而处惊不变的自然人生哲学。旌旗招展空翻影，在民间的视角里不过是一场场拉洋片似的龙套，与活报剧式的城头变幻大王旗有异曲同工之妙。严歌苓为了这部小说曾多次去河南体验生活和深入采访，故事的背景，也正是刘震云笔下的河南孟津，但她在刘震云的草民立场上更加进入一步，在民间的虚无缥缈的视线后面，创造出了一个民间的地母之神：王葡萄。

葡萄这个艺术形象在严歌苓的小说里并不是第一次出现，这是作家贡献于当代中国文学的一个独创的艺术形象。从少女小渔到扶桑，再到这第九个寡妇王葡萄，这系列女性形象的艺术内涵并没有引起评论界的认真的关注，但是随着严歌苓创作的不断进步，这一形象的独特性却越来越鲜明，其内涵也越来越丰厚和饱满。如果说，少女小渔还仅仅是一个比较单纯的新移民的形象，扶桑作为一个生活在西方世界的中国名妓，多少感染了一些东方主义的痕迹的话，那么，王葡萄则完整地体现了一种来自中国民间大地的民族的内在生命能量和艺术美的标准。她的浑然不分的仁爱与包容一切的宽厚，正是这一典型艺术形象的两大特点，"浑然不分"表现为她的爱心超越了人世间一切利害之争，称得上真正的仁爱。"包容一切"隐喻了一种自我完善的力量，能凭着生命的自身能力，吸收各种外来的营养，转腐朽为神奇。我将这种奇异的能力称之为藏污纳垢的能力，能将天下污垢转化为营养和生命的再生能力，使生命立于不死的状态。扶桑以东方妓女之身所造藏污纳垢的艺术意象，可以说是天作之合，但在王葡萄的身上，一切都来自生命本能，这就更加完善了藏污纳垢即生命原始状态的概念。王葡萄所经历的一切：丈夫被冤而杀害，公爹被错划恶霸地主而判处死刑，她接受了冬喜和春喜等权力者的暧昧关系……正如小说里土改队员看着她想：愚昧，需要启蒙哩。但知识分子视为需要被启蒙的民间对象自身包含了丰富而固执的伦理观念，根本不是什么外部力量所能够改造的。

小说的女主人公取名"葡萄"，以干燥的环境下生长出甜蜜多汁的果实，影射了主人公的女性体味，含有丰富的象征寓意。王葡萄是一个血肉丰满的农村妇女，她身上突出的特点是以女儿性与妻性来丰满其母性形象。前两种是作为女人的性格特征，而后一种则暗喻其作为地母之神的神性。小说的情节从葡萄以童养媳身份掩护公爹尽孝与作为寡妇以强烈情欲与不同男人偷欢之间的落差展开，写出了人性的灿烂。为什么一个童养媳出身的青年寡妇会冒死掩护死囚公爹？如果以民间传统伦理为其心理动机来解释未免失之于简单，同样的道德伦理在男女性爱方面似乎对葡萄毫无束缚。葡萄为掩护公爹而放弃与小叔结婚，公爹为媳妇的婚事而悄然离家，都有人性的严峻考验。但是当公爹出走，葡萄若有所失：她成了没爹的娃了。于是，最终还是女儿性战胜了一切，她把公爹又找了回来。但作家也没有刻意渲染她身上的恋父情结，而是把恋父情结升华到对父亲的无微不至的照顾，转化成伟大的母性。所以在葡萄的身上，作为儿媳爱护公爹与作为女性需要男人的爱两者是相统一的，都是出于生命的本原的需要，人类的爱的本能、正义的本能和伟大母性的自我牺牲的本能高度结合在一起，体现了民间大地的真正的能量和本质。

作为一个农村妇女形象与民间地母神的形象的合二为一，王葡萄的形象并不是孤立地出现在小说的艺术世界，也不是孤立地出现在中原大地上，小说里的民间世界是一个完整的世界，它的藏污纳垢特性首先体现在弥漫于民间的邪恶的文化心理，譬如嫉妒、冷漠、仇恨、疯狂，等等，但是在政治权力的无尽无止的折腾下，一切杂质都被过滤和筛去，民间被翻腾的结果是将自身所蕴藏的纯粹的一面保留下来和光大开去。葡萄救公爹义举的前提是，公爹孙二大本来就是个清白的人，他足智多谋，心胸开阔，对日常生活充满智慧，对自然万物视为同胞，对历史荣辱漠然置之。在这漫长岁月中他与媳妇构成同谋来做一场游戏，共同与历史的残酷性进行较量——究竟是谁的生命更长久。情节发展到最后，这场游戏卷入了整个村子的居民，大家似乎一起来掩护这个老人的存在，以民间的集体力量来参加这场大较量。这当然有严歌苓对于民间世界的充分信任和乐观主义态度，故事在一开始的时候就表明了，这个村子的居民有一种仁爱超越亲情的道德传统，他们当年能用亲人的生命来掩护抗日的"老八"，今天也能担着血海似的干系来掩护一个死囚老人的生命。严歌苓的创作里总有浪漫主义的美好情愫，那些让人难忘的场景总在拓展民间的审美内涵，如老人与幼豹相濡以沫的感情交流，又如那群呼之即来挥之则去的侏儒，仿佛从大地深处钻出来的土行孙，受了天命来保护善良的人们。葡萄把私生的儿子托付给侏儒族和老人最后在矮庙里独居的故事，或可以视为民间传说，它们不仅仅以此来缓解现实的严酷性，更主要的是拓展了艺术想象的空间，这也是当代作家创作中最缺少的艺术想象的能力。

乱花渐欲迷人眼

《彩虹》与毕飞宇的短篇小说

晓华 汪政

推荐词

我们曾对毕飞宇谈过在他身上存在着的,或者更确切地说是由他而联想到的现代短篇与中、长篇的区别,我们用了一个比喻的说法,如果将小说比成一条大河,那么长篇可以说是这条大河的全部,但它的生命的支撑是大河的潜流,那种使大河向前奔流的内在的力量;中篇可能浅一点,它讲叙着我们看得见的河水奔流的故事,但它不一定下潜得很深,大河最终要流向那里,就更不必太在意;而短篇则完全是水面的事,它显得轻灵、飘浮、感性,它关注的是水上的飘浮物。

毕飞宇是一个对短篇小说情有独钟的写作者，他对短篇的理解以及短篇在他手中的变化让人觉得两者之间似乎存在着某种隐秘的联系，短篇成了毕飞宇的短篇，毕飞宇的短篇这一个实体超越了短篇这一个形式的筐子而成了一种精神现象。

　　我们想，如果说"短篇精神"这个提法还有些道理，那么它起码应该包含两个层面，一个是作家熔铸在短篇中的一以贯之的精神指向，它的人文关注和价值理念，不妨借用现在流行的说法叫做短篇的"意义形态"。另一个就是与之密切相关的美学处理，它的叙述理念，它的"叙事形态"。其实，这两者是不可分割的，它们互为皮毛，一个不存，另一个也就无法附丽。我们曾对毕飞宇谈过在他身上存在着的，或者更确切地说是由他而联想到的现代短篇与中、长篇的区别，我们用了一个比喻的说法，如果将小说比成一条大河,那么长篇可以说是这条大河的全部,但它的生命的支撑是大河的潜流,那种使大河向前奔流的内在的力量;中篇可能浅一点,它讲叙着我们看得见的河水奔流的故事,但它不一定下潜得很深,大河最终要流向那里,就更不必太在意;而短篇则完全是水面的事,它显得轻灵,飘浮,感性,它关注的是水上的飘浮物,那些不知从哪里流来又向哪里流去的物件,那些小草与浮萍,那些天空、岸边物象的投射与倒影,至多,再写一点不知被什么激起的浪花。短篇就浮在这大河上,它依附于大河上,但似乎又与大河无关。毕飞宇短篇的叙事形态就充分体现了"河面"的特征,比如,它不追求完整有序的故事,完整有序的故事可能更应当由中、长篇承担,短篇小说不应当再给人们讲故事,如果如此,就不是现代短篇,而回到传奇、民间故事或话本与白话的时代和地盘。如果不讲故事,短篇的叙述由什么去支撑?讲故事是困难的,而不讲故事也未见得容易。因为这首先需要控制,从叙事学上讲,就是要将故事还原为"事件"。事件不等于故事,起码在时间的长度上有区别,故事与事件隐含着叙事态度上的区别,事件更加概略,琐屑,只求其有,不就其复杂,只求表象的东西,不求背后的因果链接。对事件的回忆与对故事的复述有相当大的差异,事件在回忆中呈现出的可能只是一些断片,一些印象较深的感性画面,它无法或无须去完成一个完整的叙述。

视点的控制与选择是一个方面,毕飞宇短篇小说叙事理念与叙事形态的另一个重要特征是它的"感性"。感性在毕飞宇小说中有三个棱面,第一个棱面其实与上面讲到的叙述的控制与选择有相当大的关系,毕飞宇关注的是人们的日常生活,是日常生活中的现象层面,毕飞宇小说感性的第二个棱面是叙述与描写的具体化、具象化,如果说我们前面的比喻是恰当的话,那么一个短篇必须表现出水面的全部的丰富性,提供我们生存世界的万象视听与光怪陆离。这对于短篇小说来说可能是一个考验,许多小说家,包括一些大师往往在这个问题上想不开,总是想或者说不得不将短篇小说收拾得干干净净,这确实是一个短篇小说的问题,在有限的篇幅里,小说家要做的事情实在太多,放进些什么,拿掉些什么其差别也确实太大。而毕飞宇毫不犹豫地认为鲜活而丰盈的经验叙述是一个短篇小说家不能放弃的选择,也正因为此,我们在他的作品中不断地读到相当新颖、甚至相当刺激的画面与细节。同时,我们明显地感受到,从这样的文字中读到的也不仅仅是场面、画面和细节,还有一个小说家的技术,语言的技术,它让我们获得了新的语言体验。这可以说是毕飞宇小说感性的第三个棱面,这就是他的语言"炫技",不可否认,毕飞宇在叙述上保持节制的同时有一种语言上的放纵,他常常在应该或不应该的地方"花里胡哨"地来这么几句,来这么几段,它们可能与被书写的对象有关,但也可能不太紧密,一种语言的创造的欲望奔腾在毕飞宇的小说中,使得他的作品流光溢彩,真的有一种"乱花渐欲迷人眼"的境界。

一个优秀的短篇小说家即使不再做什么,而只是留给我们一些难忘的片断和感性的记忆,就算是不错了。但事实上每一个短篇小说家都不愿放弃对意义乃至对形而上的追求,因为这将决定他作品的"意义形态"。有些小说家可能更看重这一面,似乎只有这一点才是他真正的精神世界与价值所在。在这个问题上,我们依然认为短篇小说也同样有着自己的疆域,仍然是有所为,有所不为的。在古代小说中,意义形态往往是外在的,是道德的说教,不管是中国的话本还是西方的十日谈之类。当小说迈入现代后,其抽象的哲学取向成为它们意义形态的支撑,这种风气至今依然。但存在不存在这样的认识：短篇小说的意义形态应当建立在其文体功能与小说家的个性的双重层面上？一些优秀的短篇小说家包括毕飞宇似乎就有这样的理解与认识：与叙事形态一样，短篇小说的意义形态与中、长篇也是有区别的。这并不是什么外在的规定或约定，但有一点显然是不辩自明的，完整的思想体系、清晰的意义梳理，显然不是短篇的强项。与短篇的感性相一致，毕飞宇短篇的意义形态偏重于某种感觉、状态与情绪体验，一些有意味的东西，它们更倾向于将此岸世界与彼岸世界结合起来。也许这些感觉、状态与情绪体验可以让人联想到许多形而上的问题。

因为有精神，所以对自觉的短篇小说写作者来说，每一个人在写作中的生命状态是不一样的。毕飞宇是一个在短篇创作上文体感极强的作家。他的短篇一般篇幅不长，叙事干练，但却从容镇定。一般来说，短篇小说轻盈、机巧、单纯、集中，应该说，毕飞宇的短篇都如教科书的典型例证样具备这样的属性，但是在他的作品中，这些属性又时时让人意识到它们的对立面：沉重、朴素、浑然与复杂。我在读毕飞宇的短篇时，总感受到一种较量，甚至搏杀的气氛。毕飞宇好像总在与一些东西，包括与自己过不去。他要在有限处追求无限,在狭小处追求阔大,在轻浅处探寻深重。对于短篇来说,限制是天然的,于是,他只能殚精竭虑,用尽短篇的所有资源榨取几乎极致的审美利润。他是我见到的当代作家中杰出的短篇成本管理高手之一。

因为比较关注毕飞宇的创作,所以难免产生许多想法。我们不妨通过他的近作《彩虹》的构成去做一些具体的解读与印证。这篇作品来得易也不易。因为自《地球上的王家庄》(2001)以后,就再也没有看到毕飞宇更新的作品了,所以,读到他的《彩虹》,未免有些吃惊。据作家本人说,这篇东西在手里已放了一两年了,只是有些环节处理得不尽如人意,才搁到今天。情形常常就是如此,一部作品可以写很长时间,但它的真正完成也可能就是刹那间的事,如云雨初霁,彩虹乍现。

从故事层面看,《彩虹》是再循规蹈矩、安分守己不过了,一点野心也没有,就写日常,写生活中的一个片断,杯水波澜。人物也很简单,真正上了舞台的,三个角色而已。一对退了休的大学教师,住在高层公寓,妻子不小心摔了腿,动弹不得,老夫妻俩大部分时间只得窝在房子里;邻家有一小男孩,父母经常在外做生意,让他一个人留在家里。

偶然间,老头子在阳台上看到了小男孩,于是有了几次并不是太成功的交往,这就是小说的叙事主干。

主干只不过是个依托,关键是如何去使它鲜活、丰沛、饱满,枝叶繁茂,青翠欲滴。它首先需要处心积虑的安排与铺垫。短篇是细致的艺术,近距离的艺术,容不得半点瑕疵。长篇可以马虎一点,甚至应该粗放一点,有那么一点磕绊、欠缺,才显得大气、疏朗,过分的绵针密线反而小气、做作。短篇不行,就这么一小块,如果还弄得东倒西歪,就不成样子了。所以,毕飞宇要让这对大学教师上了年纪退了休,要让这对夫妻儿孙满堂却一个不在身边,要让一个不小心碰了腿上下楼不方便,再让他们虽然住上高层有了电梯却没了下楼的兴致,又让邻家男孩的父母去做生意,再让小男孩记了太多的训诫轻易不出门,更不让人进门。于是,老铁才有了到"地球上走走"的豪言,但却成了空想,于是他才会拿起望远镜,他才会注意邻家的小男孩,他才会吹起肥皂泡,才会为孩子的举动牵挂,也才会把孩子的造访搞得那么夸张、庄重。这些铺垫、安排,使人物的行动成为必然,而真正必然的是人物的心理动因。

当这些大关节都有了之后,重要的就是那些细节了。

小说之"小"全在细节。现在的小说到了细节全面匮乏的时代，叙述也正取代描写，我觉得这对短篇小说而言是不可思议的。小说的要害之一是对时间与空间关系巧妙、均衡的切割与重构，优秀的小说家确实应该是称职的导演与摄影师，他知道什么时候应该让作品一路前行，追逐故事的节奏，让时间来主宰；什么时候又应该停下来，使风景与场面占满画面，把作品让给空间。前者是叙述，后者是描写。犹如逛街，前者是溜达，走过一处又一处，而后者则是驻足观察。因此，小说不可以全是时间，一路狂奔，它必须时不时地停下来。尤其是短篇，它的时间是有限的，真正使它丰满的是空间，是空间里生动的细节描写，正是在这一点上，显出作家的趣味、力量、经验资源与想象的本领。《彩虹》夸张一点说，就成功在细节上。一些细节实际上构成了小说的魂，比如老铁给妻子买的"四只石英钟，把时间分别拨到了北京、旧金山、温哥华和慕尼黑，依照地理次序挂在了墙上"。即使在叙述时，毕飞宇也不忘把一些细节镶嵌上去，看上去好像漫不经心，其实大有深意，如说外孙女，"是一个小杂种，好看得不知道怎么夸她才好，还能用简单的汉语骂脏话，都会说'妈妈×'了。可爱极了。小东西是个急性子，一急德国话就冲出来了，一梭子一梭子的"。这不仅仅是虞积藻待在床上学德语的动因之一，那种语言之间的鸿沟同时也是作品意义的核心元素。当然，还应提到小说结尾小男孩的一句话，他说老铁家的时间坏了。现在早不说什么点睛了，这句话还就是点睛。

当作品被这些细节充盈之后，那种精气神就出来了，生气灌注，通体明亮。我们在小说的最后一个细节上反复流连，北京、旧金山、温哥华、慕尼黑，对一个孩子来说，这一大堆指向不一的时钟摆在一起，可不就是时间坏了么，然而，对老铁夫妇来说，坏的仅仅是时间？他们劳碌一生，所得是什么？功名？学问？桃李？还是儿女？儿女是他们的骄傲，但当小棉袄一般的小女儿六年前"就姓了弗朗茨"，外孙女自然是一口德语时，那儿女福又在哪里？起码的沟通都成了困难！老夫妻俩被这一句击中了，他们肯定想了很多，为什么老铁那么急于与一个稚气的孩子交朋友，为什么孩子来了他们那么欣喜、忙乱、小心翼翼？到地球上去是不可能了，但阻隔他们的又岂止是腿疾、高楼和一道道的防盗门。这还只是从老夫妻俩的角度去讨论的，换到小男孩儿难道不是如此，他为什么百无聊赖地舔着玻璃，又为什么冒着那么大的风险进入陌生人的家,他凭什么从小要听从那一大堆不许这样不许那样的训诫?这是一个有点悲喜剧味道的作品,它是那么温暖,二十九层楼上,一对老人,一个小男孩,片刻的相濡以沫;但它又让人疼痛,为老铁的苦心孤诣,为虞积藻远方的思念,也为小男孩还未曾意识到的孤独落寞。这是这个世界的象喻。

是的,好的短篇最后总会让人们想到世界,想到自己,感到欣喜,或不安。

微型小说的道德主题与悬念设置

以郑若瑟的《情债》为例

古远清

作者介绍

古远清,1941年生,广东梅县人。1964年毕业于武汉大学中文系。中南财经政法大学教授,台港澳暨海外华文学研究所所长,国际炎黄文化研究会副主席,华中师范大学博导评委,中南财经政法大学中文系世界华文文学研究所所长。有著作《中国大陆当代文学理论批评史》《台湾当代文学理论批评史》《香港当代文学批评史》《诗歌修辞学》《诗歌分类学》《海峡两岸诗论新潮》等出版。

推荐词

"文化大革命"至今仍活在某些人的头脑中。现在许多年轻人,均不知道"文化大革命"为何物,"四人帮"是哪四个也答不上来,这种"集体遗忘症",是很可怕的。因为忘记过去,就意味着背叛。更重要的是"文化大革命"是一种封建文化,它的生长土壤至今仍然肥沃,因而有必要通过各种文艺形式把"文化大革命"的荒谬性及其危害性揭露出来。

谈到东南亚的微型小说,郑若瑟是一位不可忽视的作家。据笔者的观察,像他这样高产且专心写作的并不多见。他前后出版了四本以"情"字命名的微型小说,即《情解》《情哀》《情味》《情结》,最近又由香港获益出版公司出版了《情债》。

然而,吊诡的是:这样专门创作微型小说的作家,却未曾写过一篇有关微型小说的理论文章。每次在东南亚各国举办国际研讨会,他都参加,主持者都会请他代表泰国发言,可他总是把时间留给别人。没有作家的创作自白作参考,笔者只好根据文本说话,就作品论作品。

郑若瑟微型小说的选材,主要有两方面:一是来自中国大陆生活。如《换人》写在天天喊万岁的年代里,一位出身不好的青年如何受到"红五类"欺凌:只许规规矩矩,不准乱说乱动。即使谈恋爱,也要让"红牌出身"的同学领先。

郑若瑟以"文化大革命"为题材的作品,不论在中国还是在东南亚,均有一定的现实意义。从历史学的角度看,"文化大革命"早已进入了博物馆,然而作为一种精神文化现象,"文化大革命"至今仍活在某些人的头脑中。现在许多年轻人,均不知道"文化大革命"为何物,"四人帮"是哪四个也答不上来,这种"集体遗忘症",是很可怕的。因为忘记过去,就意味着背叛。更重要的是"文化大革命"是一种封建文化,它的生长土壤至今仍然肥沃,因而有必要通过各种文艺形式把"文化大革命"的荒谬性及其危害性揭露出来,以让世人警惕某些"文化大革命"现象或余秋雨式的"文化大革命"人物卷土重来。

郑若瑟的微型小说另一类是以泰国故事为背景,时间落在当下的曼谷社会。它们主要取之于作者从商的生活经验和对各种社会现象的观察。如《缘分》写出生在泰国第三代的伟洛和单身女人因买卖"陶豪"而引发的故事。《欠债》所写"驾轿车,摆阔气,捐款侨团,买理事长名衔",也不是发生在中国的社会现象。这类作品说明作者的精神虽然属于"文化中国",但由于作者已融入当地社会,完成或正在完成从华侨到华人身份的转换,故它不但与中国微型小说有所不同，而且与入籍国的友族文化也和而不同。这表现在作者用汉语写作，而非用泰文创作；虽然用汉语，许多篇章写的却是发生在中国以外的故事，反映的是居住国的生活状况和民俗风情，还适当掺和了诸如"陶豪""祸拿阉"的泰语，故又不等同于中国文学，而是地地道道的海外华文文学。

郑若瑟根植于泰国生活的微型小说，所传达的信息不限于《欠债》所写的现代版东郭先生和狼的故事。就其道德教化功能来说，叮分为四类：

一是教育人们不要赌博，要凭自己的真本事赚钱。如《有救么？》写颂猜因为赌球，爱妻不原谅他而离家出走。她走后，约束更少，颂猜赌得更厉害，居然幸运地赢了上千万，可祸从福中来。赢了大把后因讨赌债被债主枪击成重伤。这篇小说不雷同他人在于写主人公不是因为赌博而害得倾家荡产，而是因为赌赢了产生了意想不到的悲剧。由此可见赌博是一把双刃剑，无论是输赢都很难给人带来幸福，甚至还可能惹上杀身之祸。郑若瑟是有使命感的作家，他深知小说教化的作用，但这教化作用不是通过说教而来，而是从曲折的故事情节中流露出来，由此做到寓教于乐。

二是教育读者为人要坦诚，要诚实，切不可看风使舵，投机钻营。《占便宜》写牛连法不靠勤劳而靠"偷工减料，克扣拖欠工人工资，拖欠建材公司买货款从中取利"而发家致富。可就是这样一位聪明过头的人，到后来"聪明反被聪明误"，被他的至交董换名暗算，自己和家人的大批会头钱落得血本无归，这真是赔了夫人又折兵，其不义之财也得到报应。作品中写的"月兰会"以及用高利息请君入瓮的手法，均写得活灵活现，十分自然。在泰国生意场中，像牛连法这样的掮客不算少数，由此可见这一形象的典型意义。

三是教育读者做人不要势利。处理复杂的人际关系，绝不可以"官本位"作为准则。《她是谁》写一位仗势欺人的局长，在还不知道护士的家庭背景之前，盛气凌人地说"你把那个护士叫来，我要把她撤职"，可一旦得知她是党委书记的女儿时，立即换了一副表情，前后判若两人。"官本位"，是一种落后的封建文化，不仅在中国存在，而且在东南亚各国也多有渗透。批判这种文化，对建设现代的文化人格，无疑有一定的意义。

四是教人要有孝行，要回报年迈的双亲，而不应忘恩负义。《润雨》写一位父亲无微不至地关怀被电击伤的孩子，"恨不得把爱儿的痛楚移在他身上"。他甚至说："只要医好儿子,自己就是死了也不悔。"同房的"他"看了后深受感动,由此反省自己"对没有给他传下财富的老父亲看得有点碍眼,有时甚至见解不同发脾气,声大不尊,父亲唯唯,不敢吭声,自己还没有消气"。这篇小说的对比手法用得比较成功。潮谚"厝檐水点点滴滴"的运用,也增添了作品的地域色彩。

郑若瑟微型小说的道德主题还可以归纳出一些,但从以上四点中,已可看出郑写微型小说时不但在娱乐自己,也在娱乐别人,并在娱乐别人时开导别人如何正确对待生活,对待事业,对待家庭,如何待人接物和为人处世。

郑若瑟同时又是很注意经营叙述结构的作家,尤其注意悬念的运用。这里讲的悬念,中国古代章回小说俗称"扣子"。所谓"扣子",就是在情节发展中系上一个"结"。这个"结",能造成一种"弓满欲发"的紧张情势和"引颈相望"的期待,使读者对故事情节发展的趋势和主人公命运的归宿的可能性,产生出一种异常关注的心理状态。在微型小说创作中,作家们常用这种"扣子"使情节发展出人意料,人物性格鲜明突出。

写悬念,系"扣子",必须首先向读者交代故事发生的时代背景、人物活动的典型环境,以及中心事件的主要线索和人物之间的关系,以便为制造悬念打下基础。《换人》便做到了这一点。作品一开头,就交代了创生因写"反动口号"而坐牢。这"反动口号"四字,便使人联想到这故事发生在抓"思想犯"的中国大陆,发生在以阶级斗争为纲的年代。不过,创生是冤枉的。他最后能获释或平反么?作者一直对此事秘而不宣,以便读者为主人公的未来命运担忧,为其爱情的结局担忧,为其能否过上好日子焦急,由此造成"使人想不到,猜不着"的情势,形成曲折多变的情节,以利于悬念站住脚。

运用悬念必须不违背生活常识。如果违情悖理,读者就不愿意再跟从作家在他创造的艺术境界中流连。郑若瑟刻画人物时很注意这一点。他运用悬念与那种脱离主题、脱离人物、脱离生活而追求曲折离奇的情节有本质的不同。就拿他在《缘分》中写的伟洛来说,他的"王老五"生活到了尽头的可能是完全存在的。一是单身女人卖陶豪是因为她与伟洛的表妹有金钱上瓜葛,她做这一笔买卖是为了筹钱打官司。二是在闲谈中得知这个单身女人的生辰八字与伟洛不谋而合。这种外在和内在的机遇结合在一起,便构成了这对男女的缘分，而一直相信缘分的伟洛自然对此不存怀疑，这便可以预见伟洛的独身生活有改变的希望了，由此读者便随着悬念的获释和主人公一样感到柳暗花明又一村，从而取得了疑而后信、惊而后喜的艺术效果。

运用悬念必然要写释念，这是矛盾对立的统一。悬念是引人入胜的艺术手段，释念是说明问题的真相，使读者产生"原来如此""顿开茅塞"的感觉。如果为了卖弄噱头，耍弄技巧，只写悬念不写释念，只留"扣子"不解"扣子"，必然会故弄玄虚，叫人丈二和尚摸不着头脑。不过，这对矛盾的统一并不是无条件的。《换人》中写的囚犯之所以会由创生换成陈机，是因为作者事先埋了伏笔，为释念作了铺垫。创生坐牢原就是一个冤案，是陈机为了搞掉情敌而陷害对方。陈机后来被捕是因为他犯了诬陷罪，故这篇小说的悬念"悬"得出人意料，"释"得入人意中。

"长虹也觉直无味，故曲腰肢让人看。"情节处理最忌"直无味"。一般说来，像巷子里赶猪直来直去的情节，是缺乏艺术魅力的。运用悬念，可以弥补这一缺陷。不过，运用悬念要视内容的需要而定，特别是"扣子"要"扣"得紧，"系"得妙。如果"扣"得松松垮垮，不能造成凶吉未卜的局面，一种祸福难测的趋势，一种难以处置的困境，那就是败笔。《换人》没有这种毛病。它之所以成功，就在于"换人"到底是换谁这一谜底未揭开之前，作者布满了疑阵，用了一系列的曲笔渲染，把读者引进了作品描写的境界，使读者也深信创生有可能把牢底坐穿。而一旦条件成熟，作者便拨开迷雾，径直揭底，使读者释疑团而后快，感到"山重水复疑无路，柳暗花明又一村"！

悬念这一技巧的运用，说到底是为刻画人物的内心世界和精神面貌这一目的服务。创生出狱这一悬念的获释，就收到了一举三得的效果，它写出了创生的善良，陈机的阴险以及"我"对友谊的忠诚和富于同情心。作者用"审问"灵魂的方法，把陈机落井下石的丑恶灵魂揭露得入木三分，从而使读者看见"唯成分论"的荒唐并顺便给那个制造"极左"思潮的"四人帮"锐利的一击。

在如何形成悬念，让事件的组合关系吸引读者方面，郑若瑟也用了各种不同的方法：

一是荒诞设悬。如《换偶》写的离奇故事，以常理论是不可能两对夫妇换配的，但按实际情况，为摆脱被指控的尴尬局面只好这样做。这种歪打正着的做法，正好躲避了被复仇者告上法庭的纠缠。在别无良策的情况下，这种荒诞的换偶设悬，便在读者大开眼界中认可。

二是倒置设悬。如《换人》打破正常秩序，把被告换成原告，把企图诬陷别人的陈机绳之以法，这就出乎读者意料之外，却又合乎情理之中。

三是连环设悬。如《奇案》所写的巫壮与妻子商量借种生子时，却各怀鬼胎，一个悬念扣着一个悬念：巫壮真的肯把自己的老婆"租借"给他人吗？巫妻到底是想借种生子，还是想追求别一种偷情生活？钟捷是为了帮朋友传宗接代，还是想与朋友妻保持情人关系？巫妻后来所生的男孩，其父到底是谁？这种一环扣一环的设悬，使读者阅读时欲罢不能，达到一种奇特的效果。

四是隐形人设悬。如《润雨》中没出现的"他"的父亲，是一个关键人物。作品没有具体展开写这位父亲如何喜爱儿子，也未具体写到"他"如何对老父声大不尊，为什么事情而发脾气。这种虚写手法，为的是节约笔墨，使微型小说真正做到微型。

五是复沓回旋设悬。如《出路》写一位硕士生，在金融公司工作，月薪五万。经济风暴后，公司关门，他当了送货司机，工资下降为月薪八千。后来又变成餐馆服务员，工资更低。这种相似或相同形式发生冲突的设悬法，加强了作品的吸引力。它给读者的启示是："遇境而当，若一味苦等适合的职业，就似坐以待毙，倒不如自寻出路。"

综上所述，郑若瑟微型小说的悬念设置法形式多样化，色彩纷呈，风格各异。相信郑若瑟在今后的创作中，还会登上一个新台阶。笔者和读者对他完全有理由有更高的期待。

用散文化的笔法　　描绘生活的本色

读汪曾祺的《大淖记事》

魏家骏

作者介绍

魏家骏,江苏省淮阴师范学院中文系教授。

推荐词

《大淖记事》写的是原汁原味的原生态的里下河水乡文化。说它"原汁原味",说它是"原生态",是说作家没有停留在对一个很曲折、很温馨、很浪漫的底层劳动者的爱情故事的叙述上,而是以散文化的笔法描绘出生活的本色,那是苏北里下河地区的劳动者的全部生活方式。而这里所说的"文化",是指作为一种习得与传承的生存方式、生活方式、行为方式和情感方式,而其核心则是价值观念。

我觉得在短篇小说艺术领域中,《大淖记事》真是称得上"精彩"二字。

写出《大淖记事》这样的短篇是需要艺术功力的。20世纪是短篇小说艺术大发展的时代,从19世纪后期开始,在短篇小说创作中就已经出现了一批世界级的艺术大师,普希金、莱蒙托夫、果戈理、屠格涅夫、列夫·托尔斯泰、契诃夫、莫泊桑、梅里美、马克·吐温这一系列闪光的名字,连同他们的那些优秀作品,留存在我们的文学记忆里,把他们的养分渗透进了20世纪的文学沃土之中,进而形成了短篇小说艺术的基本规范,并且在20世纪的小说天地里催生出了新的艺术奇葩,让我们拥有了新的文学星空。于是,到了20世纪,又出现了一批新的短篇小说的巨匠:杰克·伦敦、欧·亨利、海明威、高尔基、卡夫卡、川端康成、博尔赫斯,直到中国的鲁迅、茅盾、张天翼、艾芜、沙汀、沈从文、孙犁、赵树理、张爱玲、茹志鹃、高晓声,一样地可谓是群星璀璨,名篇纷呈,好评如潮。他们每一篇新作的问世,几乎都伴随着对既有的艺术规范的突破和新的艺术表现形式的独特创造。而到了20世纪80年代,中国文学又进入了一个复兴的时代,汪曾祺的小说在这样一个时代进入人们的视野,成为当年最抢眼的作品之一,其艺术创造的价值自不待言。经过跨世纪的时间淘洗,他的那些闪耀着艺术光彩的篇章,作为20世纪中国短篇小说最重要的收获,仍然不断被重提,其中当然包含了这篇可谓短篇中之精品的《大淖记事》。

原生态的里下河水乡文化

《大淖记事》写的是原汁原味的原生态的里下河水乡文化。说它"原汁原味",说它是"原生态",是说作家没有停留在对一个很曲折、很温馨、很浪漫的底层劳动者的爱情故事的叙述上,而是以散文化的笔法描绘出生活的本色,那是苏北里下河地区的劳动者的全部生活方式。而这里所说的"文化",是指作为一种习得与传承的生存方式、生活方式、行为方式和情感方式,而其核心则是价值观念。这里需要特别加以说明,许多批评家在评论汪曾祺的小说时,通常会说他笔下所写的是江南水乡生活,这是不够准确的。因为汪曾祺的家乡江苏省高邮市(以前为县,现为县级市)位于长江以北,在京杭大运河的岸边,属于苏北里下河地区,是里下河水乡,并不是江南水乡。这里的生活状况与江南水乡不可同日而语,风俗习惯也有很多差异。

汪曾祺对自己的小说有这样的自评:"我的小说的另一个特点是:散。这倒是有意为之。我不喜欢布局严谨的小说,主张信马由缰,为文无法。"(《汪曾祺短篇小说选·自序》)《大淖记事》并非没有故事,只是小说家没有按照常规的小说写法那样去讲述。汪曾祺曾经明确地表示:"我不喜欢结构痕迹太露的小说,如莫泊桑,如欧·亨利,我以为散文化是世界短篇小说发展的一种(不是唯一的)趋势。"按照我的理解,汪曾祺融合了我国传统意义上的小说的两种写法——笔记体和传奇体——来描述某种生活的情状、形态,有故事,却又不是单纯地叙述故事。"小说,小说,从小处说。"对《大淖记事》来说,就是以笔记体小说的笔法,写出生活在大淖边人们的衣食住行,让读者真切地感受到那种无拘无束、自由任性的水乡生活。

大淖东头的人家住的是草房,"茅草盖顶,黄土打墙,房顶两头多盖着半片破缸破瓮,防止大风时把茅草刮走",这大概是只有那个时代、那个地区的人才会有的印象。秋天到了,大淖边的茅草全都枯黄了,他们就去割了来加到自己的屋顶上。他们吃的是"脱粟的糙米。一到饭时,就看见这些茅草房子的门口蹲着一些男子汉,捧着一个蓝花大海碗,碗里是骨堆堆的一碗紫红紫红的米饭,一边堆着青菜小鱼、臭豆腐、腌辣椒,大口大口地在吞食。他们吃饭不怎么嚼,只在嘴里打一个滚,咕咚一声就咽下去了"。他们谋生的特点在他们穿的衣服上也表现得十分明显,"因为常年挑担,衣服的肩膀处易破,她们的托肩多半是换过的。旧衣服,新托肩,颜色不一样,这几乎成了大淖妇女的特有的服饰"。他们的娱乐方式也很特别,逢年过节聚在一起赌钱,赌具也是钱,打钱,滚钱;锡匠们遇到阴天下雨,不能出街,便留在屋子里唱叫做"小开口"的戏,可以坐唱,也可以化了装彩唱,可以吹打弹唱一整天,引得附近的姑娘媳妇都挤过来看,来听。他们过着贫穷中蕴藏着自信、辛劳中不乏快乐的生活,在满足于匮乏的物质生活的同时,也保持着充分的精神自由。

与此同时,汪曾祺也发掘出了这种原生态文化的美的内涵。这里的姑娘媳妇虽然生活在贫困之中,艰难的物质生活和辛苦的体力劳动也并没有泯灭了她们的爱美之心:"这些'女将'都生得颀长俊俏,浓黑的头发上涂了很多梳头油,梳得油光水滑(照当地说法是:苍蝇站上去都会闪了腿)。脑后的发髻都极大。发髻的大红头绳的发根长到二寸,老远就看到通红的一截。她们的发髻的一侧总要插一点什么东西。清明插一个柳球(杨柳的嫩枝,一头拿牙咬着,把柳枝的外皮连同鹅黄的柳叶使劲往下一抹,成一个小小球形),端午插一丛艾叶,有鲜花时插一朵栀子,一朵夹竹桃,无鲜花时插一朵大红剪绒花。"就地取材,因时制宜,色彩鲜明,简洁明快,她们没有那种时尚的装饰品,却有着最具时尚的审美眼光。她们的劳动也有着最简洁鲜明的美感:"一二十个姑娘媳妇,挑着一担担紫红的荸荠、碧绿的菱角、雪白的连枝藕,走成一长串,风摆柳似的嚓嚓地走过,好看得很。"不但姑娘媳妇的劳动具有美感,男人的劳动一样具有力量、勇气和灵巧所形成的美感,你看写挑夫黄海蛟的那一段:"这地方大粮行的'窝积'(长条芦席围成的粮囤),高到三四丈,只支一只单跳,很陡。上高跳要提着气一口气窜上去,中途不能停留。遇到上了一点岁数的或者'女将',抬头看看高跳,有点含糊,他就走过去接过一百五十斤的担子,一支箭似的上到跳顶,两手一提,把两箩稻子倒在'窝积'里,随即三五步就下到平地。"

在这个底层劳动者的群体中,人们相互之间还以质朴的方式表达着正派的生活态度以及协作、友爱和宽容的民风,他们真切地同情弱者,尽其所能地给他们力所能及的帮助。老锡匠管教他的徒弟不许赌钱喝酒,嘱咐他们出外做活要童叟无欺,手脚要干净;不许和妇道嬉皮笑脸。小锡匠被打以后,他领着一帮锡匠上街游行,"顶香请愿",真正实践了他们不要惹事也绝不要怕事的处事原则。为了给小锡匠养伤,东头的几家大娘、大婶杀了下蛋的老母鸡,给巧云送来;锡匠们凑钱买了人参,熬了参汤。《大淖记事》就这样以朴素的内涵,描述了民间生活中的人情美和人性美。

汪曾祺在小说里是把生活在大淖周边的底层劳动者作为一个社区性的亚文化群体来描写的,他反复强调,这里的人与城里人不一样——尽管只有一箭之遥。

> 这里的一切和街里不一样。这里没有一家店铺。这里的颜色、声音、气味和街里不一样。这里的人也不一

样。他们的生活，他们的风俗，他们的是非标准、伦理道德观念和街里的穿长衣念过"子曰"的人完全不同。

老锡匠经常告诫十一子，不要和此地的姑娘媳妇拉拉扯扯，尤其不要和东头的姑娘媳妇有什么勾搭："她们和我们不是一样的人！"

因此，街里的人说这里"风气不好"。

到底是哪里的风气更好一些呢？难说。

那么，他们与相隔不远的街里那些穿长衣念过"子曰"的人究竟有什么不同呢？他们没有接受过儒家礼教的教育与熏陶，却按照民间最质朴淳厚的生活原则，没有任何伪装地、自由地爱着与恨着，正如正义和良知不会随着时代的更迭而消逝一样，这里的生活哲学既是古老的，也是现代的；既是违反社会的普遍习俗的，却又是最符合人性、符合自然法则的。《大淖记事》就在这种贫困线上挣扎着的诗意化生存中，诠释着文学的永恒主题。

情节后置：汪曾祺式的小说结构

一般论者在论及汪曾祺的短篇小说艺术时，普遍赞赏他的散文化的技巧。但是，应该说，《大淖记事》也是有一个很不错的故事的，如果换一种写法，也许还具有很曲折的情节。汪曾祺自己就说过，"有人说，我的某些小说，比如《大淖记事》，稍为抻一抻就是一个中篇。我很奇怪：为什么要抻一抻呢？抻一抻，就会失去原来的完整，原来的匀称，就不是原来那个东西了。"可见，这不是有没有故事情节的问题，而是写法的问题。

汪曾祺只是打破了小说的一般写法，他没有直接从故事情节切入，而是从环境切入，于是小说的开头就不再是一般小说的所谓情节的开端。我们来看《大淖记事》的整体结构的安排。第一段是写大淖，并且引出大淖边的轮船公司作为方位的标记。第二段和第三段分别写轮船公司东西两边的居民区：西边是低矮的瓦屋，住的是外地人；东边是草房，住的都是本地的挑夫。到第四段，又由第三段的挑夫，引出了父亲黄海蛟和女儿巧云。在这一段的结尾，才有了一点情节的进展：十一子救了巧云。而且，小说的叙述到这里又卖了一个关子：有个人拨开了巧云家的门。应该说，小说写到这里就开始"有戏"了。这个人是谁呢？却又暂且按下不表。到第五段又转入写水上保安队，于是顺理成章地交代出了拨开巧云家门的就是水上保安队的刘号长。此后,刘号长策划殴打十一子,老锡匠领头游行,要求严惩刘号长,才使小说的情节进展得越来越快。

我们可以设想,这篇小说并非完全不可能采用一般小说的常规写法,小说家也完全可以在小说的开头,就直接进入情节性的动态叙述,即从人物的行动切入,写巧云的身世和十一子的朦胧恋情,把小说的第四段作为小说的开头,而把现在小说的大量背景叙述穿插在叙述过程中,岂不是一样能成为一篇很像样子的小说?由此看来,《大淖记事》的叙述特点在于小说的开头从环境着墨,慢慢地引入故事的正题。所谓"散文化",也就是指它不合小说的常规写法,从情节入手,而是用小说近一半的篇幅,仔仔细细地描述大淖周围的环境,而把小说的故事放到篇幅近半的时候来叙述。

我以为,这就是汪曾祺小说的最重要的特点,我把它叫做"情节后置"。这种情节安排的主要特点是,从静态的环境或人物描写入手,而不急于进入情节的进展,也就是说,在对故事的背景做了充分的描述以后才开始叙述故事。只是在小说的篇幅到了一半以后,情节才逐渐明朗,叙述的节奏也开始加快。除了像《大淖记事》这样从环境入手,《岁寒三友》《八千岁》就是先分别描述一个一个主人公,然后几乎是对小说篇幅过半的时候才开始加速讲述故事。这种写法使人想到赵树理,以前赵树理也会采用这样的写法,如《小二黑结婚》开头就是从刘家峧的两个"神仙"着笔的。但与赵树理比起来,汪曾祺不像他那样注重后来的情节那么曲折和引人入胜,而是把人物最重要的行动放到小说的最后部分,结构相对比较紧凑,从读者的阅读心理来说,由于前面对人物的描写已经比较充分,后面的动作性情节虽然进展得比较快,也不会让人感到急促和突然。而且,值得注意的是,虽然小说的开头几乎看不出情节如何进展,小说的叙述也好像是静止的非情节因素,其实又都是从情节的预设出发的,从而为情节的进一步展开作铺垫性的交代,而不至于在情节的发展过程中会突然冒出一个人物来。比如说,《大淖记事》开头几段写到的黄海蛟、卖眼镜的宝应人、卖天竺筷的杭州人,到县长出面召集有关人等来谈判解决刘号长打人的问题时,就都派上了用场,这就显出了他在小说开头所显示的"散",并不是真"散",汪曾祺把这种写法称之为"苦心经营的随便",从而更显出匠心独具,刻意经营。

  汪曾祺的这种"情节后置"的写法,颇类似于美国著名的短篇小说大师欧·亨利（尽管汪曾祺不喜欢欧·亨利），欧·亨利的小说几乎都是在结尾的地方出现奇迹般的转折，在出乎读者意料之外的地方结束，因此人们把这样的结尾方法称之为"欧·亨利式的结尾"。欧·亨利的小说始终扣紧小说情节的编织，而且总是在一开始就进入动作性很强的叙述，在小说的开头就预设了许多伏笔，在结尾的地方陡然转折，造成奇特的效果。汪曾祺却不像欧·亨利那样，他也并非不注重故事的"奇"，他在感受生活的时候，就已经注意到生活素材中"奇"的一面，只不过这种"奇"不在于过程的曲折离奇，而是主人公在关键时刻所做出的特殊的有别于常人的行为举动：巧云为了挣钱给十一子养伤毅然去做挑夫；靳彝甫在朋友急需帮助的时候，断然决定把自家珍藏的田黄石卖掉，救人急难（《岁寒三友》）；八千岁被无端地敲诈以后，决心不再俭省（《八千岁》）。作为故事，小说的情节发展过程并不曲折，但情节却在最关键的地方戛然而止，在情节的急转中，给人物的塑造添加了最光彩的一笔，写出了人物性格的另一面或者说是复杂性，人物的性格也在这里显露出夺目的光彩，也给读者留下更多的回味。

对戏剧表现手法的借鉴

众所周知,汪曾祺是一位资深的戏剧家,他曾经作为主要执笔者参与了现代京剧《沙家浜》等剧本的改编与创作,进入20世纪80年代才开始把主要精力集中在小说的写作上。我们从《大淖记事》里也可以隐隐约约感觉到,他把戏剧的表现手法引进了小说的写作,使小说的叙述显得格外简洁明快。

我们说《大淖记事》借鉴与吸收了戏剧的表现手法,是因为戏剧艺术中戏剧冲突的组织、情节的集中、场面的选择与转换、人物的对话这些基本的要素,在《大淖记事》中都有非常巧妙地运用。

我们不妨把《大淖记事》看成是一个剧本,来看看作家怎么来编这出"戏"。

首先,我们把小说的第一段至第四段的前半部分,看成是一般剧本开头的"地点"或者是"布景",为戏剧情节的发展提供一些必要的背景——外乡做生意和做手艺的人聚居的西边一丛人家,和本地以挑夫为主的东边一丛人家,于是同时也就像剧本的开头一样,介绍了一些主要人物和次要人物(当然不会是全部)。甚至还可以说,小说开头的第一段就是电影的表现技巧"空镜头",营造出了浓郁的大淖边特有的生活氛围和生活气息。

其次，对戏剧来说，最重要的是需要有一个带有传奇性的故事（明代的戏剧就是叫做"传奇"的），作为戏剧情节的内核，也就是戏剧家所说的"戏胆"，有了这样的故事，才能组织好剧中人物的矛盾冲突，而且也就区分出了正反面的人物。应当说，这些在《大淖记事》里都具备。巧云妈的身世、小锡匠与巧云的爱情，都带有明显的传奇色彩。从人物关系来看，那个恶贯满盈的刘号长就是主要的反派人物，小锡匠十一子、巧云、老锡匠等人物，与他的矛盾就构成了这出戏矛盾的主要线索。从小说第四段的后半部分，就开始了人物之间的纠葛，也就是说进入了戏剧情节。我们从这里开始，按照戏剧的分场，试着给《大淖记事》做一些场面的切割。

第一场：情窦初开

地点：巧云家门前的柳荫下；

第二场：英雄救美

地点：大淖边、巧云家；

第三场：罪恶占有

地点：巧云家；

第四场：沙洲幽会

地点：大淖中的沙洲；

第五场：恶魔逞威

地点：泰山庙后的坟地；

第六场：沉默抗议

地点：大街上；

第七场：惩处恶魔

地点：茶馆；

第八场：花好月圆

地点：巧云家。

按照这样的场面划分，这是不是一出非常引人入胜的戏剧？如果用地方戏的形式来表现，配以大段的唱词，我想一定也是很感人的。

再看戏剧对话。当然，《大淖记事》毕竟不是剧本，因而也不可能完全按照戏剧的对话方式来写小说的对话，但是，在小说的第六段里，小锡匠被打以后，巧云把他接到了自己家里，就是一段很标准的戏剧对话：

巧云问他："他们打你，你只要说不再进我家的门，就不打你了，你就不会吃这样大的苦了。你为什么不说？"

　　"你要我说么？"

　　"不要。"

　　"我知道你不要。"

　　"你值么。"

　　"我值。"

　　"十一子，你真好！我喜欢你！你快点好。"

　　"你亲我一下，我就好得快。"

　　"好，亲你！"

在《大淖记事》全篇中，似乎也只有这一段有很完整的对话，其他许多地方都是以淋漓酣畅的笔墨写人物的心理活动，这使我想到，汪曾祺好像在为把这篇小说改编成为戏曲剧本预留了充分的表现空间，比如说，下面这段巧云被奸污以后的内心活动：

　　巧云破了身子，她没有淌眼泪，更没有想到跳到淖里淹死。人生在世，总有这么一遭！只是为什么是这个人?真不该是这个人!怎么办?拿把菜刀杀了他?放火烧了炼阳观?不行!她还有个残废爹。她怔怔地坐在床上,心里乱糟糟的。她想起该起来烧早饭了。她还得结网,织席,还得上街。她想起小时候上人家看新娘子,新娘子穿了一双粉红的缎子花鞋。她想起她的远在天边的妈。她记不得妈的样子,只记得妈用一个筷子头蘸了胭脂给她点了一点眉心红。她拿起镜子照照,她好像第一次看清楚自己的模样。她想起十一子给她吮手指上的血,这血一定是咸的。她觉得对不起十一子,好像自己做错了什么事。

她非常失悔:没有把自己给了十一子!

再看下面这一段刘号长的内心独白,是不是很适合改写成反面人物的唱段:

这种事情怎么瞒得住人呢?终于,传到刘号长的耳朵里。其实没有人跟他嚼舌头,刘号长自己还不知道?巧云看见他都讨厌,她的全身都是冷淡的。刘号长咽不下这口气。本来,他跟巧云又没有拜过堂,完过花烛,闲花野草,断了就断了。可是一个小锡匠,夺走了他的人，这丢了当兵的脸。太岁头上动土，这还行！这种事从来没有发生过。连保安队的弟兄也都觉得面上无光，在人前矬了一截。他是只许自己在别人头上拉屎撒尿，不许别人在他脸上溅一星唾沫的。若是闭着眼过去，往后，保安队的人还混不混了？

这样，就把不同人物的心理活动和小说家的客观叙述融合成为一体，清晰地表现出了人物心理活动的层次和流动的轨迹，写成戏剧的唱词就是那种大段大段的抒情咏叹，读到这样的心理描写，也就好像听着戏剧唱段那样，颇有艺术的韵味。

横看成岭侧成峰

重读《月夜清歌》

傅书华

作者介绍

傅书华,1953年生,祖籍河北唐山。1981年毕业于晋东南师专中文系。后在河南大学文学院师从刘思谦先生攻读博士学位。有著作《山西作家群论稿》《蛇行集》《从个体生命视角重读十七年小说》等出版。

推荐词

在传统与现代、乡村与城市的矛盾、冲突中,韦君宜的《月夜清歌》表现不同的人生形态与相应的价值指向,是一篇不容忽视的重要之作,值得我们将其从历史的长河中,特别地打捞出来给以新的重读。

共和国的建立，标志着中国社会从战争状态转入到了建设时期，从农村开始进入城市，标志着中国从传统到现代的现代化进程进入了一个新的阶段，不论这一阶段在这之后还要走过怎样曲折而又曲折的道路，但在它的起步阶段，转型时期的各处基因已经潜在地形成着、萌生着，虽然这些基因要到新时期之后，才会成长、外显、尖锐化为各种社会形态而为人所瞩目。这一阶段中，在传统与现代、乡村与城市的矛盾、冲突中，韦君宜的《月夜清歌》表现了不同的人生形态与相应的价值指向，是一篇不容忽视的重要之作，值得我们将其从历史的长河中，特别地打捞出来给以新的重读。

《月夜清歌》所讲述的故事并不复杂，几个从大城市下放到农村的文艺干部，在下放的村子里发现了一个很有歌唱天赋的女孩子秀秀，就竭力动员并创造条件让她去城市的艺术学校学习。秀秀去大城市学习歌唱的前景是很看好的:"将来在北京街上再遇上陈秀秀,咱们就要不认得她啦……那时候哇,你看她从歌舞剧院走出,穿上一件紧腰小袖羊毛衫,一条素罗长裙子,背后再低低地打上一条单辫子,那可就不是今天的陈秀秀哇。"但尽管如此,秀秀的母亲、未婚夫却都不同意秀秀去,秀秀自己也终于从最初的并不坚定地想去到最后坚决地不去了。作者一方面通过下放干部老李对秀秀是否能离开乡村去城里学习艺术说:"在这里面,包含着一个新旧变革的重要问题哩。真实意义恐怕很深远……""人的思想要解放,的确不那么容易啊!"一方面又处处以浓墨重彩渲染秀秀在乡村生活的美好、生命的自由:"她干这活儿真是毫不费力似的轻便夭矫。一看马上就叫人感觉到:只有她干活的姿态和这片明丽的果园才相配呢。""她……唱得很活泼,很轻快,声音简直像是在跳着的,像是在这园里的绿树顶上跳,从这片叶子跳到那片叶子。"作者对下放干部动员秀秀去城里的努力与秀秀最终的拒绝,都采取了赞赏的态度,但最终的价值指向仍然倾向于后者:"秀秀当时就是走了,也不会没有前途,不过,我总觉得值得高兴的是秀秀终于留下来没有走。"

从作者对双方的具体描写及作者自己所做的直接论说看,作者对双方,或者说,对城市文明、乡村文明、现代文明、传统文明都是持赞赏态度的,但在这赞赏的后面,还有着更为深刻的东西,这是这篇小说与《我们夫妇之间》的不相同之处。作者在小说结尾说:"我一下子思前想后联想起好多好多事情来。想到秀秀当时如果离开小黄和玉泉村走了,如今会怎么样?甚至还联想到许多与秀秀、与音乐……完全没有关系的事情。黑地里自己想得惘然若失了。可是这些就不必多说了罢。"这才是作者写这篇小说的真正意图之所在。那么,作者的真正意图是什么呢?二十多年过去了,在80年代后期韦君宜所写的对自己经历的历史直言不讳的《思痛录》中,作者对此仍然语焉不详,只是说写这篇小说时:"是很含蓄的,非常小心。"倒是茅盾先生在他当时所写的读书杂记中,对这篇小说有着十分深刻的见解,说这篇小说的"优点就在于'横看成岭侧成峰',很耐人寻味"。当我们站在今天的语境中重读这篇小说时,我们确实会读出许多的新的东西,这些或许是作者在写作的当时也不是很清楚的。

第一,现代文明、城市文明、传统文明、乡村文明,从社会形态、文化形态说来，都各有其优长之处，但这些优长之处，首先是对于人来说，才能构成一种真正的意义存在。而人，又是由一个个不能相互取代的独特的个体构成的，所以，这些文明形态，对于每一个个体说来，意义是不同的。马克思讲："一个无对象的本质是一个非本质"，"只要一旦我有了一个对象，这个对象就把我当做对象。然而一个无对象的本质是不现实的无感性的，只不过设想出来即想象出来的本质，是抽象作用的本质"。这样的一种对于个体生命的尊重，与马克思在《共产党宣言》中对未来理想社会的表述是相一致的。所以，再好的文明形态，只有对于这一个个体说来具有意义，它对于这一个个体说来，才是最好的文明形态，否则，对于这一个个体而言，其再好的优长也是不存在的。在这里，是以个体生命为本位来判断意义的存在与否的。城市文明确实很好，但传统文明、乡村文明，对于秀秀说来，才更有意义：秀秀的歌"不是别的歌，是果树的歌、月夜的歌、田野的歌啊！……假如这是在大队院舞台上听见她这支歌，再加上伴奏，真的还会有这么好听么？未必未必！甚至肯定不会！"在这里，不是来判断两种文明形态的孰优孰劣，而是说，是不是以个体生命作为存在的本位，是不是尊重个体生命对于自己的存在形态的选择。

　　第二，就每一个个体生命而言，其价值可以分为社会价值与个体价值，二者有其一致之处但也有其各自独立之处。就秀秀而言，其在城市当一名歌唱家，其社会价值肯定会高于其在村子里当一名农民的。但就其个体生命而言，如上所言，其个体生命形态更适宜于在乡村存在，如此，从生命的个体价值、个体幸福而言，秀秀在乡村做一名农民肯定会高于其在城市做一名歌唱家的。作者通过秀秀最后的选择，表达了个体价值重于、高于社会价值的价值倾向。

　　第三，秀秀之所以适合乡村的生存形态，其中的一个重要原因在于，这里有与她生命血肉相连的亲人、亲情，这就是小说中所多次强调的她的母亲、她的未婚夫不同意秀秀离开乡村去城市及其对秀秀产生的决定性影响的。秀秀的母亲、未婚夫，只有对秀秀来说，才构成亲人、亲情的意义，秀秀只有在她、他的身上，才因为是否有着亲人、亲情的存在，从而形成自己生命中的喜怒哀乐，这种喜怒哀乐，完全是个体性的，是其他所不能取代的，而这些，也正是个体生命存在中的重要的组成部分。韦君宜在《思痛录》中说："《月夜清歌》，写一个歌喉极好的女孩子舍不得家和爱人，谢绝进城当演员的邀请，活得倒挺愉快的。"所以，作者对此在自觉不自觉中，是给予了特别的强调的，对日常的、凡人的、个体性的存在形态，是给以充分的意义肯定的。

如是，《月夜清歌》就成为十七年小说中让个体得以美好存在的空谷足音，成为十七年小说中绝少的对个体生命的优美赞歌。二十多年后，当韦君宜以对历史的直面写出了轰动一时的《思痛录》时，许多人仅仅看到了她对历史的反思，却没有看到，她并不是在指责历史，而是写出了个体生命在历史运行中不可避免的累累创伤，并因而构成对历史的反思。这种对个体生命的尊重，正是新的时代的历史呼唤，《思痛录》回应了这种呼唤，因之，才爆响于时代，爆响于文坛，而这种对个体生命的尊重，正是从二十多年前的《月夜清歌》中走来，是从历史走到现在，只是无论当时，还是现在，人们对此还一直没有给以发现与认识，这不能不让人感到回望历史的粗疏。

男女、生死和情义

2004年葛水平的中篇小说《喊山》及其他

孟繁华

作者介绍

孟繁华,山东邹县人,北京大学文学博士,沈阳师范大学特聘教授,中国社会科学院、吉林大学博士生导师,辽宁作协副主席、中国当代文学研究会副会长。长期从事中国当代文学研究和评论工作。主要著作有《1978:激情岁月》《梦幻与宿命》《中国20世纪文艺学学术史》(第三部)《想象的盛宴》《传媒与文化领导权》《众神狂欢》等。现主要从事现、当代文学和前沿文化研究。

推荐词

在葛水平的小说世界中,最要紧的关系往往只是男女关系。当别的关系都不存在的时候,唯有男女关系是必须存在的。在这个最基本的关系中,暴露出的也恰恰是最基本的人性。人性的善与恶、文明与野蛮、理性与非理性等,都会在男女关系中赤裸地表达出来。

2004年至今，在三年左右的时间里，葛水平连续发表了二十多部中篇小说。这些作品，以"原生态"的方式，在缓慢流淌的物理时间里，充分展示了太行山区"贱民"生活的残酷和艰窘，在极端化的自然和社会环境中，在简单又原始的人际关系中，揭示了社会最底层和最边缘群体的生存状态和精神状态。在她舒缓从容波澜不惊的叙述背后，聚集了强大的情感力量，表达了她对文学独特的理解，同时也表达了她坚忍不拔的文学意志和勃勃雄心。因此，葛水平是近年来批评界关注和议论得最多的作家之一。

山西是中国现代革命重要的区域之一，无论是抗日战争还是解放战争，那里都发生了无数可歌可泣的英雄故事。因此，现代文艺的表达为这个地区奠定了最初高亢、壮美和理想的基调，为"红色文艺"作出了典范性的贡献；进入共和国之后,声名远播的"山药蛋派"在新的文化环境中独树一帜,在以"阶级斗争"为主调的"农村题材"的写作中,他们专事"中间人物"的塑造,固执于乡土中国的描写和发掘,成就了文学却毁灭了自己;80年代,"山西作家群"异军突起,他们握珠怀玉气象万千,文学成就在那个大时代里屈指可数。葛水平就生活在这样一个有辉煌文学传统的区域里,伟大的传统让一个青年女作家出手不凡,起点就是高端。但我们也知道,要超越那个传统是何等的艰难。但我们在葛水平的创作里,看到了她在粗粝、恶劣的自然环境中,在简单、贫瘠的物资生活中,对人性发觉所能达到的深度。黄土高原在这里不仅是一个地理概念,不仅是一个自然环境,同时,对于葛水平来说它更是一个精神概念和精神环境。因此,发生在葛水平小说中的事件,与其说是生活故事,毋宁说是精神事件。在葛水平的小说世界中,那寻常的日子里所发生的一切,男女、生死、情义等,就这样超越了地域而与我们有关。

男女关系是人类生活最基本的关系。在有其他精神诉求的社会环境中,会衍生出许多别的关系,如同志关系、朋友关系、情人关系、上下级关系等。但在葛水平的小说世界中，最要紧的关系往往只是男女关系。当别的关系都不存在的时候，唯有男女关系是必须存在的。在这个最基本的关系中，暴露出的也恰恰是最基本的人性。人性的善与恶、文明与野蛮、理性与非理性等，都会在男女关系中赤裸地表达出来。葛水平在揭示这一关系的过程中——从抗日战争、新中国成立后一直到当下，社会历史发展的时间几乎是激越跳动的，但在那地老天荒的黄土高原和太行山区，物理时间几乎是凝滞的。她在巨大的社会历史变动中发现了"不变"。现代文明虽然也缓慢地浸润了那些封闭的所在，男女关系也发生了细微的变化，但男女关系中的命运似乎仍然是宿命式的。我们发现，在揭示这一关系的过程中，葛水平在忧愤中怀着巨大的悲悯，两性关系是如此的攫取人心欲罢不能。

《狗狗狗》的故事发生在1945年光复前夕，穷凶极恶的日本鬼子在垂死挣扎，他们杀害了山坳里无辜的平民。这不止是故事发生的背景，同时它还是女主人公"秋"与男人关系的重要起因。秋十岁时被栓柱的爹用五尺布买来给栓柱做童养媳，但成婚圆房只是个形式，栓柱没有正常男人的功能。不仅如此，在鬼子进凹时，栓柱的行为更让秋所不齿。如果说栓柱没有男人的功能，秋还可以忍受的话，那么栓柱的节操则是秋不能忍受的。于是，秋与青皮后生武嘎的私情就不仅仅是男女关系了。当武嘎从军之后，劫后余生的十二岁的少年虎庆就是秋最后的慰藉和希望。这个惊魂未定的少年夜晚不能自己入睡，他必须附在秋的身上才有安全感。一个只比秋小五岁的孩子，天长日久将会发生什么是可以想象的：

> 虎庆侧着身子，那地方像一个快乐羞涩的鱼时起时跃试图想去摸高处的岸。岸没有探到，探了一下树梢就缩了回去，缩回来又不死心地探了出来。这么着一探出来，似乎不明白是怎么回事，挺着脑袋不敢走近。虎庆就开始大口喘气了，一些羊膻味儿，狗皮的酸臭味儿，秋的肉味儿，趁着这夜的风一起涌来，在他嘴里一起做着一件事，弄得虎庆就想咳嗽，一咳嗽就不断头了，越咳越厉害，以至喘不上气，脸憋了通红。秋坐起来用手在他的胸口上往下搓了几下，虎庆就不咳嗽了。还有些羞涩的小锤锤不敢再探了，歪过脑袋平静地睡去。

"生命缺失的体验让她的仇恨不断增生而不是消减"，对鬼子屠杀的仇恨在这里转移为对灵性延续的渴望。因此，栓柱的功能性缺失在这里也具有了政治的含义。虎庆终于走出了少年，秋也终于变成了"大肚子女人"。她一直生育到五十二岁。在这里两性关系与政治密切地缝合在一起，但如果滤去抗日战争的政治背景，男女关系的本能要素仍然是第一位的，这在葛水平"后期历史"的叙述中仍然可以得到证实。不同的是，《狗狗狗》是以女性为主体的，她还没有真正成为男性争夺的对象，男性在这里还处于弱势：一个是没有男性功能，一个是未成年，成年的男人已远走他乡。

《甩鞭》的故事发生在新中国成立前后。王引兰是晋王城里李府的一个丫头。十六岁时不堪李老爷和太太的凌辱，鼓动送炭人麻五带自己逃离了李府，然后被麻五娶了做妾。《甩鞭》中的主体地位是变化的：麻五的存在，男人是主体，但王引兰因其千娇百媚和处女身，一直受到麻五的宠爱。要种油菜便种油菜，要吃酸的给酸的，要吃甜的给甜的。于是作家有了这样的议论："男人有些时候是很听话的，他的听话是需要一个不听话的女人来媚惑他，就像他的财产要女人来挥霍一样，历史只是女人对男人的调教。"这是女人对男人的征服，历史上这样的故事不胜枚举。但落实到王引兰这里也许还勉为其难。从大户人家走出的女人，终有一些不同，也正是这些不同才让麻五神魂颠倒。但大历史的发展却不是女人调教出来的。土改运动让"地主"麻五一命归天。

麻五的死，与大历史有关，但更与男人对女人的争夺有关。那个被麻五用两张羊皮换来的长工铁孩儿，对王引兰窥视已久垂涎已久，他不能忍受麻五的占有。于是，每当他听到麻五与王引兰的男女之事后，他都要和母羊发生关系。畸形的性爱必然会导致畸形的心理。于是，当长工可以斗地主的时候，铁孩儿便想出了这个灭绝人性的招数。铁孩儿不仅是从性的角度要阉割麻五，要毁灭他深恶痛绝的所在，事实上他也从肉体上彻底地消灭了麻五。在历史叙述的关系上，如果说《狗狗狗》是民族的，那么《甩鞭》就是阶级的。但无论民族的还是阶级的，都是由女人的身体推动的。麻五死了之后，王引兰嫁给了李三有，李三有也被铁孩儿算计摔崖死了。为了王引兰铁孩儿不惜杀掉她两任丈夫，本能的驱使足以让一个男人疯狂：

> 我说我为了你就是为了你。当然，我不说谁也不知。今儿说了是我想和你说，都和你说了吧。你不知道我有多想你。为了你什么都敢干。我要真说了？还是说

了吧,不说怕什么事也干不成。你以为给麻五坠蛋容易?我是费了一番心思的,我说麻五你日能啊,为了两张羊皮你要我给你当十年长工,我不干了,他哄我说,你等着啊铁孩儿,我要到城里搞一个粉娘回来,我先耍她,要是她早被破了身,肚里有了旁人的种,就让给你。我等啊,麻五这个老王八死龟孙咬住你就不放了,让我夜夜空想,我也是人,我和麻五没有两样,他想干的我也想干,和谁?谁不知道我是寡汉条子,窑庄女人多,哪个有你好?没奈何我就和羊。羊让我尽兴,羊不是你,羊是畜生啊!

说麻五欺骗了铁孩儿也成立,但铁孩儿的逻辑显然是混乱的。尤其是他将单相思转化为仇恨继而杀害麻五和李三有,是原始欲望极度失控后酿成的恶果。这里和阶级仇民族恨没有关系,它是初民原始欲望宣泄仇恨的极端形式。

《喊山》的历史又切近一些,它应该是当下生活的一部分。岸上坪的韩冲和发兴媳妇琴花有男女私情,而且是交换关系充满了庸俗气,是经不得事情的,因此乏善可陈。果然,当韩冲因麻烦来借钱时,琴花与丈夫沆瀣一气夫唱妇随果真断了韩冲的念想。但这却并非闲笔,它是反衬后面男女情缘的。新来的人家男人名腊宏,带着个哑巴媳妇和孩子。腊宏突然被韩冲炸獾的雷管炸伤死去了。孤儿哑母今后的日子可以想象。韩冲"犯了事"拿不出钱"一次了断",但他不委琐,立了字据负责养活她们母子三人。韩冲果然践行承诺,"一日三餐,吃喝拉撒",没有半点不耐烦。于是日久生情,哑巴红霞这个被拐卖的农村妇女,和杀人逃犯腊宏过的不人不鬼的日子终于过去了,她爱上了这个不曾经历过的、有情有义有担当的青皮后生。《喊山》是一部充满了浪漫气息的小说,韩冲和哑巴红霞没有身体接触,但这里的两性关系比身体接触过的韩冲与琴花要动人得多。红霞是因为韩冲开口说话的,当韩冲被警察带走的瞬间,一句"不要"刻骨铭心,甚至比哑女的"喊山"还要动人。

葛水平的男女关系叙述,不是当下流行的肉欲横流欲望决堤般的书写和宣泄,不是电影《色戒》式的夸张的情色渲染。当然,她的人物和环境没有提供这样的条件。更重要的是,葛水平的出发点不在这里,她要揭示的是在男女关系中表达出的最基本、也是最根本的人性。

生死,是葛水平小说反复出现的主题和场景。生离死别阴阳两界是人生必须面对的大限。但葛水平的小说里,生死大多与男女关系有关。《甩鞭》中的麻五在争夺女性中是死得最惨的,蓄谋已久的铁孩儿在憎恨中等来了复仇机会,这是历史提供的机会:

> 等到了土改斗地主,我想总算翻身了,我领麻五上茅厕,我说麻五你欠我的!麻五说欠你的可是还不了了。我说把王引兰给了我你就不欠了。麻五说我是趁火打劫,他现在什么也没有了就是不能没有你。我看没戏就想了一个恶招,我说麻五你不让我好活是不是?我也不让你好活,我给你鸡巴上拴个秤砣,你要能经受住一后晌斗你,也算不欠我了。他想了想不同意,我就说你要不同意我就让农会关了你禁闭,我去强行搞你的小老婆。他就同意了。他自己给自己系上了秤砣他要我看,我看他系的蛮紧就说行。没有想到一个时辰没下来他就死了。我也不是有意害他,真的不是。你听我说完了,你说我不是为了你我是为了谁?

铁孩儿有他的理由是因为麻五确实欺骗了他——麻五忘记了铁孩儿男大当婚的年龄,麻五没有把铁孩儿当人对待。

于是铁孩儿不仅用十倍疯狂百倍仇恨消灭了麻五,而且是奇耻大辱的方式。这里有阶级仇恨的性质,但本质上还是一场争夺女人的情杀。李三有之死属于同样的性质,只是手段略有不同。铁孩用"激将法"将李三有引入了死亡的悬崖,同样是情杀性质。最后,当一切真相大白的时候,铁孩儿也惨死在王引兰的刀下。但值得注意的是,在葛水平这里,不是在赞美或宣扬"暴力美学",而恰恰是通过死亡来揭示暴力的恶及其来源。于是,葛水平小说中的死亡就别有深意了。贫困和性资源的匮乏,导致了本能战胜理智、非理性战胜理性。镶嵌于民族或阶级的大历史背景下的叙事,显然有策略性的考虑,它使葛水平的"男女之情"在"正史"中演进,叙事便获得了"政治正确"的通行证,否则就是爱恨情仇的通俗文艺了。

在葛水平的男女、生死的背后,最为动人的还是情义。恶人心里积聚的是怨恨、憎恨和仇恨,恨最后一定导致暴力和死亡。情义是恨的相反一极,它是善的情感表达,是动人心魄的温暖和爱,是恨的化解力量。情义在女性那里更多也更充分。《甩鞭》中的麻五将王引兰从李府救出,王引兰理应感谢他,但他娶王引兰就是乘人之危了。但麻五死后,农会让王引兰控诉麻五,王引兰不控诉,而是用别人不懂的方言讲述麻五的好处;她告诉女儿新生的话是:"跪下,给你爹磕头。没有他就没有你娘。"她对第二任丈夫李三有说:"既然说开了,我也就明人不做暗事,人是嫁过去了,到末了我是要回来窑庄和麻五合葬的。人总得懂个情义吧,麻五死时不明不白,怕也听说了吧。"即将二婚出嫁的人,在未婚夫面前如此的表白,可见其意志的坚决。对李三有的残酷却是对麻五的情深似海。但李三有摔崖死后,王引兰又用自己备用的楠木棺材下葬了李三有。她想了几天,"她的决定有一种不争的气度,她懂得人处于世间时,情分的重要"。情分和情义是王引兰的生活信条,她不能背叛。这时我们才有可能理解为什么她亲自手刃了铁孩儿:铁孩儿是一个只有憎恨而无情无义的人。

《狗狗狗》中的栓柱是一个没有节操也没有男性功能的"狗",但秋对虎庆说的却是:"他是我的男人,我现在要不理他了,他活着还有个啥意思。""你还小,有些事情不懂,人是懂情分的,恨一个人,只要和这个人在一起睡了就不会恨一辈子。"这个逻辑有点张爱玲定理的味道,但在具体运用上,葛水平修正了它。包括《喊山》中的哑女红霞,她是腊宏拐买的,她不仅忍受着凶残的暴力,装扮成哑女几近失语,甚至牙齿也被腊宏用老虎钳拔掉了两颗。因此,哑女红霞无论怎样怨恨、仇恨腊宏对读者而言都是可以接受的。但是,葛水平仍然设计了红霞在腊宏坟前的最后诀别,尽管红霞复杂的心绪让人难以把握。

韩冲大概是这些作品中为数不多的有情有义的男人。他对哑女红霞一家的照顾,自然有履行合约的义务,有意外炸死腊宏的歉疚和赎罪的意味。但日久天长,韩冲一如既往,就不能不说是情义了。值得注意的是,韩冲是这些作品中一个唯一面对女人没有非分之想的男人。从一开始接触哑巴一家,给他们住房、接济粮食一直到负担起哑巴母女三人的全部生活。当然,男人的情义和女人是不同的,红霞是真的"热爱"了韩冲,而质朴的韩冲想的是在真情义中赎罪和拯救哑巴母女的生存。

男女、生死和情义,是最要紧的文学元素,没有这些关系、场景和情感,文学就无以存在。葛水平以自己独特的经验和想象,在生死、情义中构建了说不尽的男女世界。于是,那封闭、荒芜和时间凝滞的山乡,就是一个令人迷恋的朴素而斑斓的精神场景,那些性格和性情陌生又新鲜,让人难以忘记。

呼唤爱情的绝响

徐坤"爱情祭坛三部曲"中的女性形象解读

王红旗

作者介绍

王红旗，山西洪洞县人，《中国女性文化》《中国女性文学》编审、主编。

推荐词

徐坤用几代女人在解放与束缚之间抗争的心灵死亡，来呼唤两性平等和谐的爱情意识，凝聚女性内在的精神力量，修正男权中心文化的性别秩序，确立女性自我的爱情位置与生存方式。这就是徐坤永不妥协的文化批判性和人文关怀意义。

一

徐坤是一位女性精神文化的探寻者。她以清醒的女性主体意识,执着潜入女性生存命运的双重境遇里"夜航",洞察女性成长经验与生命的本质意义,塑造出中国当代文坛祭奠爱情的女性形象群。这群女性形象呼啸而来,绝不仅限于对男权中心文化的批判,而是以"超性别的视角"反思男人与女人的人性劣根,寻找两性平等和谐的真爱情。在上下求索、捣魂入骨的女性历史与现实叙事的场域开拓中,徐坤大胆地撕揭着覆盖在人体灵魂上的那块黑布,缝合受伤的、痛苦的情感碎片。让女性在爱情幻灭的绝望中获得自我灵魂的成熟与精神的重生。

徐坤把个人经历、本土性别经验与社会责任感,睿化成女性生命的低语与呐喊,试图警醒沉醉与昏睡在"倾斜的爱情"里的那群人。以炽烈的激情与深切的渴望,创作出《春天的二十二个夜晚》《爱你两周半》《野草根》,穿越世俗与苍凉,构筑起当代女性文学的"爱情祭坛三部曲"。哀莫大于心死,徐坤用几代女人在解放与束缚之间抗争的心灵死亡,来呼唤两性平等和谐的爱情意识,凝聚女性内在的精神力量,修正男权中心文化的性别秩序,确立女性自我的爱情位置与生存方式。这就是徐坤永不妥协的文化批判性和人文关怀意义。否则,正如徐坤所说:"'我们'奋力争取来的说话权利,即会面临在一夜之间重又失去的可能。"因为写作永远意味着以特定的方式获得拯救。

在徐坤的写作里爱情是一个双重的"黑夜"。这个"黑夜"的时空跨越,可以追溯到她的早期小说《女娲》时代。她在寻找母系文化的路上发现了两性不平等情感关系的全部秘密:男权统治与男权中心文化世代相因的袭染与异化,把倾斜的情感关系内化成了亘古不变的天经地义。在《春天的二十二个夜晚》里,叙写的是当代"娜拉"毛榛的丈夫陈米松离家出走的故事。出走性别置换的冷峻反讽与多重隐喻,撕破了两性不平等关系的性别意识黑洞。在《爱你两周半》里,徐坤这样诠释男女两性关系:"某些精英男性占据着社会文化和物质财富的中心,牢牢掌控着欲望制高点和话语中心权，居高临下，霸视一切，欲望在倾斜的关系中无限地膨胀。"当代女性就是在这样的生存文化处境里被物化和自我物化，失去自我生命的尊严与爱情。她的新作《野草根》描写的是像野草根似的三代女人群像。她们有着自生自灭的纯朴与忍辱负重的坚韧，在那段中国历史癫狂的转弯处，屡屡遭遇性别政治权力的挤压、侮辱与践踏，她们在"倾斜的情感关系"里失语或失去生命。

徐坤从女性的历史与现实出发，揭开了女性生存的都市与乡村场景中无处不在的性别政治权力造成的女性"倾斜的爱情"悲剧。证明中国经历了多少次改朝换代的革命，以男权文化为中心的性别秩序仍隐藏在文化的深层与人们的潜意识里。女人作为男人发泄欲望的玩偶、传宗接代的工具的"自然法则"，宿命般在当代社会里轮回、重演与延展，女性拼命地挣扎与反抗有时只能化为无奈的尴尬、耻辱与屈从，甚至成为一种必然的选择。从而对当代女性的爱情自觉、生命自觉进行了文化深层的哲学探索。

徐坤在对男人性与女人性的反思与批判里，发出女性爱情自觉的宣言："说走就走，想爱就爱，命运完全由自己主宰，谁也休想以爱情的或其他的名义欺辱、蒙骗，令我疯狂自挂东南枝,我却可以运用六脉神剑大法,想把谁挂在树上就把谁挂在树上。"因为"或许在徐坤看来,爱是一个非常陌生的奢侈的辞藻,至少在小说中,女人始终与爱无缘,在男人主导的父权社会,爱根本就不存在,或者说已经被这个社会的权力所完全扭曲、遮蔽和挤占。在无法平等的社会,男女之爱只能是一相情愿的空想"。尽管如此,徐坤还是给这群生活在不同时代、不同环境、不同状态里的女性的绝望的心灵里播下了希望的种子,从而使男女两性的情感对话成为一种可能。

20世纪初,一位风靡世界的文学形象"娜拉"的出走,影响了中国几代女性生活方式的选择。经历了百年涅槃后的当代"娜拉",在今日中国的生存命运与文化处境如何?这一话题被中国现当代女作家一次次重写,又被徐坤以她的小说《出走》《厨房》《春天的二十二个夜晚》拓演并推向极致。这群享受着高科技带来的无可比拟的现代文明的知识女性形象,比起百年前娜拉在"家"的时候,当然都有体面的社会经济地位和文化身份。但是失去爱情与家园的痛苦,使她们陷入无边孤独的黑暗里,徐坤以"双调夜行船"的智慧与勇气,力挽狂澜,寻找女性与男性平等的社会性别身份,考证女性遭遇爱情婚姻不幸的文化、意识根源，重塑女性的身体、灵魂与精神。

毛榛——求证自己婚姻中的"爱情坏死"

在《春天的二十二个夜晚》里，女作家毛榛的形象塑造，是徐坤从生命、血液、呼吸里流淌出来的文字。与其说是毛榛祭奠爱情的告别仪式，倒不如说是作者本人"精神受难"的"涅槃"。就像评论家李洁非感觉到的一样，"是张皇、无奈、悲凉甚至恐惧，是某个空前强大的巨兽对渺小的个人的挤搡、戏狎和讥笑"。

毛榛的丈夫陈米松，在1999年12月的某一天悄然离家出走时，留下了一封诀别信：

> 我走了，这十年是我永生难忘的十年。到目前为止，我们是彼此最相知的人，也是最志同道合的朋友，今后我想也已然会如此。
>
> 但理智告诉我，我们不会是完美的婚姻……
>
> 我必须得走了，如果再在你面前强取欢颜，我的精神就要崩溃了……

对女性来说，爱情是意识黑夜一个重要的来源。丈夫陈米松离家出走的"事件"，把毛榛一下子扔进了现实与心灵的黑夜里。她在焦虑、恐惧与伤痛的绝望中内心燃起了一种狂野的困惑。她不惜献出自己滴血的灵魂与肉身，来求证自己婚姻里的爱情如何坏死，反思"我们的爱情哪里去了？"

在女作家毛榛看来，她与丈夫陈米松是一对手拉手来北京创事业的青梅竹马、结婚十年相亲相爱的好夫妻，"家"是他们两个人经营了十年的"爱巢"。为什么丈夫不出走"精神就要崩溃了"？更让毛榛"一万个想不通"的是，两个人天天吃在一起，睡在一起，对丈夫巨大的精神压抑竟毫无察觉，对丈夫的离家出走事先竟一无所知。因为在家里丈夫陈米松"说什么就是什么"，毛榛天天在家写作，生蜂窝煤炉子，买菜做饭，收拾家，倒"夜壶"，所有的家务都承包了下来。丈夫陈米松的口头禅是"各忙各的"，天天在外面"忙"。用毛榛的话说他们彼此的作息时间是岔开的，如果不是因为陈米松每天回家吃饭睡觉，根本就碰不上。这就是他们的夫妻生活场景："家里气氛异常沉闷和紧张，顾不上说话，一人伏一张桌子，各干各的，疯狂地做题，疯狂地敲击电脑，恨不能长八个脑袋，长二十六只手……"这让我想到了万方的话剧《有一种毒药》，梦想对人性的阉割。但是，徐坤的独特发现是通过福利分房、评职、提拔、考博士等等生活与事业的重压，表现夫妻在同一地平线起飞的路上，无法沟通与互助的性灵孤独与焦虑。

丈夫陈米松离家出走的唯一理由，是他自己的"鞋子"理论——"婚姻就像鞋子，舒不舒服，只有自己的脚趾头知道"。女作家毛榛以身心与生命相许的幸福婚姻，原来在丈夫陈米松的意识里她只是他的"鞋子"，妻子既然就是"鞋子"，现在丈夫陈米松感觉到"她"这个"鞋子"不合脚了，离家出走当然是再正常不过的事情了。探究数千年男权中心文化中女人的位置，妻子是男人的"家里的"，是给男人睡觉用的，是取悦男人的"玩偶"。这与丈夫陈米松的"鞋子理论"，与丈夫陈米松的一幅幅"春宫图"的爱情信件，如出一辙的惊人相似。难道女人永远是男人性欲望膨胀与欢悦的消费品，根本就没有爱情与精神共鸣可言吗？徐坤摄取"春宫图""鞋子"这两个具有性别意识代表性的"物件"，微妙而简约地描绘出作为当代精英男性的丈夫陈米松，其社会性别意识与婚姻家庭观念，仍然还停留在愚昧落后的封建时代。原来从疯狂的恋爱到婚姻，对爱情婚姻生活无比美妙的憧憬,只是毛榛的一厢情愿。

从毛榛这位才华横溢、小有名气的女作家身上,丈夫陈米松逐渐闻到了妻子女性主体意识觉醒的气息。首先是不知所措、莫名恐惧,甚至策谋伪善的欺骗,接着在无法忍受的自我压抑与内心冲突中"离家出走"。这种"性别鸿沟"造成的性别意识错位和阻隔,会使自由恋爱而步入婚姻的两个文化背景、学识相同的知识精英分子,也不会有精神的对接与融合,生活在一起也会很难。这个数千年来造成两性不平等关系的意识"顽疾",无声无息地消解了多少夫妻之间的爱情、信任、真诚、理想与热情,使多少本该幸福的婚姻陷入噩梦。因为,中国很多男性对倾斜的两性不平等关系的传统文化规定,有一种根深蒂固的认同。

其实婚姻中的许多冲突从本质上来说都是精神性的,只是被冠以"家庭小事"而遮蔽了。丈夫陈米松平日里"各忙各的"言论与行动,本来就是一种当下都市家庭泛起的"情感冷暴力",离家出走更是对毛榛实施的精神暴力。难怪毛榛"陡然间吓得手脚凉了,心一下子从子宫里坠了出去"。

更值得探究的是在这个倾斜的家庭关系里,为什么离家出走的不是当代"娜拉"毛榛而是陈米松?从另一个角度揭开了当代知识女性的生存文化境遇。因为毛榛知道芳龄二十八岁的年轻知识女性荔枝（徐坤小说《出走》中的女性形象）的离家出走，不得不以讪讪地重新溜回家而告终。枝子（徐坤小说《厨房》中的女性形象）离家出走，事业成功后，却是欲返"围城"而不能。一往情深的枝子收获的却是一袋从自己体内撕扯出来的感情垃圾。因此，毛榛选择"留守"家庭的理由，是对"倾斜的爱情"关系仍存在着某种性别无意识，无怨无悔地承担社会与家庭双重角色，还是一种无奈的缄默？又成了一个大问号。

离婚后患上"抑郁症"的毛榛，离开了"蓄满了一屋子痛苦"的房间，把"同居"当药，想治愈自己心灵的伤痛。"她生平第一次在一个陌生男人家里过夜，她最想的，还是回家"，可是家在哪里？"上个世纪的最后一天，她重新找对象组合，从头跟人上床磨合。"她真正尝到了自我与身体、灵魂分裂的痛感。因为，导演庞大固埃沉溺于性感官刺激，大款汪新荃这个"替代品"又有过分猎奇的病态心理。同居的日子残忍地证明了：一个男人伤害一个女人的权力，就始于和她做爱的权力。"没有爱的爱，做了也是白做。"在寻找爱情的黑夜里，迫使遍体鳞伤的毛榛再次确定爱情在生活里的位置，认为爱情的最高境界是灵与肉的完美统一，物质与肉体的满足都救不了她的。她清楚地体会到"庞大固埃与汪新荃，这些表面上流光水滑的都市成功者，他们的病比她还要深"。还有她的前夫陈米松，这些都市精英男性对女性物化的意识力量，膨胀成为践踏女性身体与灵魂的"空前强大的巨兽"。点破了女性在倾斜的婚姻关系中被欲望化和物化的死穴。毛榛的悲剧就在于：许多女性为了摆脱倾斜婚姻关系的方式而选择离异，但是在一段新的关系中仍重复着同样的模式。

徐坤以毛榛在求证"爱情坏死"的黑夜里身心撕碎的经验，反思着性别观念的集体无意识。女性有了独立的"一间自己的屋子"后，需要屋下有相爱的人才得以快乐，在"我是我自己的"自我中心网里的小女人，早晚有一天会"活空""活疯"的。她渴望着一个爱情婚姻关系的"大变革"。因为，毛榛在爱情、婚姻与离异的黑夜里，每一个通过仪式都冲击着她固有的意识体系，每一次希望和痛苦都能让她前所未有地成熟起来。虽然她认为病人是疗救不了病人的，但是她坚信耐心等待"健康的人，会有的"。特别是在小说结尾处毛榛对前夫陈米松真情的呼唤，留下种种文化的悬疑。这一缕阳光给毛榛写满痛苦的精神地图上注入了生命的亮色，并使她的肉体与灵魂获得新生的希望。这是徐坤对西方极端女性主义爱情婚姻观念的严肃质疑与超越之后的"中国式思考"。

二

徐坤写作《爱你两周半》的状态与《春天的二十二个夜晚》判若两极。如果说《春天的二十二个夜晚》是一个女人遭遇家庭风暴而不堪承受之重的凝重书写，《爱你两周半》则是幽默戏说两个女人婚内与婚外的"短命爱情"。她像一个坐看云起时的"神侃"，双腿盘起，席地而坐，两手扶膝，双目微闭，操持着意念之魔棒，用犀利调侃和辛辣讽刺之笔调，笑视人间百相，制造着"情人""夫妻"一次一次"易位"的撩人情节，一步一步逼近现代人灵魂深处的欲望与迷惘。两周半的"夫妻"生活，就把所谓巨富、明星、教授们的风度、脸面与尊严，一层一层解剖得坍塌委地，形神毕现。梁丽茹、于珊珊这两位中青年知识女性形象，经历"婚外情"易位之后的洞见，会使在爱情婚姻黑暗关系里的精神昏迷者幡然醒悟。

在北京"非典"肆虐时期,梁丽茹的丈夫、京城房地产大亨顾跃进和电视台主持人于珊珊因做爱而睡过了头,一觉醒来已被"隔离"。作为某大学的系主任、博士生导师的妻子梁丽茹,也不甘落后而红杏出墙,与她的部下青年男教师董强以夫妻的名义出走云南。于珊珊居住的平民公房、云南大理的小旅馆,成了这两对非常"夫妻"生活的"爱情极地"。

于珊珊——审视"情人"与权性交易之后的厌倦与自省

年轻漂亮的电视台主持人于珊珊的形象塑造,不仅是某类女性现实生存处境的写真,更是一种女性成长的唤醒之旅,她的成长在于其灵魂深处自我主体的确立。开始她之所以把顾跃进作为寻觅已久的梦中"情人",是把这位在亿万电视观众面前的美男形象和商界巨头,当做她"开拓自己人生光辉前景的网页"。顾跃进的社会地位与物质财富早已使他拥有了"想睡谁就睡谁"的性权力,不停地轮换年轻女人泄欲,逢场作戏。但是,他需要聚敛更多的财富,他心知肚明电视台的光环与他的明星楼盘之间的微妙关系。"现在面对一个上赶子前来使美人计的电视美眉",当然会一箭双雕,将计就计。因此,"这两个相差二十岁的男女,他把她和'电视台'捆绑在一起宠爱,她把他和'出资人'和'赞助商'打包在一起送抱投怀。"按照当下时尚的"情人"组合,的确是天造地设的一对。

正因为这样的"情人"观念,"干得好不如嫁得好""仅有爱情是不能结婚的",才备受某些女性的青睐,才会如雨后春笋般地涌现小蜜、情人、包二奶、包二爷与美男鸭子群,才会出现"才貌双全傍大款",才会上演挥霍欲望绝无禁忌的"青春祭",才会出现毫无情意可言互偷互泡的"一夜情"。而这种"空心爱情"的时尚,在当下社会里仍有争相效仿、前赴后继之势。所谓精英男性仍把"想睡谁就睡谁"作为自己成功的价值与权势的象征,某些女性以为年轻漂亮就是资本,心甘情愿地成为消费品与依附者,有意识或无意识地卷入其中。他们披着甜蜜"情人"的外衣,却行权、钱与性交易之实。

但是,徐坤的高妙之处,就是让生活离奇地出轨,男女主角的亲密关系再一次"易位"。本来天造地设般的"情人",被突如其来的"非典""隔离"在一间屋里过起了"夫妻"生活。"非典""隔离"就像战争和瘟疫,人的生存面具统统卸下,恐惧、无助、脆弱、自私与浮躁疯狂暴露。更何况"夫妻"私生活的一览无余……

于珊珊在"夫妻"生活的亲历体验中,升腾出另一种从来没有过的生命意义的感觉,她对自己与顾跃进的关系进行认真反思。这"第一夜",对于珊珊而言是时空的黑夜,更是灵魂的黑夜。黑夜的黑色特质让她的灵魂歇斯底里似的发疯,而导火索却是曾经的"情人"——一位中年精英男性的身体。

在于珊珊眼里,顾跃进的身体生平第一次遭遇女性的"逆向被看"。这位几乎是满身优点、满头光环的时代骄子,华服锦绣、宝马香车、信用卡在握的成功人士,如父如兄的"丈夫",脱了衣服躺在床上,"只是一堆肉。绷紧的肌腱完全泄了。一堆瘫在床上的老肉。伴着呼噜声。尤其头发里浓烈的烟味、嘴巴里臭烘烘的酒气,污秽之极。惨不忍睹"。睡觉时的呼噜声"那简直是非人类的怒号、咆哮。老虎、狮子、狗熊在昼夜不停地嚎叫;风箱、汽笛,一阵一阵,抽冷子响起,一点没规律;一万辆火车、坦克轰隆隆开过来,轧过去;一千场雪崩,泥石流,山洪暴发,铺天盖地,滚滚而落"。原来如此。怪不得顾跃进向来与"情人"幽会都是"完事就走",只做爱不过夜。

于珊珊只好用棉球堵耳朵，戴上MP3听音乐，看BBS上的帖子，打开QQ聊天，一点一点熬到天亮，盼着顾跃进醒来早点儿滚蛋。她想，不是说社会上"四十五岁的男人也是如花似玉的、灿烂如金的年龄段"吗？"怎么就没有人告诉她，这个年龄的成功男人，身体上的零件都该大修了：什么'三高'，打呼噜，夜晚躺在床上一堆肉……"

于珊珊对顾跃进生理和心理的种种厌恶之极，不得不重新审视眼前这位精英男人："大凡名人和成功人士，都是这样极度的自恋和脆弱吗？""这就是所谓的婚姻生活吗？这就是跟一个大款生活的细节吧？跟一个老男人在一起，必须有足够的克制和忍耐力，容忍他的打呼噜，容忍他对饭菜挑剔不爱吃这不爱吃那，容忍他的暴躁抑郁的情绪化，容忍他唱一棵小白杨长在哨所旁，容忍他身上散发的莫名其妙的'老人味'。"

因为，在于珊珊看来，既然是交易，为了各自达到目的，可以客气和忍耐。"忍一天两天能忍，三天五天能忍，十天八天就忍不下去了。客气一天两天能客气，三天五天能客气，十天八天就客气不下去了。"这"第一夜"就已经把这位年轻漂亮的女主持人折磨得欲死不能。可见两周半的

"夫妻"生活是如何度日如年。其实,于珊珊正是在这种不可忍受的黑色绝望中把顾跃进的身体与灵魂一点一点地转变为被看,而重新发现了自我并找到了自信。这种转换,不仅是否定世俗爱情里的"男性四十风华正茂",而是通过人物身上的老肉、呼噜、臭味,向人物的灵魂深处开掘,借于珊珊对男性身体发疯似的厌恶,来表现女性主体价值的觉醒。

如果说在《春天的二十二个夜晚》里,毛榛为了治疗丈夫离家出走的伤痛而与他人同居,对男性身体的感觉是"没有爱的爱,做了也白做,留不下什么痕迹"的"忘记",那么,于珊珊对顾跃进身体忍无可忍的深恶痛绝,却标志着男性从女性依靠的高山与大树变为"忘记"的模糊,再变成女性的"逆向被看"而不自知,男性骨子里仍是把女性作为泄欲的工具而显示其特权,又是多么可悲的错位。难怪在聚集了数十位中年男性评论家的《爱你两周半》研讨会上,有男评论家戏言"徐坤真损"。其实于珊珊这个女性形象锐利的精神锋芒,对男性心灵深处倾斜的性别观念而言,何尝不是一种如芒刺在背式的痛击。

于珊珊与顾跃进两周半"夫妻"生活的相互怨恨、憎恶和忍无可忍,"非典""隔离"解除时的狼奔豕突,从更深的层面上讲，是不平等的两性关系的冲突，是男性仍然想按照自己的文化理想塑造女性的冲突。他们同床共枕和做爱，但心灵的距离却在两万五千里之外，从欲海爬出后还是谁也读不懂谁。依附于权势与金钱上的爱情，表面上锦衣玉食，风光无限，其实付出的代价是长久掩埋精神与灵魂的苦役。这正是于珊珊自醒后，特别是在"非典"前线的历练，看到的生命的本相。她开始了走出了灵魂的黑夜，走向自我独立奋斗，寻找真爱的新生活……

梁丽茹——遭遇"婚外情"真相之后的尴尬与彻悟

徐坤再次运用男女主角的性别"置换"。主角由一位房地产成功男性，换成了有学术权威的知识女性。投怀送抱的由年轻漂亮的电视女主持人变成了年轻的英俊男士。"非典""隔离"这场特殊的灾难，可以把所谓的"情人"硬摁在一起过夫妻生活，也可以把所谓的"情人"分开，合与分虽然方式不同，但所要表达的不仅仅是"婚外情"交易的背后，真爱的丢失，对性欲望的厌倦，更要表达女性在不平等关系中的尴尬与彻悟。

梁丽茹和董强在"第一夜爱情发生地"的云南大理，

突然听到北京因"非典""隔离"的坏消息，日夜醉酣的浪漫之旅却变成了各自走散。在昆明机场登记的时刻，梁丽茹"忍不住紧紧拥抱董强，静默相拥之中，竟有了些生死离别的滋味"。对于董强而言，他的亲人都在北京，梁丽茹只是他利用的对象，无论如何在这个特殊时期他要回北京。其原因是他们的姐弟恋情虽然表面上如火如荼如胶似漆的美好，但实质上仍是一场权、性的交易。

中年知识女性梁丽茹，某大学系主任、博士生导师，与丈夫顾跃进十年夫妻分居。情感生活的缺失、死亡婚姻的压抑，吞噬着她的容颜和精神。未婚的年轻男教师董强以感恩、功利和轻侮的复杂心态，特别上心地"想找到她的喜好嗜好爱好什么的"，想尽一切办法接近她，巴结她，不露一切痕迹地寻找溜须拍马的机会，总算窥探到了她心灵的秘密。他之所以处心积虑地预谋以夫妻的名义与梁丽茹去云南大理，是因为梁丽茹帮助他评上副教授，保住了他上岗的职位。他知道现在"改朝换代了，压在头顶上的，到处都是女的"。他把他年轻坚实雄壮的身体付出来，是为了再一次获得晋升的良机。

梁丽茹却把这种别有用心视为浓浓的爱与热恋。从董强在火车上对她的百般关爱、抚慰、撩拨，到在她的唇上胶住的一个深深的长吻，她就恨不能把亲密进行到底。董强的嘴唇和手指把她"点化成了一条刚从水里上岸的鱼"，然后"把他年轻的力量，全部倾斜到她的里边……"她像沉溺在爱海里淹死了。尽管在欢娱过后时阴时晴的对话中有很多的互相误读。但她总觉得这是自己生平最快乐的一天，女人被新鲜的"情人"宠爱就是幸福。她"被爱"得要发疯了。如果梁丽茹一旦发现了董强是在利用与玩弄她的情感，这种错位不知道会是什么滋味？

　　梁丽茹这个女性形象的塑造，填补了当代文学反映中年知识女性生存状态的空白。徐坤始终在关注知识女性的生存状态，在她的作品中对女性在各个时期的生存所遇到的问题有非常系统的表现，她的《出走》《厨房》《迷途》《橡树旅馆》《相聚梁山泊》等，甚至包括她的《春天的二十二个夜晚》都是在关注"走不出围城的知识女性"，尽管她们都在事业上小有成就。但是梁丽茹让我想到了二十多年前谌容的《人到中年》，小说中塑造的女性形象陆文婷，诉说着中国知识女性为了实现与男性"在同一地平线上"起飞的梦想，长时间超负荷工作，疲惫多病的身体已不堪承受生存之重,她在家庭和事业双重负担的困惑中苦苦挣扎,身心健康受到了严重的威胁。以后就几乎没有文学作品真正探索过当代中年知识女性是怎样的一种生存状态,直到徐坤的《爱你两周半》问世,以梁丽茹这个人物形象的塑造,才填补上了这个空白。正像评论家李洁非所言"它可以当之无愧地被称为新《人到中年》",梁丽茹也可以称为"新陆文婷"。

梁丽茹仿佛是一个活在这个时代的陆文婷。陆文婷有一个虽然清贫但完整的家,夫妻恩爱,她忧虑的是家庭以外的社会身份与价值。梁丽茹却正好相反,她是智慧卓越、事业有成的中年知识女性,是某所大学的系主任与博导,是单位里的顶梁柱,备受重用和尊敬,有社会地位与身份,但婚姻家庭与情感生活一塌糊涂。也就是说陆文婷只拥有一个幸福的家庭,梁丽茹除了幸福的家庭之外拥有一切。梁丽茹的危机不是社会层面,而是家庭与情感层面。审视这两代陆文婷的生存现实,中国女性的解放到底如何评价?实现自我是否随着时代的前行而增加了变数?这又是徐坤提出的新问题。

梁丽茹经历了这次红杏出墙的"易位",经历了爱情婚姻危机,她最后感觉到父母与儿女间血浓于水的亲情是最重要的。靠婚姻关系缔结的夫妻关系并不是非常牢靠。虽然丈夫顾跃进在痛苦中反思,寻找着自己生理和心理的病根:……心灵感官麻木,不停地换年轻女人泄欲,逢场作戏……好像"易位"的"夫妻"生活,对顾跃进来讲也是一个灵魂的黑夜,让一个被性欲望刺激阉割了情感世界的男人迷途知返。他感觉到没有亲人的家不是家。甚至想到自己的初恋、初婚,自己第一次做父亲。他见到妻子梁丽茹,"仿佛他们从来就不曾分离,没想到到了四十多岁时,她变得漂亮了。是一种说不出的变化。一种成熟的自信和妩媚"。但是,顾跃进为什么与《春天的二十二个夜晚》里毛榛丈夫的病理如出一辙?在温暖的结尾处,梁丽茹交给顾跃进一纸离婚协议书的隐语昭然若揭。梁丽茹虽然没有像毛榛那样对婚姻破裂心碎与无措,也许与丈夫长时期的分居"冷战"成就了她的理性和独立。可谁能说清这是否是女性彻悟后的福音呢!

徐坤就像一位众人皆醉我独醒的意识"神探",以于珊珊和梁丽茹遭遇"情人"的故事,戳穿了所谓社会精英的人性软肋与性别盲点,撕破了天造地设般的"情人"面纱所掩盖的权性交易的本质真实。可悲的是,在这个欲望的时代,人们裹挟着忘记、恐惧、绝望与渴望拯救的痛苦,把自己的身体与灵魂全部抛了出去,"欲望在倾斜的关系中无限的膨胀"。

但是对于女性来说,无论处于哪种位置,其感情与身体总是被利用、被物化,而中年的女性为什么总是那样的认真?于珊珊和梁丽茹在"两周半"短命爱情的"夜航"里驶向"造灵之谷",获得自我重生,无论如何也是一种精神新收获。作为一个有社会责任感的女作家,徐坤对中年知识女性在这个时代的命运予以了深深的关切和担忧。